Martin Lassberg
Steinroller

Martin Lassberg

STEINROLLER

Der Steinzeit-Kommissar

PIPER
München Berlin Zürich

Mehr über unsere Autoren und Bücher:
www.piper.de

Aktuelle Neuigkeiten finden Sie auch auf Facebook, Twitter und YouTube.

MIX
Papier aus verantwortungsvollen Quellen
FSC® C083411

ISBN 978-3-492-06033-2

Dieses Werk wurde vermittelt durch die Montasser Medienagentur, München.
Satz: Fotosatz Amann, Memmingen
Gesetzt aus der Swift
Druck und Bindung: CPI books GmbH, Leck
Printed in Germany

Wenn ein nackter toter Jäger, den man im Sumpfgras findet, ganz fürchterlich zerquetscht aussieht, ist meistens nur ein wütendes Mammut über ihn hinweggetrampelt. Vor allem kam das bei Neumond vor, wenn man das Mammut nicht rechtzeitig kommen sah.

Da in der Nacht zuvor aber Vollmond gewesen war und der junge Jäger vom Kopf bis zu den Zehenspitzen seltsam hässlich aufgeplatzt dalag, obwohl nicht ein einziger Mammutabdruck zu sehen war, wurde Steinroller skeptisch.

Er kroch aus der gegenüberliegenden Höhle, wo er wieder an seinen Wandbildern gemalt hatte, wischte sich die Ockerfarbe von den Fingern und schlich durch die hüfthohen Gräser und Farne zu dem Toten hinüber.

Er sah es schon von Weitem. Die Leiche war Taamu, sein älterer Vetter, der beste Höhlenbärjäger der Sippe. Steinroller war mit ihm aufgewachsen und hatte ihn immer für seinen Mut bewundert. Taamu hatte zwar leider schon von Natur aus einen ziemlich flachen Schädel, nur noch ein Ohr und jede Menge Narben, weil das Höhlenbärfangen kein Honigschlecken war, aber so platt hatte man sein Gesicht noch nie gesehen. Auch sein lebloser Körper war nur noch eine Hand breit hoch, als wäre ein Hartholzbaum auf ihn gefallen. Doch Hartholzbäume gab es in der ganzen Gegend nicht.

Steinroller – der eigentlich Kamu hieß, aber keiner nannte ihn so – schob sich die Haare aus dem Gesicht, hob kritisch die dicken Augenbrauen, schnupperte eine Weile intensiv über dem Toten und sog durch seine großen Nasenlöcher die warme Luft ein. Die Leiche roch nur ein kleines bisschen nach Blut. Kein Wunder, denn das war offenbar schon lange geronnen. Nur die Gedärme stanken. Und auch sonst war einiges auffallend. Der Umhang aus Wolfsfell, den sein Vetter immer trug, war nirgendwo zu sehen. Auf seiner haarigen Brust lag auch nicht der Lederbeutel mit dem Feuerstein, den Taamu wie jeder in der Sippe immer um den Hals tragen musste. Irgendetwas stimmte hier nicht.

Er war plötzlich sicher, dass Taamu heimtückisch ermordet worden war. Heimtückisch bedeutete in seiner Sippe, dass sich sein Mörder nicht zu der Tat bekennen wollte. Und so etwas hatte es seit Generationen nicht gegeben.

Natürlich kam es immer wieder vor, dass ein Jäger einen anderen im Streit erschlug. Normalerweise nahm man einen großen Stein in die Hand und brachte die Auseinandersetzung ordentlich zu Ende. Waffen waren dabei tabu, denn der Speer oder das Steinmesser sollten nur mit den Tieren des Waldes in Berührung kommen. Ein eingeschlagener Schädel dagegen war immer eine saubere Sache. Höflicherweise fütterte der Überlebende dann noch einen Winter lang die Frau und die Kinder des Getöteten durch, aber auch nicht viel länger, denn die Frau konnte sich ja leicht wieder einen anderen Jäger zur Paarung suchen.

Nachdenklich kehrte Steinroller ins Lager zurück.

Traurigkeit stieg in ihm hoch. Gleichzeitig beschwor der große Schmerz, Taamu verloren zu haben, etwas Kämpferisches in ihm herauf.

Seine haarige Verwandtschaft saß am Feuer und lutschte von den Frauen zubereitete Biberknochen aus. Stumm und eilig ging er durch den Matsch an ihnen vorbei, erleichtert darüber, dass sie ihn nicht weiter beachteten. Wegen seiner Höhlenmalerei hielten sie ihn ohnehin nicht für normal, und er genoss in gewisser Weise Narrenfreiheit. Wirklichen Respekt hatte er sich nur einmal erworben, als er der Beste im Steinerollen geworden war, mit einer strategischen Bestleistung, die bisher keiner der Kraftprotze da draußen übertroffen hatte.

Nur Weichhaar schaute vom Feuer lächelnd zu ihm herüber. Sie war gerade dabei, einige der Biberknochen mit einem Stein zu zertrümmern, um spitze Nadeln daraus zu gewinnen. Sie hatte die Methode selbst erfunden. Steinroller bewunderte sie dafür. Sie war anders als die anderen, und das gefiel ihm. Er lächelte zurück.

Der Alte saß wegen seines Rheumas mit dem Rücken an einem großen wärmenden Stein, den man vorher für ihn im Feuer erhitzt hatte. Als Ältester und Anführer der Sippe konnte er sich solche Extrawünsche leisten.

»Na, Schmierfink. Schwänzt du wieder das Biberessen?«

»Ich habe eine Entdeckung gemacht, die ich dir mitteilen möchte.«

Felsschmetterer, wie sein Vater für alle nur hieß, knurrte düster und forderte seinen Sohn mit einer unwilligen Geste auf, zu sprechen. Seine große, scharfkantige Steinkeule lehnte jederzeit griffbereit hinter ihm am heißen Stein.

Steinroller setzte sich auf den harten Boden und begann zu schildern, wie er Taamu gefunden und was er sonst noch an dem Toten beobachtet hatte.

Sein Vater verzog keine Miene, während er seine erste Frage stellte. Er war zwar klein, aber trotzdem breitschultrig und muskulös wie ein Wisent, so wie auch sein bärtiges Gesicht und die langen Haare zu einem zerzausten Rind passten.

»Was heißt das – es war kein Blut im Gras?«

»Was immer ihn auch plattgemacht hat – es ist nicht da geschehen, wo er lag. Sonst müsste ja alles voller Blut gewesen sein. Und Mammutabdrücke.«

»Du Schlauberger. Vielleicht ist er irgendwo anders unter ein Mammut geraten und konnte dann noch bis zum Sumpf laufen.«

»Der konnte nicht mal mehr kriechen.«

Felsschmetterer knurrte. »Warum sollte mich das kümmern? Es gibt noch andere gute Bärenjäger bei uns.«

»Ist dir auch egal, dass sein Beutel mit dem Feuerstein

fehlt?«, fragte Steinroller und fügte listig hinzu: »Ich weiß nämlich auch, dass nicht nur ein Feuerstein darin eingewickelt war.«

»Was?« Der Alte schien plötzlich alarmiert und beugte sich vor. »Woher weißt du das?«

»Von Taamu selbst. Du hast ihm einen weißen Stein gegeben, der Zauberkraft gegen die Bären haben soll.«

»Wie konnte er ein solches Geheimnis verraten?«, schnaubte Felsschmetterer und sah seinen Sohn wütend an.

Steinroller hielt dem Blick stand. »Weil er stolz darauf war. Und deshalb glaube ich auch, dass jemand ihn umgebracht hat, weil er den Zauber selbst haben wollte. Aber was hat Taamu nur so furchtbar entstellt, frage ich mich? Ich habe derart Brutales noch nie gesehen.« Er machte eine Pause und fragte dann: »Willst du den Toten sehen?«

»Lieber nicht«, sagte Felsschmetterer. »Ich vertraue dir voll und ganz.«

Er dachte einen Augenblick nach. Als er weitersprach, wirkte er plötzlich sachlicher. Wie alle Sippenführer vermochte er sich jederzeit auf neue Situationen einzustellen.

»Also gut ... Wenn es wirklich Mord wäre, dann ... So was kann ich momentan gar nicht brauchen. Wir sind sowieso nur noch so wenige und vermehren uns nicht genug. Ich will nicht, dass wir irgendwann aussterben. Du zum Beispiel hast ja nicht mal eine Frau.«

Steinroller wehrte sich sofort.

»Ich habe schon einige ausprobiert, aber auf Dauer wollen sie alle nur einen Jäger.«

Er hatte sich schon oft mit den Mädchen der Sippe gepaart, aber allein schon die plumpe Bereitwilligkeit, mit der sie beim Wolfssprung grunzend ihre Fellschurze zur Seite schoben und sich im Gehölz vor ihm hinknieten, machte ihn unzufrieden. Das konnte doch nicht alles sein. Außerdem endete jede Paarung damit, dass die Mädchen ihn anschließend zu überreden versuchten, doch mit den anderen zur Jagd zu gehen. Es war immer dasselbe.

»Kannst du ihnen das verdenken? Wer braucht schon einen Höhlenmaler?«, antwortete sein Vater höhnisch. »Sie wollen Fleisch.«

Steinroller war traurig darüber, dass ihm niemand Bewunderung dafür schenken wollte, was er Tag für Tag an den Wänden der Höhle schuf. Er hatte sich vor einiger Zeit entscheiden müssen – mit den anderen zur Jagd gehen oder Kunst schaffen. Die Entscheidung war ihm leichtgefallen.

»Ich weiß, dass du ein kluger Kopf bist, Sohn«, lenkte sein Vater ein. »Aber nennen wir die Sache ruhig beim Namen. Zum Rentierjagen bist du zu unsportlich, und dein Schwanz ist auch nicht gerade der längste. Du könntest also nie mein Nachfolger werden. Warum versuchst du nicht rauszukriegen, woran Taamu gestorben ist, wenn das wirklich so geheimnisvoll ist, wie du sagst?«

Steinrollers Herz machte einen Sprung. Das würde ihm gefallen, weil es etwas Sinnvolles war. Und eine intellektuelle Herausforderung für sein schon ziemlich großes Steinzeitgehirn.

»Du meinst, ich darf den Mord selbstständig aufklären?«

»Schnüffel ein bisschen in der Gegend rum und frag dich durch. Ich mag nicht, wenn meine Mannschaft plattgemacht wird. «

»Gut. Habe ich auch einen offiziellen Titel? Den werde ich brauchen, wenn ich an den Lagerfeuern die Leute befrage. Ich habe keine Lust, dass mir die Jäger einen überziehen, nur weil sie mich für zu neugierig halten.«

»Ich ernenne dich zum Besserwisser«, sagte sein Vater. »Davor haben alle Respekt. Außerdem schenke ich dir eine Frau, damit auch dieses Thema endlich erledigt ist und du standesgemäß loslegen kannst.«

Steinroller hatte geahnt, dass noch irgendein saurer Apfel vor seine Füße fallen würde.

»An wen hast du gedacht?«, fragte er vorsichtig.

»Du kriegst Weichhaar. Die ist hübsch, aber leider auch schlau. Ich weiß nicht, was wir sonst mit ihr machen sollten.«

Für Steinroller war das eine gute Nachricht. Weichhaar und er mochten sich, weil sie beide als Außenseiter galten. Weichhaar hatte nicht nur weiche, sondern vor allem leicht gekringelte braune Haare, was relativ selten war, denn die meisten seiner Sippe waren blond oder schwarz mit filzigen Strähnen. Sie war etwa so alt wie er. Und sie fiel bei den anderen immer wieder unangenehm auf, weil sie jeden Tag im Fluss badete und kein bisschen stank.

Bevor sein Vater es sich anders überlegen konnte, sagte Steinroller: »Einverstanden. Ich nehme sie.« Dann fiel ihm noch etwas ein. »Außerdem brauche ich noch einen persönlichen Helfer, der mir zur Verfügung steht.«

»Der beste Helfer ist zwar meiner Meinung nach eine hübsche große Keule, aber meinetwegen ... Nimm dir Otterfang dazu, der ist groß und stark.«

Das war keine schlechte Idee, auch wenn Steinroller nicht mochte, dass sein Vater die Notwendigkeit einer funktionierenden Exekutive in seiner Sippe nicht begriff und so grob daherredete. Immerhin war der Flussfischer Puku Otterfang ein grundanständiger Kerl, ein Hüne, der am liebsten Frösche verschlang, aber auch ein gutes Herz hatte. Wegen seiner Größe hatten die meisten Angst vor ihm. Außerdem besaß er die besten Augen von allen und war ein brillanter Spurenleser.

»Dann wäre ich jetzt komplett«, sagte Steinroller zufrieden.

Sein Vater griff nach einem Lederbeutel, in dem sich Wasser befand, und schüttete sich den gesamten Inhalt mit Schwung in den Mund. Seine Barthaare tropften, während er schluckte. Als er mit dem Trinken fertig war, sagte er: »Gut. Wie wär's, wenn du dich jetzt erst mal um Weichhaar kümmerst? Sag Otterfang, er soll euch die Höhle am Wald herrichten. Ich will, dass Weichhaar so schnell wie möglich Junge kriegt.«

»Ich gebe mein Bestes«, versprach Steinroller. Doch in Wirklichkeit war er fest entschlossen, sich sogleich wieder dem Toten zuzuwenden. Hier mussten noch jede Menge Spuren gesichert werden.

So viel war klar: Mit seiner neuen Tätigkeit würde jetzt viel Arbeit auf ihn zukommen. Plötzlich gefiel ihm nicht mehr, dass er nur den Titel eines Besserwissers haben sollte. Was war das schon, ein Besserwisser? Jeder Steinaxt-Hauer kam sich ebenfalls als Besserwisser vor.

Sprachbegabt wie er war, dachte er sich schnell eine wohlklingende Bezeichnung aus. Es war die eindrucksvolle Kombination von zwei doppelten Konsonanten, die ihm spontan gefiel und die immer Eindruck machte.

Er wandte sich noch einmal selbstbewusst an seinen Vater.

»Könnte ich nicht auch Kommissar heißen?«, fragte er forsch. »Das klingt mehr nach Obrigkeit ...« Er verbesserte sich. »Nach deiner allgegenwärtigen Macht, meine ich.«

»Was du nur immer für Worte erfindest ...«, sagte sein Vater, nicht ohne Bewunderung in der Stimme. Dann dachte er kurz nach. »Aber du könntest recht haben. ›Kommissar Steinroller‹ – da denkt man doch gleich viel mehr an einen Mann von Bedeutung und Klugheit.«

»Während Otterfang Assistent heißen könnte«, setzte Steinroller nach.

»Auch das«, sagte sein Vater, der Sache bereits überdrüssig.

»Danke«, sagte Steinroller. »Dann werde ich jetzt mal anfangen.«

Das Schlimmste an der Steinzeit, das fanden alle Beteiligten, war die Unbequemlichkeit. Was immer man anpackte, bedeutete harte Arbeit. Auch das ständige Sitzen auf kalten Steinen war ungemütlich und nicht gerade gesund für die Blase. Ständig verschwand einer aus der Sippe zum Pinkeln im Wald, und wenn er zum Jagdmahl zurückkehrte, war die Wildschweinkeule schon aufgegessen.

Die meisten wohnten in Zelten aus Holzstangen und Häuten. Sie waren ebenso schnell aufgebaut wie auseinandergenommen. Nur wer die Arbeit beim Weiterziehen nicht scheute, gönnte sich eine Hütte aus Mammutrippen und Fellen. Ganz Faule gaben sich mit Erdvertiefungen zufrieden, ebenfalls mit Fellen überdacht – ziemlich unbequeme Behausungen, da man oft morgens mit einem Stachelschwein oder einer Sumpfkuh aufwachte.

Doch niemand hatte eine große Höhle wie jene, in die noch am selben Vormittag Steinroller und Weichhaar einziehen durften. Es war ein wirklich generöses Geschenk von Felsschmetterer, das mussten alle zugeben.

Weichhaar hatte sichtlich Freude gezeigt, als Steinroller zu ihr in den Kreis der Frauen gegangen war und ihr ein bisschen verlegen mitgeteilt hatte, dass sie jetzt ihm gehörte. Sie war aufgestanden, hatte ihn umarmt und ihre breite Nase fest an seine gedrückt, wie es üblich war unter Frischversprochenen. Dabei hatte sie geflüstert: »Endlich. Länger hätte ich es bei diesen Dummköpfen auch nicht mehr ausgehalten. Ich hole gleich meine Sachen.«

Unter den Dingen, die sie mit in die Ehe brachte – ein buschiger Hyänenschwanz als Besen, eine Ledermatte zum Schlafen, zwei Steine zum Zerstampfen von Gräsern, das Übliche eben –, waren auch drei Handtaschen aus Ziegenmaul, Mammuthoden und Echsenfuß, denn Weichhaar sammelte Handtaschen wie andere Leute Steinkeile.

Während Steinroller hinter ihr die geräumige Höhle betrat, beäugte er skeptisch das große Paket mit ihren Habseligkeiten, die sie an einer Lederschnur über der Schulter trug. Eine Frau mit Handtaschenfimmel hatte er sich zwar nicht gewünscht, aber Weichhaar bewegte sich so geschmeidig und trug das Bündel an der Schnur so elegant, dass er sie augenblicklich begehrte und ihr die kleine Schwäche sogleich verzieh.

Normalerweise, so war es der Brauch, hätte Weichhaar ihrem Gemahl nach Bezug der Höhle sofort zu Diensten sein müssen. Doch Steinroller, der durchaus Lust dazu gehabt hätte, musste dauernd an den Toten im Sumpfgras denken und an seine neuen Pflichten als Kommissar. Da auch Weichhaar keine Anstalten machte, ihm wie eine Wölfin ihr Hinterteil entgegenzustrecken, sondern sogleich damit begonnen hatte, ihre Handtaschen in die steinernen Fächer der Felswand einzusortieren, traute er sich, ihr seine momentanen Prioritäten mitzuteilen. Er setzte sich vor sie auf einen großen, rund gewaschenen Stein, der als Sessel diente, und weihte sie in seine neue Aufgabe als Kommissar und Besserwisser ein. Aufmerksam zuhörend stand sie vor ihm, das hübsche schwarz-weiß gefleckte Ziegenfell von der rechten Brust nach unten um die Hüfte gebunden. Als er auf den geheimnisvollen Todesfall zu sprechen kam, unterbrach sie ihn.

»Ich habe Taamu vorgestern Abend zuletzt gesehen«, sagte sie. »Er schlich sich kurz vor Sonnenuntergang aus dem Lager. Ich dachte, dass er sich irgendwo mit einer Frau trifft.« Manchmal kam es vor, dass Männer ihrer Sippe heimlich Kontakt mit Frauen einer anderen Sippe aufnahmen.

Steinroller kratzte sich seine gewölbte, mit dichten schwarzen Haaren bedeckte Stirn.

»Also hatte Taamu ein Geheimnis«, sagte er nachdenklich. »Vielleicht liegt hier der Anfang der Lösung.« Er blickte seine schöne breitnasige Frau verliebt an. »Danke, dass du mich bei meiner Arbeit unterstützen willst.«

»Ich liebe Totschlaggeschichten«, sagte sie. »Schon immer. Wenn die Männer uns Kindern erzählten, wie sie einem anderen den Garaus gemacht hatten, wollte ich jedes Mal genau wissen, wie es zu dem Streit gekommen war und wie sie es angestellt hatten. Einmal haben sie mir einen gezeigt, dem man mit der Keule den Schädel eingeschlagen hatte. Das war besonders interessant, weil man bis in den Kopf gucken konnte.«

»Du willst also auch immer alles genau wissen, wie ich. Das ist gut«, sagte Steinroller. Plötzlich hatte er eine Idee. »Hättest du Lust, mich zum genauen Anschauen der Leiche in den Sumpf zu begleiten?«

Weichhaar zeigte sich begeistert.

»Damit würdest du mir eine große Freude bereiten. Warte, ich will nur noch schnell was holen.« Sie ging zu ihren Steinfächern hinüber und kramte einen Moment in ihren Sachen herum. Nachdem sie schnell etwas in den Beutel unter ihrem Fell gesteckt hatte, wandte sie sich wieder Steinroller zu. »Wir können gehen. Oder willst du vorher noch den Wolfssprung machen?«

»Ich hätte lieber mehr Zeit dafür«, wagte Steinroller offen zu sagen. »Wir haben ja noch die ganze Nacht vor uns ...«

Sie drückte ihm liebevoll ihre warme Nase ins Gesicht und flüsterte: »Das gefällt mir. Und dann zeige ich dir, dass es noch mehr als nur den Wolfssprung gibt.«

Erleichtert und erfreut leckte ihr Steinroller über die Lippen, das Höchstmaß an Zuneigung in seiner Sippe. Weichhaar leckte liebevoll zurück.

Als sie wenig später auf der Sumpfgraswiese ankamen, trottete am Waldrand eine Herde kleiner Wildpferde vorbei. Die Tiere hatten Glück, dass die Steinzeitsippen im Lager sich gerade mit Biberbraten die Bäuche vollgeschlagen hatten. Als sie Steinroller und Weichhaar kommen sahen, galoppierten sie schnell davon und verschwanden im Wald. Auerhähne flogen auf.

Taamus zerquetschter Körper lag noch da wie am Morgen. Zum Glück hatten die Geier ihn noch nicht entdeckt.

Steinroller kniete sich neben die platte Leiche und betrachtete sie intensiv von allen Seiten. »Bauchdecke gerissen ... Hüft- und Beinknochen zerdrückt ... Todesursache unbekannt«, konstatierte er in sachlichem Ton.

»Interessant«, sagte Weichhaar und verscheuchte ein paar Riesenfliegen. »Sieht aus wie ein aufgeplatzter Fisch, den man mit der Keule bearbeitet hat.«

Ohne ein sichtbares Zeichen von Ekel hockte sie sich neben Taamus Kopf auf den Boden und zog etwas aus den Haaren des Toten. Es war ein kleines Ästchen. Sie gab es ihrem neuen Gemahl.

»Hier. Ein Stück vom Großblätterbaum. Hat das was zu bedeuten?«

Steinroller nahm es ihr ab, während er mit der anderen Hand Taamus steifen Kopf anhob.

»Ja. Siehst du, da.« Er zeigte auf den blutigen Hinterkopf des Toten. »Schleifspuren. Er muss also dort umgebracht worden sein, wo der Großblätterbaum wächst. Und das ist weit entfernt.«

Steinroller öffnete den Mund des Toten und schaute hinein. Der Mundraum war voller Kieselsteine.

»Hab ich mir doch gedacht«, sagte er zufrieden. »Taamu hat uns noch etwas sagen wollen. Er hat wahrscheinlich gewusst, dass er bald dran glauben muss, und vorher schnell ein paar Steinproben eingesammelt. Das sieht ihm ähnlich.«

Steinroller zog ein paar Kiesel hervor und betrachtete sie in der offenen Hand.

»Und?«, fragte Weichhaar. »Kiesel von hier oder von hinter dem Berg?«

»Hinter dem Berg«, konstatierte Steinroller. »Vom Stinkmorchel-Steinbruch, dem Gebiet der Flachköpfe ...«

Nur an zwei Plätzen der Gegend – in der großen Ebene

und am Steinbruch – existierten noch kleine Gruppen von Neandertalern, die letzten ihrer Art. Sie waren scheue, kurzbeinige Kreaturen, die sich kaum fortpflanzten. Kein Wunder, dass sie dabei waren, auszusterben.

»Meinst du, die Flachköpfe haben ihn auch ermordet?«

Steinroller betrachtete noch einmal intensiv den Toten.

»Das glaube ich nicht«, sagte er. »Sie sind meist friedlich. Aber vielleicht hatte er heimlich was mit einer ihrer hässlichen Frauen ...« Vorsichtig versuchte er, etwas unter Taamus linkem Fuß hervorzuziehen. Es war eine Faser. Sie löste sich jedoch nicht, sondern hing fest.

»Warte«, sagte Weichhaar, griff in ihren Beutel und holte einen kleinen spitzen Gegenstand hervor. »Am besten nimmst du das hier, um keine Geruchsspuren zu zerstören.«

Überrascht sah Steinroller sie an. So eine praktisch begabte Frau hatte er sich immer gewünscht.

»Was ist das?«

»Ich nenne es Pinzette«, sagte Weichhaar, als wäre es nichts Besonderes. »Ich habe es mir aus dünnen Vogelknochen geschnitzt, ich kann damit meine Augenbrauen zupfen.«

Tatsächlich waren die Steinzeitaugenbrauen dick wie Antilopenschwänze und störten oft beim Sehen. Steinroller gefiel das ungewöhnliche Werkzeug. Es war wie gemacht für seine Ermittlungen. Offenbar war Weichhaar die geborene Erfinderin.

Vorsichtig zogen sie die Faser mit der Pinzette hervor.

Es handelte sich um das Stück einer geflochtenen Liane, wie sie oft zum Festbinden des Lendenschurzes benutzt wurde. Steinroller schnupperte daran. Seine Nase, wie überhaupt die Nasen aller Sippenmitglieder, war fast so fein wie die eines Wolfes. Er roch den starken, unverwechselbaren Duft von Flieder. Auch Weichhaar schnupperte daran.

»Oje«, stöhnte sie, als sie die Faser aus der Pinzette auf Steinrollers Hand fallen ließ.

Der Kommissar nickte. »Genau«, sagte er. »Pilu war hier.«

Pilu war der kleine Lendenschurzmacher der Sippe. Er trug als Einziger nach hinten gekämmte Haare und glättete sie jeden Morgen mit einer selbst gemischten Flüssigkeit aus Kräutersaft. Jeder wusste, warum er keine Frau besaß.

»Aber Pilu ist doch kein Mörder«, sagte Weichhaar mit fester Überzeugung. »Er kann ja nicht mal zusehen, wenn ein Feldhase geschlachtet wird.«

»Aber er war hier beim Toten und weiß irgendetwas«, beharrte Steinroller. »Vielleicht ist er ein wichtiger Zeuge.«

In diesem Augenblick hörten sie ein Geräusch im Wald.

Instinktiv warfen sie sich neben dem Toten flach auf den Boden und spähten über Taamus blutigen Bauch hinweg zu der Stelle, an der sich in diesem Moment das Gebüsch teilte und ein Neandertaler zum Vorschein kam. Er war klein, breitschultrig und hatte kräftige krumme Arme. Seine Beine, vor allem die Unterschenkel, waren auffallend kurz. Alles an ihm schien haarig zu sein, ein Kopf voller zottiger Strähnen, die sogar seinen Hals bedeckten. Geduckt stand er da und schaute zu ihnen herüber. Plötzlich zog er etwas aus den dreckigen Fellfetzen hervor, die seinen Bauch bedeckten, und warf es zum Toten herüber. Dabei rief er ihnen mit heiserer Stimme etwas zu.

»Brachzfchulipkroopachzhoo.«

Für einen kurzen Moment richtete er sich noch einmal hoch auf. Die Haare über seiner fliehenden Stirn wehten im Wind. Seine großen Augen hatten einen seltsam traurigen Ausdruck. Dann duckte er sich wieder und verschwand ebenso plötzlich, wie er gekommen war, im Dickicht.

Steinroller und Weichhaar wagten sich wieder aus ihrer Deckung hervor und standen auf.

»Man versteht sie immer so schlecht«, sagte Steinroller.

»Sie haben fürchterlich schlechte Zähne. Ich glaube, er hat irgendwas von einem Baum gesagt.«

Weichhaar ging zu der Stelle, wo das Päckchen lag, das der Neandertaler in ihre Richtung geworfen hatte. Sie hob es auf und brachte es zu Steinroller. Es war ein Bündel aus stinkendem, grauen Kaninchenfell.

Vorsichtig wickelte Steinroller das Fell ab. Zum Vorschein kam ein Vogelnest, in dem ein toter Stieglitz lag.

»Die haben wirklich einen Vogel, die Neandertaler«, sagte Weichhaar mitleidig. »Und dafür macht der den weiten Weg?«

Steinroller schüttelte den Kopf. »Nein«, sagte er mit ernstem Gesicht. »Das ist eine Botschaft. Sogar eine ziemlich dramatische.«

»Und welche Bedeutung hat die Botschaft?«

»Die Neandertaler wollen uns damit verraten, wo Taamu umgebracht wurde. Im Tal der Stieglitze, auf der anderen Seite des Spitzen Berges.«

Er wühlte mit Daumen und Zeigefinger im Nest herum und zog schließlich ein auffallend dünn geschnitztes Holzplättchen sowie einen runden weißen Stein hervor. Als Erstes hielt er das Stück Holz vor Weichhaars Nase.

»Und das hier soll heißen: Dort im Tal ist Taamu auch plattgemacht worden.«

»Ich liebe kluge Männer«, sagte Weichhaar bewundernd. »Aber was bedeutet wohl der weiße Stein?«

Steinroller wurde noch ernster. »Der Stein ist aus dem Besitz meines Vaters. Taamu muss ihn verloren haben. Und er ist etwas sehr Geheimes. Dass die Neandertaler ihn besitzen und uns geschickt haben, heißt nichts anderes, als dass sie eine Verschwörung fürchten und uns helfen wollen, wenn wir sie brauchen.«

»Ach du liebe Zeit«, sagte Weichhaar. »Und ich dachte, wir machen uns die nächsten Tage eine gemütliche Zeit in der Höhle.«

Steinroller hob bedauernd die Schultern. »Tut mir leid. Jetzt, wo der Fall eine solche Wende nimmt, bin ich als Kommissar gefordert. Es wird ernst. Ich hole meinen Assistenten und lasse noch mal die Steinmesser nachschleifen. Dann muss ich wohl los ins Tal der Stieglitze.«

Weichhaar umarmte ihn liebevoll, schleckte ihm einmal zärtlich über die Lippen und flüsterte: »Ich richte uns inzwischen die Höhle gemütlich ein. Auch das Nachtlager.«

»Apropos«, sagte Steinroller, »ich schlafe immer rechts.«

Dann schritt er voller Energie ins Lager zurück, fest entschlossen, seine Ermittlungen aufzunehmen.

Schon bei Steinrollers Ahnen hieß die Zeit des langen Redens Sitzung, weil man dabei auf kalten Steinen saß. Seine erste Sitzung mit Otterfang fand in einer ruhigen Ecke des Lagers zwischen zwei Holundersträuchern statt, wo niemand sie sehen konnte. Gleich dahinter befand sich ein Birkenholzgestell, auf dem Fische zum Trocknen lagen. Während ihres Gesprächs griff Otterfang immer wieder durch die Büsche und schob sich vor Aufregung einen Salzbarsch nach dem anderen in den Mund.

Zweifellos erfüllte es ihn mit Stolz, ab jetzt Steinrollers Assistent sein zu dürfen. Er zeigte seine Freude, indem er mehrfach das Genick seines neuen Chefs drückte und nach jedem Barsch laut rülpste. Das machte man nur, wenn man wirklich zufrieden war, und so fasste es Steinroller auch auf. Gegen Otterfangs hünenhafte Gestalt war er klein. Alles an Otterfang war groß, vor allem seine Ohren und die runde Nase.

»Bin ich bewaffnet?«, fragte Otterfang mit der tiefen Stimme riesiger Menschen.

»Das Übliche«, antwortete Steinroller. »Axt und Speer. Ansonsten werden wir ja mehr unseren Verstand benutzen, denke ich.«

»Genau. Das denke ich auch«, sagte Otterfang dumpf und nickte.

Steinroller erklärte ihm, wie er sich die künftige Zusammenarbeit vorstellte und dass er sich auf Otterfangs archaische Fähigkeiten als Spurenleser und Geräuschelauscher unbedingt verlassen können musste. Auch Otterfangs Geschmacksnerven waren in der ganzen Sippe berühmt, er konnte aus jedem Regenwurm herausschmecken, aus welcher Erde er kam.

Nachdem der Assistent sich alles angehört hatte, nickte er noch einmal sichtlich erfreut und versprach, sein Leben zu geben für die neue Aufgabe. Steinroller war klar, dass Otterfang erst noch mühsam eingearbeitet werden musste und vermutlich noch gar nicht begriff, wie diffizil so ein Fall werden konnte. Aber da die Zeit drängte und sie keinen Tag verlieren durften, musste sich alles Weitere unterwegs ergeben.

Als erste Amtshandlung, bevor sie endgültig ins Tal der Stieglitze aufbrechen konnten, musste Pilu verhört werden. Er konnte ein wichtiger Zeuge sein – oder er war sogar in den Mord verwickelt. Alles war jetzt möglich.

Sie trieben den Lendenschurzmacher beim Spielen mit seinem kleinen Warzenschwein auf, dem er ein lila Schleifchen aus gefärbter Liane umgebunden hatte. Er selbst trug ein weißes Schaffell um die Hüften. Eigentlich war sein Warzenschwein nichts anderes als das zwergwüchsige Wildschwein der Berge, aber da diese Sorte dicke Knubbel auf der Schnauze trug, nannten die Sippen es Warzenschwein.

Der Lendenschurzmacher hatte sich eine feste Hütte errichtet, in der er seinem Handwerk nachging. Steinroller blieb davor stehen und rief mit strenger Stimme: »Pilu!«

Pilu, klein und rundlich – eine äußerst seltene Körperform unter den Sippenmitgliedern –, nahm das Warzenschwein auf den Arm und kam fröhlich zu Steinroller, der sofort erschnupperte, dass Pilus nach hinten gekämmtes Haar heute nach Thymian duftete. Hinter dem Kommissar hatte sich Otterfang aufgebaut. Er bemühte sich, ebenso streng wie sein neuer Chef dreinzublicken, obwohl er sich insgeheim mächtig über Pilu und seinen kleinen Appetithappen amüsierte.

»Heho, ihr zwei!«, grüßte Pilu aufgekratzt. Er hatte fast immer gute Laune und schien sich an den strengen Gesichtern seiner Besucher nicht zu stören. »Wollt ihr euch schon mal die neue Winterware ansehen?«

»Was hast du denn so?«, fragte Otterfang spontan, ohne zu bemerken, dass auch Steinroller gerade den Mund aufgemacht hatte, um zu antworten.

»Was ganz was Tolles«, antwortete Pilu begeistert und kraulte seinem Schweinchen den Bauch. »Kuscheliges Wollnashorn, als Schlafdecke und als Lendenschurz. Jetzt auch mit Eingriff!«

»Vielleicht führst du uns das ja mal vor«, sagte Steinroller mit hintersinnigem Lächeln. »Zum Beispiel auf der schönen Sumpfgraswiese.«

Pilu versuchte, seine Leichtigkeit beizubehalten. »Also bitte, ihr Lieben – doch nicht in der feuchten Ecke!« Er schien amüsiert zu sein. »Da wüsste ich hübschere Plätze.«

»Tatsächlich? Und was treibt dich dann nachts dort hin?«

»Wie soll ich das verstehen?«

»Das frage ich dich«, sagte Steinroller, und sein Lächeln war verschwunden. »Wo warst du gestern zwischen Sonnenuntergang und Bisontränke?«

»Ich verstehe nicht ...« Pilu sah auf einmal gehetzt aus. »Ich war in meiner Hütte ... Wo sollte ich sonst gewesen sein?«

Steinrollers Miene wurde noch ernster. »Ich nehme an, du weißt, dass Taamu ermordet wurde. Ich bin hier, weil ich im Auftrag meines Vaters seinen Tod untersuche. Und du bist ein wichtiger Zeuge.«

Aus Pilus Gesicht war die Farbe gewichen. Trotzdem lachte er auf. »Ich?« Er knubbelte nervös das Schweineschwänzchen, was irgendwie obszön aussah. »Taamu war nicht mal Kunde bei mir. Er hat sich seine Sachen immer von seiner Mutter nähen lassen.«

»Und was hast du dann bei seiner Leiche gemacht?«

Pilu erschrak sichtlich. »Woher wisst ihr das?« Er setzte sein Haustier ab. Quiekend lief es in die Schneiderei zurück.

Steinroller erklärte ihm, dass man sein Duftwasser noch heute Vormittag im weiten Umkreis hatte riechen können. Leugnen war also sinnlos.

Pilu beteuerte seine Unschuld. »Ich bin nur zufällig vorbeigekommen ... Da hab ich ihn liegen sehen, und dann bin ich weggelaufen, weil ich nicht der sein wollte, der ihn fand.« Er hob hilflos die Hände. »Versteht ihr nicht, dass so was schlecht fürs Geschäft ist, wenn man mit einem Toten in Verbindung gebracht wird?«

Steinroller gab Otterfang einen Wink. »Hüttendurchsuchung!«

Pilu war entsetzt. »Was?«

Der Kommissar und sein Assistent marschierten in Richtung der großen Hütte, in der Pilu lebte und arbeitete. Sie bestand aus senkrecht aufgestellten bleichen Mammutrippen, die mit großen Lederstücken bedeckt waren. Der Schneider lief hinter ihnen her, das weiße Schaffell beim Gehen glatt streichend.

»Kinder, macht doch keinen Unsinn!«

Doch Steinroller blieb unerbittlich. Er bahnte sich seinen Weg durch die Berge von groben Fellen und fertigen Schurzen verschiedener Größen, die sich am Eingang stapelten. Auf einem breiten Stein lagen ordentlich aufgereiht Nähnadeln aus Elfenbein.

Das Erste, was ihnen auffiel, war Pilus Handtaschensammlung. Die Täschchen hingen an einem Ast, der im hinteren Teil der Hütte im Boden steckte. Weichhaar hätte ihre Freude an den originellen Stücken gehabt. Aber Handtaschen für Männer waren ja schließlich nur verpönt und nicht verboten, auch wenn Otterfang angewidert mit den Fingern darüber streifte und das Gesicht verzog.

Viel bedenklicher waren die fingerlangen Köcher, die daneben auf einem Brett lagen.

»Sieh mal an«, sagte Steinroller zu Pilu, der sich stumm und bleich neben sie gestellt hatte. »Was haben wir denn hier?«

»Sammelst du Fingerhüte?«, wandte sich Otterfang ahnungslos an Pilu und nahm einen der Köcher in die Hand. Er war aus hauchdünnem Frettchenleder genäht.

»Nein«, sagte Steinroller. »Das alte Ferkel verkauft heimlich Stängelschützer, obwohl das streng verboten ist.«

Sein Vater höchstpersönlich hatte dieses Verbot erlassen, weil ihre Sippe ohnehin schon vom Aussterben bedroht war und nicht enden sollte wie die Neandertaler.

»Ich ... ich bastele sie nur so zum Spaß, wisst ihr ...«, stammelte Pilu. »Aus alter Tradition. Man kann sie auch sehr gut als Blumenvase benutzen.«

»Jetzt reicht's«, sagte Steinroller. »Entweder, ich gebe meinem Vater einen kleinen Hinweis, oder du sagst uns endlich, was du wirklich bei dem Toten gemacht hast.«

Pilu gab sich geschlagen und packte aus. Er wusste genau, wenn Felsschmetterer, der Sippenälteste, sich erst einmal aufregte, stand man hinterher schnell mit ausgeschlagenen Zähnen oder nur einem Baumelbällchen da.

Mit schuldbewusstem Gesicht führte er seine Besucher zu den Fellen. Dort hob er den obersten Stapel ab. Zum Vorschein kam ein prachtvolles graues Wolfsfell, das an zwei Enden Lederschließen aufwies. Steinroller zog es hervor und hob es in die Höhe, um es besser betrachten zu können.

Kein Zweifel – es war der gesuchte Umhang, der Taamu gehört hatte und den Steinroller bei der Leiche vermisst hatte.

»Du hast es dem Toten gestohlen?«, fragte der Kommissar ungläubig.

Pilu nickte kleinlaut.

»Ich sah es liegen und dachte ... weil es doch so ein wunderbares Fell ist, mit einzigartiger Färbung ... Und ohne hässliche Blutflecke ...«

Steinroller wurde sofort klar, was Pilu da gerade gesagt hatte: Ohne hässliche Blutflecke. Er sah sich das Wolfsfell noch einmal genauer an. Tatsächlich war es vollkommen sauber, was eigentlich nicht sein konnte, hätte Taamu es zum Todeszeitpunkt getragen.

»Wo hat das Fell gelegen, als du es entdeckt hast?«, fragte er streng. »Neben dem Toten?«

Der Lendenschurzschneider schluckte.

»Ich will die ganze Wahrheit, Pilu!«, drängte der Kommissar, als er merkte, dass sein Gegenüber noch etwas verbarg.

Pilu räusperte sich. »Es war so: Ich glaube, ich habe den Mörder gesehen ... Jedenfalls den Mann, der Taamu gebracht und auf die Sumpfwiese gelegt hat.«

Steinroller wollte seinen Ohren nicht trauen, aber er wagte nicht, Pilu zu bremsen, wenn er schon einmal dabei war, die Wahrheit zu sagen.

»Erzähl.«

Es war in der Nacht gewesen, bei schönstem Vollmond. Pilu hatte mit seinem kleinen Warzenschwein noch einen Spaziergang gemacht, weil er wegen des Mondes nicht schlafen konnte. Plötzlich sah er aus dem Wald einen Mann kommen, das Gesicht geschwärzt. Auf seinen Armen trug er einen leblosen Körper, den er auf der Wiese ablegte. Es war Taamus Leiche. Der Unbekannte hatte auch Taamus Fell dabeigehabt und es neben dem Toten auf den Boden gelegt. Dann war er so schnell verschwunden, wie er gekommen war.

»In welche Richtung?«, fragte Steinroller. »Wieder in den Wald?«

»Nein«, antwortete Pilu. »Er verschwand zwischen den Zelten. Als wäre er einer von unseren Leuten gewesen.«

»Hältst du für möglich, dass es ein Neandertaler war?«

Pilu lachte auf. »Du liebe Zeit, nein! So ein Kerlchen hätte ich doch sofort am Geruch erkannt! Wie frisch aus der Kloake, sage ich immer, völlig ohne Stil.«

»Ist dir sonst noch was aufgefallen?«, fragte der Kommissar.

Pilu überlegte. »Nach einer Weile hörte ich ein seltsames Geräusch aus dem Wald, so ein Knirschen und das Rumpeln von Steinen ... Aber ich traute mich nicht, nachzuschauen.«

Steinroller blickte vielsagend zu Otterfang. »Interessant. Vielleicht hat der Geheimnisvolle drüben am Geröllhang etwas vergraben.«

Er nahm noch einmal den Wolfspelz in die Hand und betrachtete ihn sorgfältig. Auf der Rückseite entdeckte er zwei kräftige dunkle Flecke, der größere von ihnen wirkte klebrig. Steinroller winkte seinen Assistenten zu sich heran. Plötzlich war er wieder ganz der Kommissar, schon allein, um Pilu Respekt einzuflößen.

»Otterfang, bitte Geschmacksproben nehmen. Zunge.«

Otterfang trat näher und streckte brav die Zunge heraus. Steinroller hob das Wolfsfell hoch und rieb einen der Flecke an der Zunge seines Assistenten, die so breit und lang war wie der Waidlöffel eines Auerochsen.

»Und?«, fragte er.

Schmatzend versuchte Otterfang, den Geschmack einzuordnen.

»Mäusedreck«, stellte er fest. »Feldmaus, mittlere Größe.«

»Gut, dann Probe Nummer zwei.«

Der Assistent leckte ein zweites Mal am Leder. Diesmal schien ihm die Probe deutlich besser zu schmecken. »Gletschersalz«, sagte er voller Überzeugung. »Eindeutig. Allerdings mit einem kleinen Spritzer Bergziegenpisse. Das Ganze erst zwei Tage alt.«

»Danke, das passt«, sagte Steinroller. »Damit steht für mich fest, dass Taamu vor seinem Tod bei der Turit-Sippe gewesen sein muss. Im Gletscherbergland.«

»Ihr seid ein großartiges Paar«, sagte Pilu ehrfurchtsvoll und blickte bewundernd von Steinroller zu Otterfang. »Ich bedauere aufrichtig, dass ich euch so viel Mühe gemacht habe.« Direkt neben ihm stand der Hüne Otterfang, der sich gerade mit dem Handrücken den Mund abwischte. Plötzlich, als könnte Pilu nicht mehr an sich halten, griff er von der Seite an Otterfangs Lendenschurz und zupfte an ihm herum. »Entschuldigung, aber ich kann das gar nicht mit ansehen. Du musst dein Schürzchen nicht immer so weit hochziehen, Großer, wie oft hab ich dir das schon gesagt!«

Otterfang knurrte unwillig, zog aber gehorsam sein Leder zurecht.

Währenddessen dachte Steinroller nach. Das Berglager der Turits war in den vergangenen Wochen schon mehrfach Gesprächsthema zwischen seinem Vater und ihm gewesen. Der Turit-Gletscher war nur eine Tageswanderung weit entfernt, und normalerweise mied ihre Sippe den Kontakt mit den arroganten Turits. Doch in letzter Zeit hatte sein Vater schon zweimal Sippenmitglieder bei Morgengrauen aus Richtung der Berge kommen sehen. Alle diese Jäger hatten behauptet, sie seien nicht bei den Turits, sondern nur auf dem Weg dorthin in der Tundra gewesen, um Elche zu jagen. Viel Beute hatten sie jedoch nicht mitgebracht. Irgendetwas hatte seinen Vater skeptisch gemacht an diesen Erklärungen. Wollten die Männer ohne sein Wissen engere Kontakte zu den Turits knüpfen?

Und warum?

In diesem Moment erscholl ein Höllenlärm hinter ihnen. Eine Gruppe Jäger, angeführt von Steinrollers Vater, kam durch die Reihe der Zelte auf sie zugerannt. Das Trampeln ihrer Füße ließ den Boden erzittern. Die Männer hielten ihre Speere und Äxte in den Fäusten und schwangen sie über ihren Köpfen. Mehrere Männer trugen auch Keulen aus Feuerstein. Die Stimme des Sippenältesten übertönte alles, als er seinem Sohn und Otterfang zurief: »Mammut! Wir brauchen jeden Mann!«

Steinroller wusste, dass er sich diesem Befehl nicht entziehen konnte, wenn er seinen Vater nicht verärgern wollte. Er musste sich ja später nicht am Töten beteiligen. Gehorsam reihten er und Otterfang sich in die Gruppe der aufgeregten Jäger ein. Selbst Pilu lief spontan mit, obwohl er schon am Lagerrand atemlos war. Plötzlich galoppierte auch das Schweinchen aufgeregt quiekend neben seinen Füßen her, was ihm jede Menge spöttischer Zurufe der anderen einbrachte.

Das Mammut saß in einer Fallgrube, die eigentlich zum Fang von Hirschen gebaut worden war, denn an dieser Stelle wechselte das Wild in großer Zahl. Es handelte sich um ein kleineres Tier. Sein wolliges braunes Fell war verkrustet, sein Rüssel schwang wütend hin und her, und die riesigen, nach oben geschwungenen Stoßzähne bebten. Die gewaltigen Beine des Mammuts versuchten mit aller Kraft, das enge Erdgefängnis zu zertrampeln.

Einen Moment lang blieben die Jäger andachtsvoll schweigend am Rand der Grube stehen und sahen bewundernd dem mächtigen Tier zu.

»Oh, ein Rüde!«, rief Pilu aufgeregt in das Schweigen hinein.

»Das heißt nicht Rüde, sondern Bulle«, raunte ihm Steinroller leise zu.

Doch Speerschleuderer, der Oberste Jäger der Sippe, der später auch das Fleisch in private und gemeinschaftliche Portionen aufteilen durfte, hatte ihn gehört. Er war ein herrischer Mann und bekannt für seine Strenge.

»Verschwinde!«, fuhr er Pilu scharf an. »Du hast hier

nichts zu suchen! Geh lieber Beeren pflücken in deinem ...« – spöttisch beäugte er Pilus kuschelweiches Lammfell, – »... Fummel!«

Plötzlich erklang die laute Stimme Felsschmetterers.

»Jagd!«, brüllte er. »Tötet ihn!«

Eine Sekunde später flogen die Speere auf das Mammut zu, und die ersten Männer sprangen mit ihren Äxten auf den Rücken des wütend trompetenden Tieres.

Pilu wandte sich traurig ab. Er bückte sich nach seinem Schweinchen, nahm es auf den Arm und streichelte es.

»Irgendwann ...«, flüsterte er, »... irgendwann werde ich euch meinen Mut schon beweisen!«

Die weibliche Seite der Steinzeit war so vielfältig wie der Regenbogen über dem Wald. Gebären und Säugen war eine Sache, fanden die Frauen, aber irgendein anderes Vergnügen musste man sich daneben auch noch gönnen dürfen. Während ihre vor Wachsamkeit und Anstrengung stets etwas streng riechenden Männer den Gefahren der Wildnis trotzten, entdeckten die Frauen als Hüterinnen des Feuers an langweiligen Tagen, welche Pflanzensäfte die gefürchtete spitzpicklige Steinzeit-Akne verschwinden ließen, wie man verlockend duften konnte und was man tragen musste, damit die Bewohnerinnen der Nachbarzelte neidisch wurden.

Wie all die anderen genoss es Weichhaar, wenn mal keine Wurzel- und Beerensammelwoche war, in der sie als Frauengruppe halbnackt mit zerzausten Haaren und krabbelnden Spinnen auf den hängenden Brüsten über die Heide streifen und zwischen den Pilzen herumkriechen mussten. Und heute war es besonders schön, denn alle Männer befanden sich auf der Jagd, und die Kinder der Sippe waren in der Höhle des Schamanen zum gemeinsamen Orakeln.

Hätte Weichhaar allerdings geahnt, dass dieser scheinbar friedliche Nachmittag nur der trügerische Auftakt zu einer furchterregenden Bedrohung war, wäre sie nicht nach draußen gegangen.

Nachdem sie die neue Höhle etwas wohnlich gemacht hatte und Steinroller noch nicht zurückgekommen war, um sein Reisegepäck für die Wanderung ins Tal der Stieglitze abzuholen, hatte sich Weichhaar mit ihrer besten Freundin Schwalbenschwinge verabredet. Sie waren seit ihrer Kindheit unzertrennlich. Schwalbenschwinge trug diesen Namen, weil sie ihre bis zum Gesäß reichenden Haare seit jeher mit den ausgebreiteten Flügeln kleiner Vögel schmückte. Sie hatte deshalb zwar alle paar Tage die Last, einen neuen Vogel zu fangen, doch dies investierte sie in ihre Schönheit – ganz abgesehen davon, dass es bei den jungen Jägern üblich geworden war, des Nachts das eine oder andere Vögelchen für Schwalbenschwinge vor die Höhle zu legen.

Schwalbenschwinge war zweifellos eine der hübschesten jungen Frauen, die es in diesem Wald gab. Ihr längliches Gesicht, die mit Knochenstacheln durchbohrten Ohrmuscheln und ihr geschmeidiger, sehr aufrechter Gang ließen die meisten anderen Feuerhüterinnen daneben plump erscheinen. Wenn sie lief und ihre langen Achselhaare verlockend im Wind wehten, wurde jeder Jäger nervös.

Die beiden Frauen hatten sich entschieden, wieder einmal der Benutzthütte am Wasserfall einen Besuch abzustatten und ein paar »Vorräte zu beschaffen«, wie Weichhaar ihre Modeeinkäufe augenzwinkernd nannte.

Der Unterstand aus kleinen Stämmen war seit Sonnenaufgang geöffnet. Die Händlerin, eine zwischen den Sippen hin und her vagabundierende weißhaarige Alte, bot darin nur Dinge an, die schon benutzt waren, und tauschte sie gegen ebenfalls benutzte andere Gegenstände ein. Eigentlich war diese neue Idee vielversprechend. Doch die Sippen freundeten sich mit dem neumodischen Tauschprinzip nur zäh an. Was man besaß, wollte man auch über den nächsten Winter behalten. Weichhaar und Schwalbenschwinge dagegen fanden diese Art der Abwechslung aufregend und hatten zum Eintauschen ein Bündel getragener Kleidung und ein paar Schmuckstücke bei sich, die sie nicht mehr mochten.

In der Benutzthütte war alles vorhanden: Speere, riesige Bärenzähne, Schmuck aus Mammuthorn und Bekleidung für Männer und Frauen.

Weichhaar und Schwalbenschwinge liefen zwischen den zum Teil stinkenden Sachen herum. Kichernd probierten sie mehrere billige Ziegenfellfetzen und einen eleganten breiten Streifen aus zusammengenähten Maulwurffellen an. Wenn man sich darin betrachten wollte, musste man nur zum Fluss hinuntergehen und sich kurz auf der Wasseroberfläche spiegeln. Auch Echsenleder zum Umwickeln der Füße war im Angebot. Leider klebten noch Dreck und Blutreste vom Vorbesitzer an der Innenseite, was Weichhaar eklig fand. Sie entschied sich schließlich für das Maulwurffell und tauschte es gegen ihren alten Nashorntalisman. Schwalbenschwinge erwarb einen Umhang aus bräunlichen Hühnerfedern. Die schöneren Federn der Hähne waren leider den Männern vorbehalten.

Plötzlich hielt ihnen die Alte einen langen, handbreiten Streifen aus Hermelinfell entgegen.

»Was ist das?«, fragte Schwalbenschwinge fasziniert.

»Es bringt das Blut der Männer zum Kochen«, raunte die Händlerin ihnen zu. »Ein Reizgürtel. Man bindet sich das Fell verführerisch um die Hüften – sonst trägt man nichts. Ihr versteht schon ...«

»Brauchen wir nicht«, sagte Weichhaar frech. »Wir haben selbst schöne Felle zwischen den Beinen.«

Prustend lachte Schwalbenschwinge los. Weichhaar fiel mit ein. Arm in Arm zogen sie fröhlich weiter zum nächsten Stapel der Benutztdinge.

Bei den Waffen wurde Weichhaar ein zweites Mal fündig. Für eine Erfindung, die sie Steinroller schenken wollte, benötigte sie dringend ein besonders schmales Steinmesser sowie mehrere andere Gegenstände. Schwalbenschwinge stand daneben und seufzte. »Du hast es gut. Hast jetzt den Mann, den du schon immer haben wolltest. Auch noch einen Künstler! Und ich?«

Weichhaar tröstete sie. »Du kriegst deinen auch noch.«

Seit Beginn der heißen Jahreszeit war Schwalbenschwinge in Ranu verliebt, einen Musiker, der die Hirschgeweihflöte erfunden hatte und wegen seines Instrumentes bis ins Gletscherbergland hinauf berühmt war. Erst spätere Generationen sollten daraus das Jagdhorn entwickeln.

Die beiden Frauen waren gerade dabei, sich noch ein wenig in der Schmuckabteilung umzusehen, als sich plötzlich der Eingang verdunkelte und die alte Händlerin zitternd auf die Knie fiel.

Auch Weichhaar und Schwalbenschwinge erschraken. Vor ihnen stand der Schamane, wie immer mit furchtbar wichtiger Miene. Makamus Stimme war markerschütternd laut und wurde, wie jeder wusste, sogar von den Wolken gehört. Sein vollständig mit schwarzen Zeichen bemalter muskulöser Oberkörper zuckte vor Erregung, und sein mit Tierknochen bekränzter Schädel reichte bis zur Decke des Unterstandes.

»Weichhaar!«, befahl er. »Komm zu mir!«

Weichhaar gehorchte und trat vor, wie es sich gehörte mit gesenktem Kopf.

»Ich wusste, dass du hier bist.«

Weichhaar wurde wieder ruhiger. Natürlich, er wird gesehen haben, wie wir hierherkamen, schließlich ist seine Höhle nicht weit entfernt, dachte sie erstaunlich nüchtern.

Um die Situation zu entschärfen, erklärte sie unterwürfig: »Wir wollten hier die Stunde deines großen Orakels abwarten.«

Sie dachte dabei an die Kinder, die mit ihm in der Höhle gewesen waren. Einige von ihnen sah sie hinter dem Schamanen unter den Bäumen stehen und gespannt herüberblicken.

»Ja«, rief er mit mächtiger Stimme, »das Orakel hat gesprochen! Und wir haben Schreckliches gesehen! Eine Schlangenbrut wird Steinroller und dich verschlingen! Feuer und Geröll werden um euch sein und euer Leben auf fürchterliche Weise mit den Ahnen und dem Ewigen verschmelzen!«

Weichhaar war sonst nicht gerade ängstlich, aber diese Weissagung Makamus klang gar nicht gut. Vor allem die Sache mit den Schlangen durfte man sich nicht bildlich vorstellen.

»Was soll ich tun?«, fragte sie verhalten.

»Geh zu deinem Mann und warne ihn!«, rief Makamu. »Er soll aufhören, dem toten Taamu nachzuspüren. Geh und zögere nicht!« Er hob die Hand und zeigte ins Tal, als wollte er ihr damit den Weg weisen.

Weichhaar nickte, packte unter Makamus blitzenden Augen schnell ihre Einkäufe zusammen und drückte ihrer Freundin den Arm. »Entschuldige«, sagte sie leise.

Dann rannte sie los.

Sie lief den Fluss entlang, bis sie zwischen den mannshohen Farnen auf den Pfad ins Lager stieß. Aus der Wildnis kamen die gewohnten Geräusche, mit denen sie aufgewachsen war. Die Schreie der Raubvögel, der dunkle Ruf eines brünstigen Auerochsen und das Rascheln unter den Dornenbäumen. Aber heute kam ihr alles geheimnisvoll vor.

Sie hatte gerade die Geröllhalde erreicht, wo auch die Reihe der Zelte begann, als sie plötzlich zwischen den Bäumen Otterfangs riesige Gestalt entdeckte. Dann sah sie auch Steinroller. Er sah lässig aus, wie er dort an den großen Felsen gelehnt stand. Ein Hauch von Stolz darüber, dass er jetzt ihr gehörte, überwältigte sie.

Erst als sie näher kam, sah sie, dass Otterfang gerade dabei war, mit einer riesigen Elchschaufel in der Hand im Geröllboden herumzugraben. Gleich darauf zog er etwas aus der Erde. Triumphierend hielt er es mit beiden Händen in die Höhe.

Es handelte sich um eine geflochtene Matte aus Bast, wie nur das Bergvolk der Turits sie herstellen konnte. Sie war zusammengerollt und verdreckt. Doch in ihr, so stellte sich heraus, war eine blitzsaubere Steinaxt eingewickelt. An ihr gab es weder Blutreste noch andere Kampfspuren.

Steinroller ging zu seinem Assistenten und nahm ihm die Funde ab.

»Ich denke, das ist, was wir gesucht haben«, sagte er zufrieden. »Gut gemacht, Otterfang.«

»Gern geschehen«, antwortete Otterfang bescheiden. »Das konnte ja ein Blinder von Weitem sehen, dass hier jemand was vergraben hatte.«

Steinroller drehte die Axt hin und her. Für ihn gab es keinen Zweifel – das war Taamus Waffe, auf die sein Vetter immer so stolz gewesen war.

Otterfang verstand die ganze Sache nicht. »Warum sollte der Mörder sich die Mühe machen, sie hier zu vergraben?«, fragte er. »Und überhaupt – warum hat er Taamus Leiche nicht gleich im Stieglitztal gelassen, statt sie den weiten Weg hierherzuschleppen?«

Auch Steinroller hatte sich die Frage bereits gestellt und keinen vernünftigen Grund dafür gefunden. Doch jetzt, als Otterfang sie in seiner Naivität formulierte, erinnerte er sich plötzlich wieder an etwas, das ihm sein Vater als Kind beigebracht hatte.

Es war das alte Gesetz der Sippe. Wer einen anderen umgebracht hatte, musste unter allen Umständen dafür sorgen, dass der Tote und seine Besitztümer wieder am selben Ort begraben werden, an dem er einst in die Welt gekommen war. Wer sich nicht daran hielt, dem drohte selbst der Tod.

Dies war die Erklärung, warum der Mörder mit Taamus Körper zurückgekehrt war. Und es brachte eine weitere Erkenntnis: Wer die Tat begangen hatte, musste selbst Mitglied ihrer Sippe sein, denn sonst hätte er das alte Gesetz nicht gekannt. Außerdem musste er geheime Verbindungen zum Volk der Turits haben, deren Bastmatte er benutzt hatte.

Wieder die Turits.

Von der Geröllhalde kletterte Weichhaar zu ihnen herunter. Noch etwas atemlos berichtete sie von Makamus dramatischem Auftritt. Steinroller hörte ihr ruhig zu.

Zum Ärger seines Vaters hatte er schon als Kind alles infrage gestellt und dafür ordentlich Prügel bezogen. Seine Vorstellung von der Welt war, dass jedes Ding nur eine Kulisse darstellte, hinter der sich etwas anderes verbarg als das, was man sah. Hatte nach einem Gewitter der Baum vor ihrer Höhle gebrannt, was allen als schlechtes Jagd-Omen galt, war er als Einziger auf den Gedanken gekommen, dass der nächtliche Blitz ihn angezündet haben könnte. Ließ der Schamane in den Vollmondnächten blutige Kieselsteine aus der alten Linde auf die ehrfürchtig versammelten Sippen regnen, fand Steinroller durch kühle Beobachtung heraus, wie der Schamane dafür heimlich ein kaum sichtbares Stück Rentiersehne vom Boden lockerte, das den großen Ast über ihnen in Bewegung setzte. So lernte er bald, dass nichts war, wie es schien, und alles möglich war, wenn man nach dem richtigen Sinn fragte.

Er legte Weichhaar beruhigend die Hand auf die Schulter. »Makamu will uns Angst machen«, sagte er. »Er fürchtet die Unruhe, die es geben könnte, wenn ich Taamus Mörder finde.«

Ungläubig schaute ihn Weichhaar an. »Du meinst, er hat das Orakel nur deshalb so ausgelegt?«

Steinroller sah förmlich, wie jetzt auch Otterfang die Ohren aufstellte. Götterlästerung machte die Menschen zu allen Zeiten neugierig.

»Du hörst jetzt weg, Otterfang«, befahl der Kommissar. »Das geht nur mich und meine Frau was an. Betrachte dir lieber noch mal die Matte aus Bast, ob nicht doch irgendwas Auffälliges daran zu entdecken ist.«

Mit enttäuscht verzogenen Mundwinkeln – was bei seinem großen Gebiss nicht zu übersehen war – stapfte der Assistent über das Steinfeld zum großen Felsen hinüber.

Sobald sie allein waren, machte Steinroller Weichhaar mit seiner Philosophie vertraut.

»Es ist so«, sagte er. »Man kann eine Tat nicht aufklären, wenn man allzu viel Respekt vor den Mächtigen hat. Auch der Mächtige ist Teil unserer Sippen, er macht sich nur größer, als er ist.«

»Auch Makamu?«, fragte Weichhaar zweifelnd. »Aber er redet doch als Einziger mit den Wolken?«

»Ich habe herausgefunden, dass die Mächtigen die vielen Wolken nur dazu benutzen, damit wir ihnen ihre Macht glauben. Und weil es immer wieder neue Wolken gibt, über die sie reden können, bleiben sie mächtig. Wenn das nur jeder begreifen würde.«

Weichhaar blickte ihn bewundernd an. Er hätte ihr auch erklären können, dass die Erde rund ist, und sie hätte es überzeugend gefunden.

»Wie klug du bist«, sagte sie beeindruckt. »Ich fürchte nur, es ist so einfach, dass dir keiner glauben wird.«

»Das ist ja das Problem mit der Wahrheit«, sagte Steinroller seufzend. »Deshalb bin ich schließlich auch Höhlenmaler geworden. Bilder an der Wand überzeugen immer.«

Im selben Moment kam Otterfang aufgeregt zu ihnen zurück. Er hatte etwas entdeckt. In der linken Hand hielt er die Bastmatte, während er Daumen und Zeigefinger seiner Rechten dem Kommissar entgegenstreckte. »Hier«, sagte er aufgeregt. »Das war zwischen den Baststreifen eingeklemmt. Menschenhaare!«

Es waren fünf dunkelbraune, schulterlange Haare, die zweifellos dem Eigentümer der Matte gehörten – und damit vielleicht Taamus Mörder. Dessen Haare jedenfalls waren es nicht, denn Taamu war dunkelblond gewesen. Vorsichtig nahm Steinroller sie seinem Assistenten aus den Fingern. Eingehend betrachtete er sie im Sonnenlicht.

»Großartig, Otterfang, danke«, sagte er schließlich.

Er knotete die Haare an die Hornschließe seines Lendenschurzes, um die wichtigen Beweisstücke bloß nicht zu verlieren.

Als er seinen Blick ein letztes Mal über die schmutzige Matte schweifen ließ, fiel ihm plötzlich noch etwas auf. Sie hatte am unteren Rand einen grünen Farbfleck. Es war die stilisierte Form einer Tanne, oben spitz, unten breit – genau so, wie Steinroller sie erst kürzlich zum ersten Mal in sein großes Höhlenwandbild eingefügt hatte! Er war sehr stolz darauf gewesen, die Form der Tanne so einfach getroffen zu haben. Warum prangte sie nun auf diesem Umhang, und weshalb hatte ihn jemand kopiert?

Er sah, wie sein Assistent unruhig zum Himmel blickte. Die Sonne stand nur noch eine Handbreit über den Bäumen.

»Wir müssen uns auf den Weg machen«, drängte Otterfang. »Gleich beginnt Taamus Rückkehr in die Erde.«

Taamus Beerdigung. Wie es üblich war, hatten die alten Männer der Sippe im Laufe des Tages die Zeremonie vorbereitet und wollten sie kurz vor Einbruch der Dunkelheit im Wald vollziehen. Es war von großer Bedeutung, dass auch die Verwandten von Taamu anwesend waren. Frauen durften nicht dabei sein.

»Ich bin bereit«, antwortete Steinroller und rollte die

Matte sorgfältig zusammen, um sie dann seiner Frau zu übergeben. Unter ihren persönlichen Kleidungsstücken war das Beweisstück für die nächste Zeit am besten versteckt.

Weichhaar klemmte sich die Rolle unter den Arm und machte sich bereit, ins Lager zurückzugehen. Plötzlich schien sie wieder voller Energie zu sein.

»Damit ich es nicht vergesse«, sagte Steinroller. »Heute Abend ist der Empfang bei meinem Vater. Du brauchst also nicht zu kochen.«

»Ich bin sowieso keine gute Köchin«, antwortete Weichhaar lächelnd und setzte sich in Bewegung. Kokett blickte sie ihren Mann an. »Dafür kann ich andere Sachen ganz gut.«

Als Weichhaars braun gebrannte haarige Beine in der hohen Sauerampferwiese verschwanden und sie ihm noch einmal lächelnd zuwinkte, musste Steinroller daran denken, dass ihnen ja noch ihre erste gemeinsame Nacht bevorstand.

Er musste sich sehr zusammenreißen, um seiner Frau nicht auf der Stelle zu folgen.

Plötzlich stand wieder Otterfang neben ihm. Seine große Gestalt verdunkelte die Sonne.

»Wann beginnt der Empfang?«, fragte der Assistent.

Steinroller schaute zu ihm hinauf. »Wie immer. Wenn mein Vater die große Muschel bläst«, antwortete er. »Und damit das klar ist – wir sind auch heute Abend im Dienst. Ich will Haarproben von jedem braunhaarigen Mann.«

Otterfang kratzte sich sorgenvoll am Kopf.

»Oh, oh«, sagte er. »Ich glaube, das wird nicht einfach werden.«

Doch Steinroller hörte gar nicht mehr zu. Im dichten Gebüsch am Rand des Geröllfeldes, direkt hinter Otterfang, hatte er ein paar Augen entdeckt, die ihn beobachteten. Bewegungslos wie die Augen eines Luchses starrten sie zu ihm herüber. Der Rest des Gesichtes wurde vollständig durch die gezackten grünen Blätter der Büsche verdeckt. Nur eines konnte Steinroller unzweifelhaft erkennen – eine braune Haarsträhne, die über das linke Auge fiel. Für einen Moment spielte er mit dem Gedanken, sich in das Gebüsch zu stürzen und den stummen Beobachter zu jagen. Doch er ließ es sein. Denn er wusste, dass er gegen keinen der Jäger seiner Sippe eine Chance hätte.

Der nächtliche Empfang des Fleisches fand auf dem großen Platz vor der Hütte des Sippenältesten statt. Das war schon in Steinrollers Kindheit so gewesen. Dabei erhielt jeder Jäger seinen Anteil an der Jagdbeute, in diesem Fall am getöteten Mammut. Bis auf die Kinder waren alle Männer und Frauen der Sippe versammelt. Sieben Feuer erleuchteten die Szenerie.

Doch man empfing nicht etwa genau das, was einem nach der alten Formel »Mammut geteilt durch Kopfzahl der Sippe abzüglich Kranke (die sowieso bald sterben würden)« zukam. Nein, Felsschmetterer hatte nach zwei verheerenden Wintern mit vielen Toten eine Abgabe ins Leben gerufen, die von allen Jägern zu zahlen war. Jeder bekam nur die Hälfte des ihm zustehenden Fleisches ausgehändigt. Der Rest der Beute wurde getrocknet und für schlechte Zeiten in einem tiefen Erdloch zwischen den schwarzen Felsen vergraben. Nur die beiden Mächtigen der Sippe, Felsschmetterer als der Sippenälteste sowie der Schamane, durften sich wegen ihrer großen Weisheit jederzeit davon bedienen. Murrend akzeptierten es die Jäger, nicht ahnend, dass Felsschmetterers Erfindung einer allgemeinen Abgabe für mehr als dreißigtausend Jahre in Kraft bleiben würde.

Als Steinroller und Weichhaar auf dem Platz erschienen,

waren sie beeindruckt, wie festlich alles aussah. Das Mammut lag hübsch dekoriert in der Mitte des Platzes, zwar schon ohne Fell und bereits portioniert, aber immer noch in seiner ursprünglichen Form. Nach alter Jagdtradition hatte ihm jemand den Ast einer Eiche mit vielen Blättern ins Maul gesteckt. Otterfang half gerade noch, einen Stapel spitzer Stäbe heranzuschleppen, damit die Jäger damit später ihr Fleisch davontragen konnten.

In diesem Moment kletterte Steinrollers Vater auf den Rücken des Mammuts und hielt eine Rede. Er dankte den Wolken für das Jagdglück der Sippe und den Jägern für ihre Geschicklichkeit und ihren Mut. Sodann kündigte er an, dass in diesem Jahr die Jagd auf die Herden der Wildpferde unmittelbar nach dem nächsten Vollmond beginnen werde, was allseits begrüßt wurde.

Auch zwei Neuerungen hatte Felsschmetterer zu verkünden. Die bevorstehende Rentierjagd sollte in diesem Sommer an zwei Stellen der Großen Ebene stattfinden. Er hatte interessante Engpässe gefunden, durch die man die Tiere treiben und leicht mit dem Speer erlegen konnte. Das Zweite war eine Ankündigung, die bei den Jägern nicht so gut ankam. Felsschmetterer vermeldete, dass ab dem nächsten Winter die Fleischabgabe an die Sippen auf vierzig Portionen von hundert reduziert werden würde. Das restliche Fleisch wurde wie gehabt eingelagert.

Saako, ein jüngerer Jäger und Ehemann einer kranken Frau, sprang spontan auf und rief: »Warum? Bei uns gibt es jetzt schon jeden dritten Tag nur noch Knochensuppe, weil das Fleisch nicht reicht!«

Der Sippenälteste drehte sich verärgert zu ihm um. »Schweig!«, grollte er. »Von solchen Dingen verstehst du nichts!«

Ein anderer Jäger war noch mutiger. »Warum traust du uns nicht zu, dass wir selbst vorsorgen? Und wo wird die zusätzliche Fleischabgabe eingelagert?«

»In meiner Höhle«, antwortete Felsschmetterer unwillig. »Da ist es am sichersten.«

Jeder sah, dass am breiten, nackten Oberkörper des Sippenältesten in letzter Zeit verdächtige Pölsterchen zu den Muskeln gekommen waren. Zwar wagte niemand mehr, sich weiter dazu zu äußern, doch der Unmut war spürbar.

Felsschmetterer nutzte die kurze Stille, um das Heft wieder an sich zu reißen.

»Ich habe euch noch etwas zu sagen«, rief er. »Steinroller, mein kluger Sohn, ist ab sofort damit beschäftigt, Taamus Tod aufzuklären. Er ist jetzt Kommissar. Jeder hat ihm zu helfen, ist das klar?«

»Und die Bemalung der Höhle, die er begonnen hat – was wird daraus?«, fragte Speerschleuderer, der grimmige Oberjäger, vor dem alle Angst hatten. »Steinroller hat uns versprochen, dass seine Höhlenbilder auch unser Jagdglück erhöhen.«

Steinroller stand auf. Er musste jetzt eine kluge Antwort finden.

»Ich ...«, begann er, » ... als Kommissar habe ich ...«

Weiter kam er nicht, weil sich sein Vater bereits wieder einmischte.

»Als Kommissar kann er viele Dinge gleichzeitig. Mach dir also keine Sorgen. Er wird gleich morgen beginnen, unser heutiges Jagdglück mit seiner Malerei darzustellen. Jetzt euch allen viel Vergnügen!« Plötzlich fiel ihm noch etwas ein. »Und genießt den Wohlklang, den Ranu uns jetzt bereiten wird. Der große Meister der Hirschgeweihflöte wird heute zum ersten Mal auf einem Vierzehnender spielen!«

Alle riefen laut »Wa-wa-wa!«, ein Geräusch, das als höchste Form des Beifalls galt. Ranu, der mit seinem gewaltigen Hirschgeweih vor einem der sieben Feuer saß, lächelte stolz und nickte in die Menge. Ein Stück dahinter, auf der anderen Seite des Feuers, hockte Schwalbenschwinge und himmelte Ranu mit verliebten Blicken an.

Steinroller war froh, als er endlich mit Weichhaar in der Menge untertauchen konnte. Genauso wie der Hornschnitzer Taak und einige andere, die keine Jäger waren, würde er als Künstler erst ganz zum Schluss seine Fleischration erhalten. Meistens war es ein Stück der etwas zähen Mammutkeule, aber das störte ihn nicht weiter.

Während sich die Jäger nacheinander anstellten, um ihre Fleischportionen in Empfang zu nehmen, kam Otterfang auf Steinroller zu.

»Ich lege jetzt los«, flüsterte er ihm ins Ohr.

»Womit?«, fragte Steinroller irritiert.

»Mit den Haarproben«, antwortete Otterfang und verschwand auch schon unter den Jägern. Steinroller beobachtete, wie er sich im Gedränge an einen der Männer heranschlich und ihm dann mit einem Ruck seiner Pranke eine Haarsträhne ausriss. Es war Wolfzähmer, ein Mann mit acht Kindern. Der Jäger fasste sich erschrocken an den Kopf und drehte sich um.

»Was soll das?«, fragte er zornig, als er erkannte, dass Otterfang hinter ihm stand.

»Entschuldigung«, sagte Otterfang. »Ich wollte nur eine Hornisse aus deinen Haaren entfernen.«

Dann ging er schnell weiter, nach dem nächsten braunen Männerhaarschopf Ausschau haltend. Es war wirklich eine undankbare Aufgabe.

Weichhaar genoss den Trubel sichtlich. Als sie Schwalbenschwinge verliebt schmachtend neben dem Feuer hocken sah, ging sie zu ihr und gab ihr den Rat, Ranu im Laufe der Nacht ein wenig über seinen neuen Vierzehnender auszufragen. Männer liebten es, wenn man sie für die Größe ihrer Waffen oder Beute bewunderte, von den Ausmaßen gewisser Körperteile ganz zu schweigen. Warum sollte das bei Musikern anders sein?

Einige der Frauen hatten begonnen, den Rentiertanz aufzuführen. Mit den Füßen stampfend drehten sie sich im

Kreis. Ein älterer Jäger schlug dazu mit einem Stock auf einen hohlen Baumstamm. Felsschmetterer erhielt als Anführer der Sippe die Ehre, im Kreis sitzen zu dürfen und von dort aus hin und wieder eine der Frauen an die Schenkel fassen zu können.

Es war also ein sehr gelungenes Empfangsfest.

Sie alle wussten, dass der Herbst nicht mehr weit war und sie im kalten Winter nur mühsam zur Jagd gehen konnten. Einige würden auch erfrieren, aber zum Glück wurden bisher noch jedes Jahr genügend Junge geboren, um den Verlust einigermaßen auszugleichen.

Plötzlich erscholl aus dem Kreis der Jäger unmittelbar vor dem geschmückten Mammutkopf lautes Geschrei.

Steinroller und Weichhaar sahen, wie drei der Jäger, darunter auch der kämpferische Speerschleuderer, mit ihren Fleischstöcken auf Otterfang einschlugen. Obwohl er so riesig war, wagte er nicht, sich zu wehren, und hielt schützend seine Hände über den Kopf.

Steinroller kam ihm schnell zu Hilfe. Er beruhigte die aufgebrachten Männer und zog seinen Assistenten aus der Schlange der Jäger bis zur alten Buche, wo sie allein waren.

»Ich hätte nicht gedacht, dass du dich so ungeschickt anstellst«, sagte Steinroller vorwurfsvoll. »Du solltest nicht ganze Büschel ausreißen, sondern nur einzelne Haare!«

»Ich war schon so gut vorangekommen«, jammerte Otterfang. »Dummerweise hatte ich bei Speerschleuderer ein Rückenhaar erwischt. Damit war alles vorbei. Er hat mir sämtliche Haarproben aus der Hand geschlagen.«

Noch bevor Steinroller eine neue Strategie entwickeln konnte, tippte ihm plötzlich der Hornschnitzer Taak von der Seite auf den Arm. Taak, der nur noch auf der linken Seite richtig sehen konnte, wollte ihn dringend unter drei Augen sprechen. Seine Stimme war wie immer heiser.

»Komm mit, ich muss dir was zeigen«, flüsterte er kaum

hörbar. »Mein Nachbar Pilu ist verschwunden, und in seiner Hütte gibt es was ziemlich Ekliges zu sehen.«

Steinroller folgte ihm eilig quer durch den Birkenwald zur Hütte des Lendenschurzmachers. Aus der Ferne sah dort alles normal aus. Die Felle waren ordentlich unter das Dach geräumt und der Windschutz heruntergeklappt. Nur das kleine Schweinchen war anders als sonst nirgendwo zu entdecken.

Erst als sie näher kamen, sah Steinroller die riesige Blutlache auf dem Boden am Eingang. Sie war erschreckend groß. In einem Rinnsal war das inzwischen geronnene Blut bis zu den Wurzeln einer benachbarten Birke gelaufen und dort versickert.

»Jetzt siehst du, was ich meine«, sagte Taak und rieb sich sein Auge.

Steinroller kniete sich nieder und roch ausgiebig an der Blutlache.

Kein Zweifel, es war Menschenblut.

Taak räusperte sich. »Erst dachte ich, das Blut stammt von Pilus Warzenschwein, aber dann haben wir es lebend gefunden. Es war hinter meinem Zelt angebunden. Ist das nicht seltsam?«

»Hmm ...« Steinroller dachte nach. »Hast du schon nach Pilu gesucht?«

Taak bejahte. Er hatte auch die Nachbarn gefragt. Doch seit dem frühen Nachmittag hatte niemand mehr den kleinen Lendenschurzmacher gesehen.

Steinroller suchte noch einmal selbst intensiv das Waldstück um die Hütte herum ab, doch weder gab es Fuß- oder Geruchsspuren, noch waren an anderer Stelle Blutflecke zu sehen.

Pilu blieb verschwunden. Es war traurig.

Wo würde man seine Leiche wohl in den nächsten Tagen finden?

Während der Kommissar zum Festplatz zurückging,

wurde er den Gedanken nicht los, dass er heute mit seinen Ermittlungen einen Steinregen losgetreten hatte, wie er manchmal von den Felswänden am Fluss niederregnete. Plötzlich zeigte ein unbekannter Feind, der im eigenen Lager zu wohnen schien, seine Macht. Es war erschreckend. Möglicherweise waren es ja auch mehrere Feinde, und die ganze Sippe war in Gefahr.

Vielleicht war er dumm gewesen, sich freiwillig für die Aufklärung des Mordes gemeldet zu haben, dachte Steinroller. Plötzlich sehnte er sich wieder nach der Kunst. Für seine Höhlenmalerei hatte sich kaum jemand interessiert. Es war ein wunderbarer Zustand der Freiheit gewesen. Erst seit er sich um die Hintergründe von Taamus Tod kümmerte, interessierte sich seine Sippe für ihn. War das nun gut oder schlecht? Er wusste es selbst noch nicht und brauchte Zeit, darüber nachzudenken.

Als er von Pilus Hütte zurückkam, war Weichhaar mit ihren Freundinnen schon beim Festmahl und winkte ihm fröhlich zu. Direkt neben ihr saß eine überglückliche Schwalbenschwinge. Sie und der Flötist schlugen gerade ihre Zähne einvernehmlich in ein großes Stück blutiges Fleisch, das sie zwischen ihre Münder hielten. Ein romantischeres Liebeszeichen konnte man einander nicht geben. Ranus Flötengeweih stand unbeachtet zu seinen Füßen.

Steinroller flüsterte Weichhaar etwas zu und verdrückte sich danach sogleich wieder. Bevor er in den Wald verschwand, nahm er noch schnell eine der Fackeln aus Kiefernästen mit, die jetzt rund um das inzwischen fleischlose Mammutgerippe als Dank für die freundliche Gabe in die Erde gesteckt waren.

Als er wenig später die riesige, sehr lange und hochgewölbte Fledermaushöhle am Sumpfwald betrat, wo er seine Bilder an die Wände gemalt hatte, kehrte endlich wieder Ruhe in sein Innerstes ein.

Er steckte die Fackel in einen Felsspalt und betrachtete

eine ganze Weile mit verschränkten Armen sein bisheriges Werk. Eine Herde dahinziehender Wildpferde, Wisente, fliehende Rentiere, Auerochsen, Bäume und Vögel – das alles hatte er bereits geschaffen. Eigentlich war es ganz gut gelungen, fand er.

Sein Vater hatte heute von ihm verlangt, auch die Mammutjagd an der Wand zu verewigen. Das war sicher kein schlechter Gedanke. Dennoch störte Steinroller irgendetwas daran, mit seiner Holzkohle, dem Steinmehl und der Erdfarbe schon wieder nur die Umrisse der Tiere abzubilden.

Plötzlich kam ihm eine Idee. Wenn er die Reihenfolge der neuen Bilder sortieren würde, könnte man eine ganze Geschichte damit erzählen, so wie man auch eine gesprochene Geschichte erzählte.

Er wurde aufgeregt bei dem Gedanken daran.

Um fremden Jägern von der heutigen Jagd zu berichten, würde man beispielsweise sagen: Wir fingen am Tag des vollen Mondes ein Mammut. Also musste er die Geschichte auch genau in dieser Reihenfolge malen – zwei Jäger mit Speer als das Wir, ein Mammut, in dem mehrere Speere steckten, und einen runden Mond. Theoretisch, dachte er, konnte man diese Erzählweise auch noch verlängern, indem man noch ein paar Nebenhandlungen hinzufügte, wie etwa »... der Tag, an dem ein Mann begraben wurde und ich mit meiner Frau zum ersten Mal den Wolfssprung machte ...«. Aber Steinroller wusste, dass die meisten Jäger und Sammlerinnen von derart vielen Informationen überfordert waren und Botschaften im Übermaß gar nicht zur Kenntnis nehmen würden.

Voller Begeisterung begann er, seine Farben vorzubereiten. Die Häufchen der Farbpulver lagen auf großen flachen Steinen, das Wasser tropfte aus der Wand. Auf der Innenseite seiner linken Hand begann er, die erste Farbe anzurühren. Es war das ehrenwerte Braun, die Farbe der Wahrheit. Er tauchte seinen rechten Zeigefinger in die Farbe und begann, mit einem zielsicheren Strich den ersten Jäger auf der Höhlenwand zu verewigen. Danach kam das Ocker dran. Hin und wieder nahm er auch Farbe in den Mund und spuckte sie wie ein Nieselregen auf sein Bild. So konnte er sie besser auf der groben Felswand verteilen.

Erst als er neunmal die Fackel gewechselt hatte, die ersten Farbflächen zu trocknen begannen und die Fledermäuse wieder satt in die Höhle zurückgeflogen kamen, war Steinroller mit seinem Bild fertig. Müde spülte er sich mit Wasser den Mund aus, nahm die letzte Fackel aus dem Wandspalt und machte sich damit auf den Weg nach Hause. Unterwegs hörte er neben sich im Gehölz die Wölfe heulen.

Plötzlich fiel ihm wieder der verschwundene Pilu ein, das Berggletschersalz an Taamus Wolfsfell und die geheimnisvolle Turit-Bastmatte. Ich muss zuerst zu den Turits und danach ins Stieglitztal, dachte er mit einem Mal. So ist die richtige Reihenfolge. In Wirklichkeit ist das Lager der Turits der Wegweiser zu allem.

In seiner neuen Wohnhöhle angekommen, legte er sich so leise wie möglich neben Weichhaar auf sein Lager. Tief schlafend, süß und nackt lag sie zusammengerollt auf ihrem Fell. Als er aus Versehen mit dem Fuß an ihr Bein kam, wurde sie wach, war aber klug genug, ihm keine Vorwürfe zu machen. Plötzlich erschien sie ihm noch attraktiver.

Verschlafen lächelte sie ihn an. »Hast du noch Kraft?«

»Wie ein Bär«, sagte er mit beginnender Erregung. Sie hatte tatsächlich daran gedacht, dass dies ihre erste gemeinsame Nacht war.

»Gut«, flüsterte Weichhaar und begann, sich lasziv auf dem Rücken auszustrecken. Ihre Brustwarzen waren verlockend hart. Für einen kurzen Moment fürchtete Steinroller schon, um seinen verdienten Wolfssprung zu kommen, aber dann fiel ihm wieder ein, dass sie ihm ja heute Morgen angedeutet hatte, auch andere, ihm unbekannte Sprünge zu beherrschen.

Sie begann, hingebungsvoll seine Lippen zu lecken. Dazwischen hauchte sie:

»Setz dich zwischen meine Beine ...«

Er tat es. Vorsichtig fragte er: »Wie heißt der Sprung?«

»Mammutrüssel«, flüsterte sie zärtlich.

Als Steinroller nach ihrem nackten Körper griff, hinterließen die Farbreste an seinen Händen bunte Spuren auf ihrem Bauch und machten aus Weichhaar ein lebendes Kunstwerk.

Kurz nach Sonnenaufgang erwachten Steinroller und Weichhaar von einem beißenden Geruch und ihrem eigenen krächzenden Husten. Noch geschwächt von ihrer langen Liebesnacht, in der sie immer wieder dem Mammutrüssel gehuldigt hatten, wussten sie im ersten Moment nicht, wie ihnen geschah. Erst als sie vollständig die Augen aufschlugen, merkten sie, dass die Höhle voller Rauch war und sie kaum noch Luft bekamen. Sehen konnten sie in den Rauchschwaden fast nichts mehr, aber sie erkannten immerhin, dass der Eingang, sonst von einem dicken Bisonfell verhangen, über Nacht von draußen mit ein paar Stämmen, Ästen und Blattwerk verschlossen und in Brand gesetzt worden war. Flammen züngelten an den knochentrockenen Zweigen empor und fraßen sie auf.

Der unbekannte Feind hatte erneut zugeschlagen.

Krampfartig hustend und verzweifelt um Atem ringend, hielten sich Steinroller und Weichhaar aneinander fest. Der beißende Geruch war kaum zu ertragen. Die Flammen im Eingang waren nicht hoch, entwickelten aber viele kleine Glutstäbe, aus denen der Rauch ins Innere zog.

»Wir müssen versuchen, den Sesselstein zum Eingang zu

schieben, damit er die Stämme wegdrückt«, krächzte Steinroller. »Du musst mir helfen.«

»Bitte rette auch meine Handtaschen!«, flehte Weichhaar.

Steinroller versprach es, um in Ruhe weitermachen zu können. Gemeinsam begannen sie, mit schmerzenden Lungen den großen Sitzstein vorwärtszubewegen. Er war so schwer, dass man beim Vorbereiten der Höhle vier starke Männer benötigt hatte, um ihn hierherzuschleppen.

Sie schafften es tatsächlich, den Sesselstein zwei Handbreit weit zu schieben, dann blieb er in einer Vertiefung stecken. Steinroller wurde klar, dass er hier seinem Namen keine Ehre machen würde, und machte sich bereits mit dem Gedanken vertraut, unter Einsatz seines Körpers die brennenden Stämme mit Gewalt wegtreten zu müssen.

Plötzlich hörten sie vor der Höhle Stimmen. Es waren Männer aus dem Lager. Auch Otterfang war herauszuhören.

»Heho!«, brüllte Steinroller nach draußen.

»Lebt ihr noch?«, rief Otterfang.

»Ja!«, brüllte Steinroller zurück.

Er tastete sich zum Eingang vor und versuchte, durch die schwelenden Äste ins Freie zu schauen. Er konnte sehen, dass draußen neben seinem Assistenten noch sechs weitere Männer standen, darunter auch Saako und der kinderreiche Wolfzähmer. Seltsamerweise hatten sie alle ihre Lendenschurze von sich geworfen.

»Macht euch bereit!«, rief Otterfang. »Jagd! Tötet das Feuer!«

Es war dasselbe Kommando, das Steinrollers Vater den Jägern gegeben hatte, um das Mammut zur Strecke zu bringen. Da dieses Feuer kein gezähmtes war, musste es auch entsprechend behandelt werden.

Unter Otterfangs Kommando begannen die sieben Männer, ihre persönlichen Waffen zu zücken und im Gleichtakt gegen das Feuer zu pinkeln. Jeder Strahl traf genauestens sein Ziel. Man konnte sehen, wie die Glut den Kampf nach und nach verlor. Die Löschvorräte schienen kein Ende zu nehmen, was Steinroller erleichtert auf das gestrige Fest zurückführte, bei dem auch große Mengen gegärten Honig- und Baumsaftwassers gereicht worden waren.

Schließlich beendete Otterfang die Jagd auf das Feuer.

»Jagd erfolgreich! Reißt die Hölzer beiseite.«

Mutig griffen die Männer mit bloßen Händen nach den noch glimmenden Ästen und Stämmen und rissen sie aus dem Eingang. Aus dem Rauch torkelten ihnen Weichhaar und Steinroller entgegen. Ihre Gesichter waren rußgeschwärzt. Weichhaar hatte sich auf die Schnelle in ein Ziegenfell eingewickelt, während der Kommissar seine Blöße mit Weichhaars drei schönsten Handtaschen bedeckte, um gegenüber seiner Frau Wort zu halten.

»Seid ihr unversehrt?«, fragte Otterfang.

Steinroller beruhigte ihn. »Es ist alles in Ordnung. Wir danken euch für euren Mut.«

Wolfzähmer trat einen Schritt in die Höhle und spähte hinein. Er war sehr drahtig und gehörte zu den Jägern, die stets umgänglich waren, aber wenn es darauf ankam, hart wie ein Felsen werden konnten. Er hielt zwei junge zahme Wölfe in einer Grube hinter seiner Hütte.

»Sieht schlimm aus«, stellte er schnüffelnd fest. Er wandte sich an Weichhaar. »Ich werde dir drei meiner Töchter schicken, damit sie dir beim Saubermachen helfen.«

Weichhaar lächelte. »Das ist sehr freundlich von dir. Ich nehme das Angebot gerne an.«

Auch Saako schaute sich kritisch um. Kopfschüttelnd fragte er: »Wer tut so was?«

Der Kommissar zögerte mit einer Antwort. Es war besser, wenn er sich ahnungslos gab. Aber wenn er es geschickt anstellte, konnte er die Männer vielleicht bei der Spurensuche einsetzen.

»Ich glaube nicht, dass es jemand aus unserer Sippe war«, sagte er zögernd. »Vielleicht ein Fremder, der nicht bemerkt hat, dass die Höhle bewohnt ist ...«

Das klang glaubhaft genug. Es kam tatsächlich immer wieder vor, dass allein umherstreifende Jäger in das Revier größerer Familien eindrangen und dort zur Jagd gingen. Vor allem in den Abendstunden, wenn es im Lager ruhig wurde.

»Schon möglich«, meinte Wolfzähmer, ging noch einmal prüfend mit dem ihm eigenen stolzen Gang durch die Höhle, um dann wieder nach draußen zu Steinroller zurückzukehren. Für ihn schien die Sache damit erledigt zu sein. »Können wir dir sonst noch irgendwie helfen?«

Zum Glück nahm Otterfang seinem Chef die Antwort ab.

»Wir könnten die Gegend nach Spuren des Fremden absuchen«, schlug er vor. Er grinste. »Vielleicht finden wir irgendwo einen schnarchenden Neandertaler.«

Alle lachten. Witze über Neandertaler waren bei allen Sippen beliebt. Dabei wusste jeder, dass es die armen Kreaturen nicht leicht hatten. In der ganzen Gegend gab es nur noch ein Dutzend von ihnen, darunter etliche Alte.

Wolfzähmer war der Einzige, der sich nicht an der Suche beteiligen konnte, weil er in seine Hütte zurückkehren musste. Seine Frau würde heute ein neues Junges gebären, und es war an ihm, hinterher zu entscheiden, ob es gesund genug war, um weiterleben zu können.

Nachdem er zwischen den Bäumen verschwunden war, begannen die restlichen Männer, den Hang vor der Höhle und den Wald nach Fußabdrücken abzusuchen. Die meisten von ihnen waren erfahrene Fährtenleser, aber auch sie konnten nichts entdecken als ihre eigenen Spuren. Nachdem Steinroller noch einmal allen für ihre Hilfe gedankt hatte, gingen die Männer auseinander. Der blasse Saako pflückte für seine kranke Frau noch schnell ein paar blaue Blumen. Sie aß die spitzen Blütenkelche für ihr Leben gern.

Steinroller blieb allein mit Otterfang und Weichhaar zurück.

Er beschloss, die beiden über seine weiteren Pläne zu informieren. Sie mussten so schnell wie möglich zu den Turits aufbrechen und dort die Suche nach den Hintergründen des Mordes fortsetzen.

»Packt eure Sachen. Wir werden uns noch heute Mittag auf den Weg machen.«

»So schnell?«, fragte Weichhaar überrascht, schien sich sonst aber problemlos damit abzufinden. »Wie lange werden wir fort sein?«

Steinrollers Antwort beschönigte nichts. »Es können zwei Tage werden oder zwei Monde. Und niemand darf wissen, wohin wir gehen. Sagt einfach, dass wir Verwandte an den Nachbarfeuern besuchen wollen.«

Otterfang schluckte. »Aber im Fluss beginnt jetzt die Zeit der saftigen Krebse ...«

Jeder wusste, dass Otterfangs Liebe zu roh zubereiteten Fröschen und Krebsschwänzen gewaltig war. Aber darauf Rücksicht zu nehmen, wäre sträflich gewesen. Steinroller musste Otterfangs Maulerei mit konsequenter Härte begegnen.

Seine Stimme bekam einen scharfen Klang. »Soll ich etwa meinem Vater sagen, dass der Mörder nicht gefangen werden konnte, weil mein Assistent lieber Krebsschwänze lutschen wollte?«

Otterfang grunzte mürrisch, wagte aber keinen Widerspruch. Nachdem er noch eine Weile stumm herumgestanden hatte, murmelte er schließlich irgendetwas und verschwand.

Während sich Wolfzähmers drei Mädchen zusammen mit Weichhaar über die rauchige Höhle hermachten und sorgfältig die Feuerreste beseitigten, holte sich Steinroller den Lendenschurz von seinem zerwühlten Schlafplatz und wanderte nachdenklich zum Hügel am Rand des Sippenlagers hinaus.

Oben angekommen, setzte er sich ins hohe Gras. Hier

hatte er sich schon als Kind gerne aufgehalten und der Natur zugeschaut. Direkt unter ihm paarten sich zwei Wisente, ein kraftvoller Anblick, den er liebte.

Plötzlich stand Felsschmetterer neben ihm, um den Hals die Kette der Anführer. Sie bestand aus riesigen Bärenklauen. Wie gefährliche Tatzen zierten sie die nackte Brust des Sippenältesten.

Er setzte sich und blickte seinen Sohn von der Seite an. Steinrollers Gesicht zeigte immer noch Spuren seines Kampfes mit dem Feuer. Auch ein paar Liebeskratzer von Weichhaars langen Fingernägeln waren dabei.

»Sieht aus, als hättest du dich tapfer gegen das Feuer gewehrt«, sagte er zufrieden. »Das gefällt mir.«

»Geht so«, sagte Steinroller ausweichend. »Ein paar der Jäger haben mir geholfen.«

»Das will ich auch hoffen«, schnaubte sein Vater, während er unter seinem Schurz herumfummelte und sich mit einem Ruck eine Zecke aus dem Gemächt zog. »Was machen deine Ermittlungen, wie du das nennst?«

»Ich komme voran. Nur ... Pilu ist seit gestern verschwunden. Das macht mir Sorgen.«

Mit einer unwilligen Handbewegung wischte sein Vater das Thema weg.

»Pah! Nach dem kräht doch kein Auerhahn. Er war auch nicht mit Taamu befreundet, falls du das meinen solltest.«

Vorsichtig näherte sich Steinroller seinem Kernproblem – der geheimnisvollen Verbindung des Mörders zu den Turits. Damit seine Frage möglichst harmlos aussah, steckte er sich spielerisch einen langen Grashalm in den Mund und kaute darauf herum.

»Ich dachte schon mal ... Ob Taamu vielleicht bei den Turits war und dort jemanden verärgert hat ...« Jetzt erst blickte er seinen Vater an. Dessen zerzauster Haarschopf wehte im Wind und ließ den Sippenältesten noch grimmiger wirken als sonst. »Du hattest doch den Verdacht, dass

Männer aus unserer Sippe heimlich zu den Gletscherbergen gehen ...«

Sein Vater knurrte böse. »Ich hoffe sehr, das ist jetzt vorbei. Jeden, der ohne mein Wissen zu den Turits geht, würde ich ohne zu zögern mit der Axt zerteilen und den Hyänen zum Fraß vorwerfen. Und was deine Bemerkung zu Taamu betrifft – er hasste die Turits. Also finde jetzt den Mörder und rede nicht solchen Unsinn!«

Es war wirklich schwer, mit Felsschmetterer ein tief greifendes Gespräch zu führen, dachte Steinroller traurig. Selbst als Sohn. Enttäuscht gab er es auf und flüchtete sich auf ein harmloseres Gebiet.

»Mein Mammutbild ist fertig«, sagte er. »Wie du es gewünscht hast. Ich war noch gestern Nacht in der Höhle.«

Erstaunlicherweise hatte sein Vater es bereits besichtigt, obwohl er sich sonst nicht besonders für Kunst interessierte. Offenbar hatte es ihm dabei nicht nur das ockerfarbene Mammut angetan, sondern vor allem die beiden Jäger zur linken Seite der Jagdszene.

»Soll ich das sein? Einer der Jäger?«, fragte Felsschmetterer in eitler Erwartung einer passenden Antwort. Es war die typische Haltung eines Mächtigen, wie Steinroller sie oft bei den Anführern der Sippen erlebt hatte. Auch sein Vater konnte die Welt gar nicht mehr anders wahrnehmen, zu lange war er nun schon das Oberhaupt der Familien.

Steinroller suchte nach einer schlauen Antwort. »Du bist beide Jäger«, antwortete er, »der mutige und der kluge. Der kluge hat die Grube gebaut und der mutige wirft den Speer.«

Zufrieden lachend boxte ihn sein Vater in den Bauch, sodass Steinrollers Rippen krachten.

»Ich werde dir eine Extraportion Fleisch zukommen lassen, Sohn. Das hast du verdient. Außerdem musst du als Weichhaars Stier gut in Form bleiben.«

Steinroller dankte ihm höflich. Sie unterhielten sich noch eine Weile darüber, wann der beste Zeitpunkt für die Sippe war, weiterzuziehen. Sein Vater plante eine weitere Neuerung. Zum ersten Mal sollte die Sippe zwei Winter hintereinander am selben Platz bleiben. Die Ebene zwischen dem Lager und den Bergen war viel wildreicher als andere Gebiete, in denen sie sonst ihre Winterlager zu errichten pflegten. Als Steinroller seinen Vater fragte, ob er tatsächlich die Aufteilung der gemeinschaftlichen Jagdbeute weiter einschränken musste, beendete Felsschmetterer das Gespräch mit einer herrischen Handbewegung.

»Ich muss jetzt gehen«, sagte er, erhob sich und zertrat mit seinem rechten nackten Fuß eine Schnecke. »Mach mir keinen Unsinn und fang möglichst bald den Mörder.«

Dann verschwand er.

Als Steinroller ins Lager zurückging, tapfer an seinem Entschluss festhaltend, heute noch zu den Turits aufzubrechen, stellte er sich in Gedanken vor, wie sein Vater ihn dafür zur Strafe mit seiner scharfen Steinaxt umbringen würde.

Erst als er vor seiner Höhle ankam und Weichhaar ihn mit ihrem besonderen Lächeln empfing, konnte er die hässliche Vorstellung von seiner waidgerechten Zerteilung wieder verdrängen.

Wie er es angeordnet hatte, war das Reisegepäck bereits fertig – für jeden ein Bündel mit Fellen, getrocknetem Fleisch und ein paar Früchten zum Knabbern. In Weichhaars Bündel steckten außerdem drei knöcherne Nähnadeln und ihre Pinzette. Alles war sorgfältig mit Rentiersehnen verschnürt.

Mit geröteten Wangen nahm Weichhaar ein kleines Päckchen aus ihrem Steinfach und hielt es Steinroller entgegen. Es war säuberlich in Blätter eingewickelt.

»Was ist das?«, fragte er irritiert.

»Meine Überraschung. Ich habe etwas für dich erfunden.«

Er packte es aus. Es war ein kurzer Stab aus Esche, sorgfältig zurechtgeschnitzt, an dessen Seite sich ein längliches, sehr dünnes Steinmesser befand. Das Messer war so schmal, dass es fast vollständig in einer Ritze des Stabs verschwand, mit dem es an einer Schmalseite durch ein Loch und einen Hornpfropfen darin fest verbunden war. So konnte man es herausklappen und das Messer benutzen. Auf der anderen Seite des Stabes war auf die gleiche Weise ein langer, gefährlich spitzer Dorn aus Mammuthorn ausklappbar. Das Ganze war zusätzlich mit einem breiten Lederriemen umwickelt.

»Ein Taschenmesser«, sagte Weichhaar stolz. »Ich habe es mir ausgedacht, damit du deine Waffen immer unauffällig bei dir hast, falls du in Gefahr kommst.«

Staunend probierte Steinroller das Messer aus. Es war extrem scharf. Als er es aus dem Stab klappte, schnitt er sich prompt in den Daumen.

Liebevoll streichelte er den Stab, der so unscheinbar aussah, und schaute Weichhaar bewundernd an. »Er ist perfekt. Wie kommst du auf so was?«

»Jeder in meiner Familie denkt sich ständig neue Sachen aus. Mein Onkel Axtmacher zum Beispiel hat eine Steinschleuder erfunden.«

Voller Ehrfurcht steckte Steinroller das neue Werkzeug in sein Reisebündel. Plötzlich fühlte er Dankbarkeit gegenüber den Erdgeistern, dass sie ihm Weichhaar geschickt hatten.

Als er vom Höhleneingang her ein Rumpeln hörte und sich umdrehte, sah er, dass Otterfang eingetreten war. Sein Kopf reichte bis fast an die Decke. Er hatte zwei Bündel bei sich, eines mit Fellen und ein zweites – kleiner und etwas streng riechend – vollgestopft mit Salzbarschen und getrockneten Fröschen.

Es war so weit. Ihre verbotene Reise zu den Turits konnte beginnen.

Langsam, Schritt für Schritt, kämpften sich die Wanderer durch die Wildnis.

Der mühsame Weg durch die Urwälder und über die Ebene entpuppte sich als quälende Strecke. Wer jemals behauptet hatte, die Jäger der Steinzeit seien gut zu Fuß gewesen, irrte gewaltig. Man musste nur zur Sprechstunde des Schamanen gehen, um zu sehen, wohin die ständige Umzieherei die bisherige Menschheit gebracht hatte. Kaum hatte sie sich ausreichend auf Mutter Erde ausgebreitet und die Neandertaler an Verstand übertroffen, kamen die ersten Zipperlein. Die Jäger begannen, über müde Füße zu klagen, das unbequeme Liegen auf hartem Boden im Kreuz zu spüren, die schmerzenden Arme nach einer anstrengenden Jagd zu hassen und sich langsam zu fragen, ob man die vielen Ziegen, Schafe und Wisente nicht auch zähmen und bequem in Reichweite halten könnte. Noch wechselten die Stämme immer wieder ihre Lager. Aber wie lange würde das noch gut gehen?

Auch Steinroller spürte seine Waden. Als er, Otterfang und Weichhaar unterwegs über das Thema Sesshaftigkeit diskutierten – wobei Otterfangs Diskussionsbeitrag vornehmlich aus zustimmenden Rülpsern bestand –, stellte sich heraus, dass Weichhaar die Einzige von ihnen war, die den ständigen Wechsel der Lagerplätze liebte.

»Ich mag nun mal das Gefühl, hin und wieder etwas Neues zu erleben. Außerdem richte ich für mein Leben gern Höhlen ein.«

Der Pfad, auf dem sie wanderten, war so schmal, dass sie hintereinandergehen mussten. Ihre Bündel hatten sie auf den Rücken gebunden. Vor Weichhaar lief Steinroller, hinter ihr Otterfang.

»Dann wirst du nicht gerne hören, was mein Vater mir heute verraten hat«, sagte Steinroller und kletterte schwitzend über den umgestürzten Stamm einer Fichte. »Er will unser Lager noch einen weiteren Winter beibehalten.«

»Recht so«, sagte Otterfang. »Es gibt keinen Fluss weit und breit, der so viele Fische und Otter hat. Es ist ein wahres Schlemmerparadies.«

Schweigend stapften sie weiter in den Wald hinein. Steinroller spürte, dass keiner von ihnen über das reden wollte, was an Gefahr vor ihnen lag. Wenn Taamus Mörder tatsächlich im Lager der Turits ein- und ausging, war es durchaus möglich, dass man ihnen dort nach dem Leben trachtete.

Der Wald wurde dunkler und feuchter. Er hatte etwas Furchterregendes. Überall auf dem matschigen Boden konnten sie Tierspuren entdecken, Abdrücke von riesigen Tatzen und von dicken Schlangen. Sie mussten gut ihre Augen offen halten, um kein lauerndes Tier zu übersehen. Einmal kreuzte eine riesige Höhlenbärin ihren Weg. Ihr Schädel mit der gewölbten Denkerstirn war gewaltig groß. Sie war noch ein Stück entfernt, aber da sie sich drohend aufrichtete, stimmte Weichhaar sofort den Gesang an, den der Schamane allen beigebracht hatte. Mit ihm konnte man wilde Tiere besänftigen. Auch Steinroller und Otterfang fielen mit ein. Otterfang brachte leider nur ein paar kratzige und schiefe Töne hervor. Steinroller fürchtete schon, dass die Bärin dadurch erst recht gereizt werden könnte, doch plötzlich drehte sich das Tier ab und verschwand über eine Böschung.

»Es funktioniert wirklich!«, freute sich Otterfang. »Ich wusste gar nicht, dass ich eine so gute Stimme habe.«

»Wenn wir Pech haben, müssen wir dich im Tal bei den Auerochsen gleich noch mal singen hören«, sagte Steinroller.

Sie zogen weiter und ließen nach und nach den Wald hinter sich. Erst als die Sonne im Süden stand, hatten sie die Tundra erreicht. Von dort aus sahen sie endlich auch ihr Ziel in der Ferne – das grüne Bergland.

Es sah verlockend aus. Doch noch war der Weg weit, und

Steinroller war klar, dass auch diese letzte Strecke gefährlich für sie sein konnte.

Wie zur Bestätigung dieser Gefahr sahen sie plötzlich zwei erregte Wisente auf sich zutraben. Da sie äußerst angriffslustig sein konnten, gab Steinroller sofort sein Kommando.

»Truppe in Deckung! Hinter den Felsen!«

Kaum hatten sie sich dort zu Boden geworfen, donnerten die Tiere schon an ihnen vorbei, denn sie waren selbst auf der Flucht. Ein Wollnashorn jagte hinter ihnen her. Zum Glück nahm der aggressive Bulle die drei Menschen in seiner Nähe gar nicht wahr. Eine Speerweite hinter dem Nashorn, aufgeschreckt von den Wisenten, galoppierte gleichzeitig eine Herde grauer Wildpferde über die Ebene, ihrem Fluchtinstinkt folgend und eingehüllt in eine Staubwolke.

Es war eine atemberaubende Szene. Steinroller nahm sich vor, sie irgendwann in einem Höhlenbild aus dem Gedächtnis nachzumalen.

Aus dem Felsen neben ihnen rann kühles Wasser in eine Mulde. Während sie warteten, labten sie sich daran, bis ihre Bäuche Geräusche machten.

Dann nahmen sie ihre Wanderung wieder auf. Weichhaar klagte über Schmerzen beim Laufen. Sie hatte leider einen Hammerzeh, sodass ihr nackter rechter Fuß schmerzte. Steinroller zog zwei längliche Stücke aus neuem Leder aus seinem Bündel. Er reichte sie Weichhaar. »Hier. Für deine Füße.«

Weichhaar nahm die Lederlappen in die Hand und befühlte sie nach Frauenart. Irgendetwas schien ihr daran nicht zu gefallen.

»Sind sie nicht etwas hart?«, sagte sie schließlich. »Ich fürchte, dass sie drücken ...«

»Kein Problem«, meinte Steinroller und nahm ihr die Lederlappen wieder ab. »Das kriegen wir schon weich.«

Er schaute zu Otterfang, der bereits zu ahnen schien, was auf ihn zukam.

»O nein!«, flehte Otterfang. »Das kannst du mir nicht antun ...«

Doch Steinrollers strenger Blick ließ keinen Widerspruch zu. »Bist du nun mein Assistent oder nicht?«, fragte er, während er Otterfang die Lederstücke reichte.

Otterfang stöhnte kurz auf, gehorchte aber. Er nahm das erste Stück Leder, stopfte es sich in den großen Mund und begann, darauf herumzukauen. Dann folgte er Steinroller und Weichhaar, die sich wieder in Bewegung gesetzt hatten.

Als sie die ersten Ausläufer des Gebirges erreicht hatten, war das Leder endlich geschmeidig. Dankbar band sich Weichhaar die angenehm feuchten Stücke um die Füße und lief von da an wie auf Wolken. Otterfangs Mund machte zwar einen etwas strapazierten Eindruck, aber der wackere Assistent wagte nicht, sich zu beklagen. Stattdessen tröstete er sich schweigend mit regelmäßigen Griffen in seinen Vorrat an Salzbarschen und getrockneten Fröschen.

Plötzlich blieb Steinroller stehen und deutete auf mehrere Fußspuren zwischen den Gräsern.

»Achtung! Neandertaler!«, flüsterte er.

Sie schauten sich um. Zwei Steinwürfe von ihnen entfernt gab es eine Felswand, in der sie den Eingang zu einer Höhle entdecken konnten. Da Neandertaler nicht aggressiv waren, brauchte man keine Angst vor ihnen zu haben. Doch sie hatten jede Menge Flöhe und anderes Ungeziefer. Die Ärmsten zogen alles an, was ihren Abschied aus dieser Welt noch beförderte.

In diesem Augenblick trat eine alte Frau aus der Höhle und schaute zu ihnen herüber. Sie war klein und gebückt. Ihre wolligen grauen Haare über der gewölbten Stirn erinnerten an das Fell eines Wisents.

»Vielleicht sollten wir doch mal guten Tag sagen«, meinte

Otterfang, der nach der Kauerei Durst bekommen hatte. »Sie hat bestimmt Wasser für uns.«

Steinroller erinnerte sich daran, dass es ein Neandertaler gewesen war, der ihm gestern die Nachricht über Taamus Tod im Stieglitztal hatte zukommen lassen. Es gebot also auch die Höflichkeit, hier kurz Rast einzulegen.

Mit grüßenden Händen gingen sie auf die alte Frau zu. Ihr runzeliges Gesicht sah freundlich aus, aber auch traurig, wie alle Neandertalergesichter. Der harte Überlebenskampf hatte seinen Tribut gefordert. Das Feuer vor der Höhle glomm noch, aber es lag nichts Essbares darin.

Steinroller, der als Einziger von ihnen die Sprache der Neandertaler verstand – seine verstorbene Mutter hatte einen strammen Neandertaler als Liebhaber gehabt –, begrüßte die alte Frau und fragte nach ihrer Sippe.

Sie antwortete mit leiser, müder Stimme: »Brchkachhergdhazlt ... karchrzrkl ...«

Steinroller übersetzte den anderen, was sie sagte. »Seid gegrüßt in meiner Familie. Die anderen sind weitergezogen, und ich hüte das Feuer, bis sie irgendwann zurückkehren oder auch nicht ... Seid ihr auf dem Weg zum großen Berg?«

Steinroller nickte und antwortete ihr. So wechselten sie eine Weile ihre Worte, bis die alte Frau plötzlich zu ihrer Höhle zeigte und etwas in deutlich aufgeregterem Ton sagte. Ungläubig fragte Steinroller etwas zurück.

»Was ist los?«, fragte Weichhaar, die sofort spürte, dass irgendetwas nicht stimmte.

»Sie hat heute Morgen einen Fremden vor ihrem Feuer gefunden«, erklärte ihr Steinroller. »Er war bewusstlos und verletzt.«

Während er sprach, war die alte Neandertalerin aufgestanden und auf ihren krummen Beinen in die Höhle gehumpelt. Als sie zurückkam, schleppte sie am Boden den Fremden hinter sich her. Er war offensichtlich noch immer ohne Bewusstsein, und sein angeschwollenes linkes Bein war mit Blättern und Bastbändern umwickelt – offensichtlich, um eine Blutung damit zu stillen.

Wie einen toten Fuchs zerrte sie den Mann an seinem schlaffen Arm zum Feuer und ließ ihn dort wieder los. Steinroller, Weichhaar und Otterfang erschraken, als sie ihn erkannten.

Es war Pilu, der Lendenschurzmacher. Er sah schrecklich aus.

Als Steinroller sich über ihn kniete und ihn nach Lebenszeichen abtastete, stellte er zu seiner Erleichterung fest, dass Pilus Herz immer noch kräftig schlug. Als er das blutende Bein untersuchte, sah er sofort, dass es sich bei der Wunde um eine typische Speerverletzung handelte. Die Eintrittsstelle durch die Waffe war zerfetzt. Offenbar war die Speerspitze bis auf den Knochen gedrungen.

Was war wohl passiert? Wer hatte Pilu angegriffen und warum? Weil er ein wichtiger Zeuge im Mordfall Taamu war? Wie war es ihm gelungen, hierher zu fliehen? Und warum hatte er sich nicht im Wald versteckt, wenn ihn tatsächlich jemand töten wollte, sondern war ausgerechnet in Richtung der Turit-Berge geflüchtet?

»Wir müssen ihn mitnehmen«, flüsterte Weichhaar. »Sag der alten Frau, ich gebe ihr getrocknetes Fleisch, wenn sie uns Pilu überlässt.«

Steinroller begann die Verhandlungen. Doch wie sich schnell herausstellte, war die Neandertalerin wegen ihrer vielen Zahnlücken weniger an dem harten Fleisch interessiert als vielmehr an Otterfangs leckeren Salzbarschen. Widerstrebend überließ dieser ihr schließlich seinen gesamten Vorrat.

»Ich beginne diese Reise langsam zu bereuen«, murmelte Otterfang, als Steinroller erbarmungslos die Salzbarsche aus seinem Bündel zog.

»Wir müssen alle unsere Opfer bringen«, sagte der Kommissar. »Dafür haben wir Pilu das Leben gerettet.«

Sie nahmen ihre Wanderung wieder auf. Otterfang packte sich den bewusstlosen Lendenschurzmacher wie einen erlegten Hirsch auf die Schultern und überließ dafür sein Reisebündel Steinroller. Vor ihnen auf dem Berg konnten sie jetzt das Berglager der Turits erkennen. Hier gab es nur Hütten und keine Zelte. Viele davon waren mit ochsenblutfarbenen Lederplanen bedeckt, weil nach dem Glauben der Turits nur diese Farbe Fruchtbarkeit und reiche Jagdbeute versprach. Die Turits waren die Ersten gewesen, die den Weg zu größerer Bequemlichkeit eingeschlagen hatten und sesshaft geworden waren. Es hatte sich für sie gelohnt. Die Männer waren zwar immer noch Jäger – ihre Beute waren vor allem saftige Bergwisente, Elche aus dem Tal, Ziegen und Schneegänse –, aber ihre Frauen hatten schnell erkannt, dass sich mit der Höhenlage des Lagers gute Nebengeschäfte machen ließen.

Einen Augenblick lang blieben die drei stehen und betrachteten das Bild, das sich ihnen bot. Wie immer, wenn Steinroller sich mit den Dingen der Welt beschäftigte, wurde er philosophisch. Er bewunderte das Geschick des Bergvölkchens. Doch er fragte sich, ob es wirklich nötig war, immer mehr haben zu wollen, immer größere Hütten zu bauen, immer raffiniertere Jagdmethoden einzusetzen. Wohin sollte das führen? Würden in ein paar Jahren die Wiesen auch noch so grün und die Bäche noch so reich an Fischen sein?

»Was ist los?«, fragte Otterfang, als er die wulstigen Stirnfalten seines Chefs sah.

Steinrollers Antwort klang nachdenklich. »Ich frage mich nur gerade, ob der Weg, den die Turits einschlagen, der richtige ist.«

Otterfang war irritiert. »Der Weg?«, wiederholte er. »Welcher Weg? Ich sehe nicht, dass sie irgendwohin gehen.«

»Bildlich gesprochen«, erklärte ihm Steinroller.

»Immer diese Künstler«, raunte Otterfang Weichhaar zu.

Laut aber fragte er: »Welchen Weg haben sie denn eingeschlagen?«

»Sie häufen Reichtümer an. Wozu?«

»Vielleicht, um reicher zu werden?«

»Erst wenn sie den letzten Barsch gefischt und die letzte Bergziege erlegt haben, werden sie sehen, dass man Steine nicht essen kann«, erklärte Steinroller.

»Mach mir bloß keine Angst«, sagte Otterfang.

Als die Sonne noch ausreichend hoch stand, hatten sie den Berg endlich erklommen. Das letzte Stück führte sie über duftende Bergwiesen und an einem kristallklaren See vorbei. Ein großes Elchgeweih neben dem Pfad, auf einen Stock gesteckt, wies ihnen den Weg ins Lager. Am Geweih waren ein prächtiges Bärenfell sowie ein unscheinbares Ziegenfell aufgehängt.

»Was bedeutet das?«, wollte Weichhaar wissen.

»Eine Information für den Wanderer«, erklärte ihr Steinroller. »Es gibt Übernachtungsmöglichkeiten verschiedener Qualität.«

Weichhaar staunte. Die Turits waren wirklich gut auf die Reisenden vorbereitet.

Steinroller hatte lange darüber nachgedacht, wie sie sich bei ihren Ermittlungen im Lager der Turits tarnen sollten. Niemand sollte wissen, dass er der Sohn eines Sippenältesten war und was er hier suchte. Er hatte sich deshalb entschlossen, sich als reisender Höhlenmaler mit einem Helfer und einem Mädchen für alles auszugeben. Tatsächlich gab es hier oben ockerfarbene Erdschichten, aus denen er sein Farbpulver herzustellen pflegte. Auf diese Weise konnte er genügend Gründe vortäuschen, um am Bergmassiv durch die Gegend zu streifen.

Als sie in das Lager einzogen, fiel ihnen als Erstes die eigenwillige Art der Hütten auf, an denen sie vorbeikamen. Auf den meisten Eingangspfosten steckten Wisenthörner und Elchgeweihe. Die Hütten waren zum Teil durch Holzstämme statt durch große Felle gegen den Wind geschützt, was ihnen, wie Weichhaar feststellte, einen sehr urigen Charakter verlieh.

Die Turits hatten es einfach drauf. Sie wussten, wie man Fremde behandelte. Um sie zu empfangen, kam ihnen ein kräftiger junger Bergbewohner entgegen. Er trug einen bunt bestickten Lendenschurz. Seine Augen hatten freundliche Lachfalten. Er stellte sich als Bergführer und Begrüßungsmann der Turits vor, der alle Fragen zu den Unterkünften beantworten konnte und in der Lage war, aus dem Ruf der Vögel die genaue Tageszeit zu erlauschen. Dass Otterfang den schlafenden Pilu über der Schulter trug, übersah er höflich. Die Leute hier oben schien gar nichts zu erschüttern.

Weichhaar musste kichern, als sie ihm zuhörte. Die Sprache der Turits war voller Rachenlaute, und sie redeten äußerst langsam. Als der Bergführer ihr Amüsement bemerkte, reagierte er mit Humor. »An uns muss man sich erst gewöhnen, oder? Dafür gibt es hier oben die romantischsten Wolfssprungnächte der ganzen Gegend.«

Weichhaar wurde rot und Steinroller auf der Stelle eifersüchtig. Er hatte schon oft von der aufdringlichen Art der Bergmänner gehört, die sich als etwas Besseres vorzukommen schienen.

Ohne auf den lockeren Ton des jungen Mannes einzugehen, fragte er nach einer geräumigen Gästehütte. Nur zu gerne hätte er darauf hingewiesen, dass sie schließlich nicht zum Vergnügen hier waren.

Die meisten Unterkünfte waren zwar schon belegt, aber schließlich fand der Bergführer doch noch etwas für sie. Dafür sollten sie am Schluss Bernsteinstücke hinterlassen. Die Turits waren in der Tat gewiefte Geschäftsleute. Selbst normale Steine schienen nicht mehr zu genügen.

Charmant nahm der Bergführer Weichhaar ihr Bündel ab und ging durch das Lager voran. Sie schien von ihm beeindruckt zu sein. Angeregt unterhielten sich die beiden.

Otterfang schloss zu Steinroller auf und flüsterte ihm zu: »Du solltest auf deine Frau aufpassen! So machen die Turits es angeblich mit allen Weibern.«

»Ich finde, Weichhaar spielt ihre Rolle gut«, sagte Steinroller, obwohl seine Eifersucht gerade einen neuen Höchststand erreicht hatte. »Tarnung ist eben alles.«

Vor ihnen, unterhalb der Bergspitze, leuchtete der Gletscher. Sein breites, bläuliches Band zog sich bis in die Nähe des Lagers hinunter. Immer wieder begegneten ihnen Jäger aus anderen Gegenden. Man erkannte sie an ihren unterschiedlichen Kleidungsstücken. Verwundert stellte Steinroller fest, dass viele von ihnen aus Richtung des Gletschers kamen. Ob sich dort der Sammelplatz für die Jagd befand?

Zu ihrer Überraschung waren auf dem großen Platz drei braune Ziegen mit dicken Eutern angepflockt. Sie meckerten laut, als die Besucher sich näherten. Otterfang erschrak vor so viel Nähe, denn zahme Ziegen hatte er noch nie gesehen.

Der junge Bergbewohner erklärte ihnen stolz, dass dies die Gästeziegen der Turits waren, ihre neueste Anschaffung.

»Was heißt das?«, fragte Otterfang irritiert. »Darf man sie nach Lust und Laune aufessen?«

»Nein, es sind Milchziegen«, erklärte der Bergführer nachsichtig. »Wenn ihr Durst habt – einfach drunterlegen. Es sind genügend Zitzen für jeden da.«

Als überzeugter Fleischesser schüttelte Otterfang sich bei dem Gedanken daran. Weichhaar dagegen, mit ihrem unermüdlichen Erfindergeist, fand die Idee gut. Steinroller tat so, als wären die Ziegen gar nicht vorhanden, und fragte ungeduldig nach seiner Unterkunft. Er hatte den Wirbel der Turits um ihre Gäste jetzt schon satt.

Der Bergführer zeigte auf eine der letzten Hütten des Lagers. Zufrieden stellte Steinroller fest, dass der Turit nicht zu viel versprochen hatte. Sie sah besonders geräumig aus, war seitlich aus Hölzern der Esche erbaut und oben mit mehreren Lagen Auerochsenhaut abgedichtet. Es war die solide Handarbeit der Bergvölker, die oft hohen Schnee zu ertragen hatten. Wie vor jeder Gästeunterkunft knisterte auch hier ein kleines Feuer.

Als sie nacheinander die Hütte betraten – eigentlich bestand sie aus zwei Teilen, dem Eingang mit zwei Schlafplätzen und einem hinteren Teil mit zwei weiteren Nachtlagern –, verstärkte sich ihr guter Eindruck noch. Holzstämme zum Sitzen statt der üblichen Sesselsteine, kräftige Zweige auf der Erde und viele dicke Felle darüber machten die Hütte wohnlich.

Nachdem der Bergführer sich diskret verabschiedet hatte, ließ Weichhaar ihr Reisebündel zu Boden fallen, breitete ihre Arme aus und rief glücklich:

»Ist das nicht schön hier?«

Otterfang blickte sorgenvoll zum Kommissar herüber. Auch Steinroller spürte, dass er diesem weiblichen Überschwang sofort entgegentreten musste.

»Ich hoffe, du erinnerst dich, warum wir hier sind«, sagte er streng. »Ich kenne die Turits. Sie tun nichts ohne Hintergedanken. Alles, was du hier siehst, dient der Verführung.«

»Oh, ich wusste nicht, dass du Vorurteile hast!«, antwortete Weichhaar schnippisch. »Schau dir doch an, wie fortschrittlich sie sind.«

»Ich bitte dich! Zahme Ziegen und Euter im Mund – das ist doch kein Fortschritt!«

Plötzlich waren sie mitten in ihrem ersten Ehekrach. Das Gift der Turits wirkte bereits auf Weichhaar ein. In jeder Sippe waren es immer die Frauen, die nach Bequemlichkeit riefen. Warum waren sie nur so wild darauf, ständig alle Dinge für sich passend zu machen? Würde das ewig so bleiben? Steinroller begann zu bereuen, Weichhaar überhaupt mitgenommen zu haben. Sein Vater hätte einen solchen Streit anders gelöst und sie wieder nach Hause geschickt.

Andererseits war seine Frau aber auch eine gute Tarnung für seine Ermittlungen und deshalb unverzichtbar. Und wenn er ehrlich war, hatte er sie auch nachts gerne bei sich.

Während Otterfang den bewusstlosen Lendenschurzmacher von seinen Schultern nahm und ihn vorsichtig auf eines der Felle legte, sagte er gutmütig: »Vertragt euch. Schon um Taamu willen.«

Weichhaar sah Steinroller schmollend an. Der nickte kurz.

»Von mir aus«, sagte er.

Eleganter konnte kein Ehestreit beendet werden.

Zufrieden mit sich begann Steinroller, sein Reisebündel auszupacken und seine Sachen in der Hütte zu verstauen. Als er seinen Wassersack und den Vorratsbeutel hinter den Baumstämmen, auf denen man vor dem großen Stein sitzen konnte, legen wollte, entdeckte er zwei vergessene schmutzige Kleidungsstücke in der Ecke auf dem Boden. Angeekelt zog er sie hervor.

»Seht euch das an!«, rief er. »So viel zum Thema Sauberkeit bei den Turits!«

Es handelte sich um ein verführerisches Mausfell, wie es manche Frauen in der Nacht trugen. Das zweite Fundstück war ein auffälliges Stirnband aus rötlichem Fuchspelz. Auf ihm waren vier Bärenklauen aufgenäht. Steinroller wollte gerade beide Teile nach draußen vor die Hütte schleudern, als er plötzlich stutzte und das Stirnband noch einmal näher betrachtete.

Ungläubig starrte er auf die bedrohlichen schwarzen Krallen.

»Nein«, flüsterte er. »Das kann nicht sein ...«

»Kennst du das Fell? Wem gehört es?«, fragte Weichhaar.

Steinroller hatte sichtlich Mühe, zu sprechen. Seine Antwort näherte sich ihr so langsam wie ein verletztes Tier.

»Es ist ... das Stirnband meines Vaters«, sagte er tonlos. »Ich kenne es seit meiner Kindheit.«

Otterfang war zu ihnen herübergekommen. Er war fassungslos, denn er bewunderte Felsschmetterer und war ihm bisher blind gefolgt.

»Dein Vater war in dieser Hütte? Aber ... Er hat die Turits doch immer als Feinde betrachtet«, sagte er verwirrt. »Was hat er dann hier gemacht?«

»Das würde ich auch gerne wissen«, antwortete Steinroller nachdenklich. Ihm fiel ein, dass sein Vater sich vor dem Vollmond zur Jagd abgemeldet hatte und erst vor drei Tagen ins Lager zurückgekehrt war. War Felsschmetterer womöglich zur selben Zeit wie Taamu hier gewesen? Und warum? Was würde noch alles ans Tageslicht kommen?

Die Fragen quälten ihn wie Blutegel aus dem Sumpf. Er hoffte inständig, dass Pilu bald wieder aufwachte und mithelfen konnte, wenigstens einen Teil des Rätsels zu lösen.

Otterfang stand brütend daneben. Voller Unruhe wühlte er nachdenklich mit den Fingern in seiner Brustbehaarung herum.

»Sieht aus, als wären wir mitten in einem Wespennest gelandet«, sagte er fatalistisch.

»Und was für ein Nest!«, schnaubte Steinroller.

In nie gekanntem Zorn klappte er sein neues Taschenmesser auseinander und hieb die schmale Steinklinge mit Wucht in ein Stück Trockenfleisch, das Weichhaar gerade auf dem großen Stein ausgebreitet hatte.

»Bergwespen! Siebenmal größer als Hornissen!«

Das Aufwachen in der Steinzeit war nur selten angenehm. Oft begann der Tag mit Katastrophen, die einen schnell wieder auf die Härte des Lebens einstimmten. Mal waren es laut stampfende Tierherden, die im Morgengrauen durchs Lager stürmten, mal hatten Wölfe grässlich große Flöhe und Zecken eingeschleppt, oder Riesennüsse fielen auf die Köpfe der Schlafenden.

Dagegen war der Morgen im Bergland die reinste Wohltat. Steinroller wurde geweckt von balzenden Auerhähnen. Sie saßen in den Tannen vor seiner Hütte. Davon angeregt drängte er sich noch einmal frech an Weichhaars warmen Körper und fand zu seiner Freude Erwiderung. Danach erhob er sich vom Lager, schlang sich den Schurz um die Lenden und ging nach draußen, um das Wetter zu prüfen. Wenn die Auerhähne balzten, wurde der Tag bekanntlich schön.

Seine gute Laune bekam einen Dämpfer, als er draußen den jungen Begrüßungsmann auf sich zukommen sah. Er dankte seiner Manneskraft, dass Weichhaar noch erschöpft auf dem Fell lag. Heute hatte der angeberische Turit bunte Bänder um seine Waden gebunden. In der Hand trug er ein Bündel Bastmatten. Eine davon reichte er Steinroller.

»Gut, dass ich dich treffe«, sagte er in seiner gutturalen Bergsprache. »Hier ist deine Matte. Du musst sie noch mit einem persönlichen Zeichen versehen. Aber das dürfte dir als Maler ja nicht schwerfallen, oder?«

Steinroller nahm das Geschenk entgegen und betrachtete die Bastmatte. Sie war im gleichen Format wie die, die Taamus Mörder mit dem kleinen Tannensymbol bemalt und in der Geröllhalde vergraben hatte. Sein Herz schlug schneller bei dieser Entdeckung.

»Bekommt jeder Gast eine?«, fragte er.

Der junge Bergführer nickte. »Natürlich. Sonst kannst du ja dein Eigentum nicht mehr erkennen, wenn du es irgendwann wiederhaben willst. Schau dich um, wie es die anderen gemacht haben.« Er wollte schon gehen, blieb dann aber stehen. »Fast hätte ich es vergessen. Euer Leder für den Gletscher.« Er reichte Steinroller mehrere Streifen Leder, in die kleine Kieselsteine eingenäht waren. »Damit euch die Füße in der Kälte nicht abfallen.«

Noch bevor der Kommissar etwas fragen konnte, ging der Turit mit den restlichen Matten über dem Arm weiter.

Nachdenklich blieb Steinroller zurück. Was meinte der Begrüßungsmann mit Eigentum? Vielleicht war es einfach nur ein Wort, das sie hier oben liebten, weil sie gierig waren. Aber was sollten dann die Matten? Er tröstete sich damit, dass die Höhenluft den Turits vielleicht doch nicht so gut bekam, wie sie immer taten. Er war gespannt, welche Absonderlichkeiten er hier oben noch erleben würde.

Langsam wanderte er an den Gästehütten entlang, die am Weg zum Gletscher standen. Aus dem Lager hörte er das Meckern der Ziegen. Abenteuerlustig spielte er kurz mit dem Gedanken, doch einmal ihre Milch zu kosten, aber dann ließ er es bleiben. Es musste ein seltsames Gefühl sein, Ziegenbrüste im Mund zu haben.

Vor den Eingängen der meisten Hütten lagen Bastmatten wie seine. Ein Gast hatte ein Wildschweinohr als Erkennungszeichen an seine Matte genäht, an eine andere hatte man zwei kleine Hasenpfoten geknüpft. Es waren die üblichen Scherze unter Jägern. Die meisten Matten waren jedoch mit unterschiedlichen Strichen aus Holzkohle markiert.

Die letzte Hütte, mit schweren Bärenfellen bedeckt, lag einsam auf einer Bergwiese. Das Fell vor dem Eingang war heruntergelassen. Von hier bis zum Fuß des Gletschers, der gleißend in der Morgensonne leuchtete, war es nur noch ein kurzes Stück. An einer feuchten Stelle der Wiese huschten kleine Molche herum. Es war die süße Sorte. Otterfang wäre das Wasser im Mund zusammengelaufen.

Steinroller beschloss, sich auch diese Hütte anzusehen. Während er über die Wiese darauf zuging, umflogen ihn Dohlen. Als er näher kam, sah er, dass hier die Bastmatte über einem Stein ausgebreitet war. Das persönliche Symbol war in der linken unteren Ecke angebracht, in diesem Fall aus Farbe.

Es war die kleine grüne Tanne.

Wie erstarrt blieb er stehen. Er hat mit allem gerechnet, nur nicht damit, gleich am ersten Morgen auf Taamus Mörder zu stoßen.

Langsam schlich er sich heran. Er stellte sich leise neben die Seitenwand, hielt ein Ohr an das Fell und lauschte, bis seine Ohrmuschel einen Krampf bekam. So schmerzhaft hatte er sich das Abhören nicht vorgestellt. Aus der Hütte kamen keinerlei Geräusche, nicht mal das kleinste Schmatzen oder Schnarchen. Doch die Ruhe konnte trügen.

Fieberhaft überlegte Steinroller, wie er jetzt vorgehen sollte. Dabei spielte er in Gedanken alle Möglichkeiten durch.

Er war allein, und wer immer Taamus Mörder war, es musste sich um einen Jäger handeln, den er nicht ohne Hilfe zur Strecke bringen konnte. Vielleicht waren sie aber auch zu zweit in der Hütte, dann wäre ein Kampf noch aussichtsloser. Nein, er hatte keine Lust, dass irgendwann sein eigenes Ohr eine Bastmatte zierte.

Die zweite Möglichkeit war, Otterfang zu alarmieren. Doch selbst wenn es ihnen gelingen sollte, den Mörder zu überwältigen – was nutzte ihm ein Gefangener, den er nicht seiner Tat überführen konnte?

Insgeheim bedauerte er, dass er sich von seinem Vater nicht doch ein paar gemeine Tricks hatte zeigen lassen. Felsschmetterer wusste immer, wie er gefährliche Tiere oder aufmüpfige Sippenangehörige bändigen konnte. Ein ganzer Mann, so behauptete er, musste selbst dann Ruhe bewahren, wenn der Frosch ein Nashorn verschlang.

Steinrollers innere Stimme meldete sich.

Genau genommen bist du der Frosch, sagte sie. Wie willst du einen Mörder verschlingen, wenn du nicht wenigstens ein Beweisstück mitnimmst?

Da die inneren Stimmen der Steinzeit noch zuverlässig waren, hörte Steinroller aufmerksam zu.

Er schaute sich um. Auf dem Baumstamm neben der Hütte lag ein gefleckter Fellumhang. Er lief schnell hin, schnappte sich den Umhang und zog sich damit hinter eine Eibenhecke am Bergpfad zurück. Dort untersuchte er ihn in Ruhe.

Schon beim ersten Absuchen entdeckte er ein Büschel brauner Haare darauf. Von der Hornspange seines Lendenschurzes löste er die fünf braunen Haare, die er zu Hause im Lager gesichert hatte, und hielt sie neben das neue Büschel. Alle Haare trugen weiße Schuppen, ein weit verbreitetes Übel in ihrer Sippe. Zusätzlich schnupperte er mit seiner feinen Nase an ihnen, um ihre Gerüche festzustellen.

Es gab keinen Zweifel – es handelte sich um die Haare desselben Mannes.

Schnell machte er sich wieder auf den Rückweg. Jetzt hieß es, den Kopf kühl zu behalten. Er glaubte mittlerweile, mehr Zeit zu haben, als anfangs gedacht. Ganz offensichtlich hatte der geheimnisvolle Unbekannte noch Geschäfte bei den Turits zu erledigen, oder er ging am Gletscher zur Jagd.

Als der Kommissar seine Hütte betrat, sah er zu seiner Überraschung, dass auch Pilu inzwischen wach geworden war. Er hatte sich in seiner Ecke aufgerichtet, wirkte aber schwach. Doch wenigstens befand er sich wieder unter den Lebenden. Der Blätterverband um sein linkes Bein war nicht mehr rot, also hatte seine Wunde aufgehört zu bluten.

Als Steinroller sich neben Pilu auf den Hüttenboden setzte, versuchte der kleine Lendenschurzmacher ein schiefes Lächeln. »Ich weiß zwar nicht, wie ich hierhergekommen bin, aber ihr scheint mich gerettet zu haben«, sagte er. »Darf ich fragen wo?«

»Bei den Neandertalern«, erklärte Steinroller.

»Igitt ...« Pilu verzog das Gesicht. »Ich hoffe, ich habe ihren Geruch nicht allzu sehr angenommen.«

»Du musst ihnen dankbar sein. Eine alte Frau hat deine Wunde versorgt und dich in ihrer Höhle versteckt.« Er half Pilu, sich hinzusetzen. Dabei fragte er: »Kannst du dich erinnern, was vor deiner Hütte passiert ist und warum du geflohen bist?«

»O ja! Und ob ich das kann!«

Steinroller weckte Weichhaar und Otterfang, damit sie Pilus Bericht mit anhörten. Auch sie waren erleichtert, seine Äuglein wieder offen zu sehen, und holten ihm ein paar Früchte und Wasser, damit er schnell wieder zu Kräften kam.

Als Kommissar hatte Steinroller das Bedürfnis, der Sache etwas Offizielles zu geben. Schließlich waren sie ja nicht zu einem Familienausflug hier. Als alle wieder neben Pilus Lager versammelt waren, fragte er: »Bist du bereit zu einer Aussage, Pilu?«

»Ich werde mich bemühen«, antwortete der kleine Lendenschurzmacher.

»Also gut«, sagte der Kommissar. »Wir hören die Zeugenaussage von Pilu. Beruf Lendenschurzmacher.« Er wandte sich noch einmal an seinen Zeugen. »Geboren?«

»Ja«, antwortete Pilu.

Steinroller spürte, dass er die Anforderungen an seine erste Ausfragung nicht zu hoch ansetzen durfte, und konzentrierte sich lieber gleich auf die Tatzeit. »Wann war der Überfall?«, fragte er.

»Um die Mittagszeit vor zwei Sonnen«, erzählte Pilu. »Ich habe auf dem Nähstein vor meiner Hütte gesessen und Nadeln geschliffen, als plötzlich aus dem Wald ein Speer auf mich zugeflogen kam. Einfach so.«

»Einfach so gibt es nicht«, erklärte Steinroller. »Hast du den Angreifer gesehen?«

»Du liebe Zeit, nein!«, rief Pilu aus. »Wer rechnet denn mit so was? Es war der Schock meines Lebens!«

»Wenn du bitte sachlich bleiben würdest.«

Pilu beruhigte sich wieder. »Ich hatte mich ausgerechnet in diesem Moment erhoben, um ein Stück neues Leder aus der Hütte zu holen«, fuhr er fort, »sodass der Speer in meinem Bein stecken blieb, statt mein Herz zu treffen, wo er eigentlich landen sollte.«

»Du hast den Angreifer auch danach nicht gesehen?«

»Nein. Er ist verschwunden, und ich saß zitternd und blutend da. Glaubt mir, ich habe in meinem ganzen Leben nicht so viel Blut gesehen! Wenn ich mir nicht aus Fellresten einen Verband gemacht hätte, wäre ich sicher nicht mehr am Leben.«

»Und wieso haben wir dich bei den Neandertalern gefunden und nicht in deiner Hütte?«, fragte Steinroller.

»Entschuldige mal!«, sagte Pilu erregt. »Würdest du dort bleiben, wo man dir dein Lebensfeuer ausblasen will?«

Steinroller beruhigte ihn und ließ sich erzählen, was sich nach dem Überfall ereignet hatte. Pilu war schnell klar geworden, dass der Mordversuch nur in Zusammenhang mit Taamus Tod stehen konnte. Immerhin war er der einzige Zeuge, der den Mörder nachts gesehen hatte. Er traf eine mutige Entscheidung und beschloss, für einige Zeit aus dem Lager zu verschwinden, auch in der Hoffnung, dass Steinroller inzwischen Taamus Mörder finden würde. Als Ziel seiner Flucht wählte er das Lager der Turits, weil er annahm, dass er bei so wohlhabenden Menschen am ehesten seinen Beruf ausüben konnte. Schweren Herzens band er sein kleines Warzenschwein an einen Baum, küsste es noch einmal liebevoll auf die borstige Faltenstirn und machte sich auf den Weg. Wie weit er gekommen war, bis ihn die Neandertalerin gefunden hatte, wusste er selbst nicht mehr. Er konnte sich nur noch daran erinnern, dass er mit jedem Schritt schwächer geworden war.

»Du Armer«, sagte Weichhaar mitfühlend, nachdem Pilu geendet hatte. »Du bist in deinem Leben sicher noch nie so weit gelaufen.«

»Das kannst du laut sagen«, antwortete Pilu. »Wie oft habe ich unterwegs gedacht, wenn ich doch nur so lange Beine hätte wie der Große.« Er zeigte auf Otterfang, der hoch aufgerichtet neben ihm stand.

Otterfang glaubte, etwas Nettes sagen zu müssen. »Du darfst nicht aufgeben«, meinte er tröstend. »Vielleicht ist es bei dir wie mit den Fröschen – die kriegen auch erst lange Beine, wenn sie ein gewisses Alter erreicht haben. So was soll's geben.«

Steinroller hatte schweigend neben dem Lager des Lendenschurzmachers gesessen und zugehört. Erst jetzt stand er auf und sagte dabei: »Du warst sehr tapfer, Pilu. Das beeindruckt mich.«

Pilu seufzte. »Manchmal wünschte ich, meine Nähnadeln wären Waffen.«

Der Kommissar musste lächeln. »Dafür kann man mit einem Speer nicht nähen.« Er wurde wieder ernst. »Was ist mit dem Speer, der auf dich geworfen wurde? Hast du ihn auf deine Wanderung mitgenommen?«

Der Lendenschurzmacher nickte. »Ja. Aber nach einer Weile war er mir lästig. Ich kann sowieso nicht damit umgehen. Da habe ich ihn in zwei Teile zerbrochen und einen davon als Stock benutzt ...«

Steinroller winkte ab. Genau so hatte er sich das vorgestellt. Dabei hätte der Speer sehr viel über seinen Eigentümer aussagen können. Es war wirklich nicht leicht, der Kommissar einer so eigenwilligen Sippe zu sein.

Gemeinsam überlegten sie, wie sie jetzt weiter vorgehen sollten. Steinroller verschwieg den anderen, welche Entdeckung er an diesem Morgen gemacht hatte. Weichhaar schlug mit weiblichem Einfühlungsvermögen vor, bei Pilu zu bleiben und mit ihm Gehübungen zu machen. Das war nicht ganz uneigennützig, denn der Lendenschurzmacher war ein erstklassiger Modeberater und die Turitfrauen boten eine Menge unterschiedlicher Kleidungsstücke an.

Steinroller kam diese Arbeitsteilung gerade recht. Mit Otterfang im Schlepptau ging er den Weg zum Turitlager hinunter. Unterwegs informierte er seinen Assistenten über die neueste Zuspitzung ihres Falles. Otterfang war entrüstet, dass sein Chef ihn nicht sofort dazugeholt hatte, als er auf das Versteck des Mörders gestoßen war.

»Unsinn«, widersprach Steinroller. »Hier ist Verstand gefragt und nicht Kraft.«

»Genau das meine ich ja«, sagte Otterfang beleidigt.

Steinroller beruhigte ihn. »Das Wild muss beobachtet werden, bevor man es stellt. Du wirst bald zum Einsatz kommen. Erst fühlen wir den Turits auf den Zahn, dann versteckst du dich beim Gletscher und behältst die Hütte im Auge.«

»Haben sie denn größere Zähne als wir?«, fragte Otterfang, der in der Bergluft ein bisschen länger brauchte, bis er alles begriffen hatte.

»Mit der Gier wachsen auch die Zähne«, sagte Steinroller.

Sie schlenderten den festgestampften Weg zwischen den Hütten entlang und schauten sich um. Alles war blitzsauber, nicht einmal ein paar abgenagte Knochen lagen herum. Steinroller staunte, wie viele Leute inzwischen unterwegs waren. Er erkannte breitschultrige Jäger aus dem Urwald jenseits der Tundra und die etwas kleineren, aber flinken Fischer aus dem Sumpfgebiet des Salzigen Breiten Flusses. Jeder von ihnen hatte große Bündel auf dem Rücken. Einige der Männer trugen ihre mitgebrachten Waren nicht selbst, sondern hatten zwei oder drei Turit-Träger in typischer Tracht dabei, die hinter ihnen hergingen und schwere verschnürte Lederpakete schleppten. Es war ein Kommen und Gehen.

»Der reinste Ameisenhaufen«, sagte Otterfang, nervös um

sich blickend. »Ich wusste gar nicht, dass wir so viele auf der Welt sind.«

»Irgendwas stimmt hier nicht«, antwortete der Kommissar nachdenklich. »Soweit ich weiß, sind die Turits keine Händler. Was machen die Fremden dann aber hier?«

Er ging auf einen der Jäger zu, der bei den Gästeziegen Rast gemacht hatte.

»Heho, Jagdbruder ...« Er zeigte auf das schwere Bündel auf dem Rücken des Mannes. »Wie ich sehe, warst du erfolgreich.« Der Jäger blickte den Kommissar skeptisch an. Offensichtlich fühlte er keine große Lust, zu reden. »Hmm – Wildschweinjagd«, sagte er kurz angebunden und erhob sich. Grob stieß er mit dem Fuß eine der Ziegen von sich, die an seinem Bündel schnuppern wollte.

»Kommst du, oder gehst du?«, fragte Steinroller weiter.

»Was wohl?«, fragte der Jäger unhöflich zurück. »Warum habe ich wohl meinen Vorrat dabei?« Damit ließ er Steinroller stehen und verschwand in Richtung Berge.

Der Kommissar schaute ihm irritiert nach. So viel Unhöflichkeit war unter Reisenden unüblich. »Hast du verstanden, was er meinte?«, fragte er seinen Assistenten.

»Wer versteht schon das Grunzen eines Wildschweins?«, meinte Otterfang verärgert. »Vielleicht sollte ich lieber einen der Fischer fragen.« Ohne Steinrollers Antwort abzuwarten, stellte er sich dem nächsten vorbeikommenden Sumpffischer in den Weg, der aus der Richtung kam, in die der Jäger gerade verschwunden war. »Heho, Sumpfgänger – sei gegrüßt von einem Süßwasserkollegen.« Der dünne flinke Fischer blieb stehen. Seine aufmerksamen hellen Augen musterten Otterfang freundlich, und seine Stimme klang fröhlich. »Ah – Süßwasser ... Lass mich raten. Das klingt nach Barschen. Hab ich recht?« Otterfang strahlte und deutete die Länge seiner Fische mit den Händen an. »O ja, das will ich meinen! Barsche in dieser Größe, Hechte so lang wie meine Arme, und jede Menge Frösche ...« Im Nu waren die beiden in ein Gespräch über ihre Fangmethoden verwickelt. Keiner von ihnen beachtete noch Steinroller. Der andere Fischer nahm schließlich sein Bündel vom Rücken, öffnete es und hielt es vor Otterfang hin.

»Hier war ein junger Stör drin, den ich hergeschleppt habe. Nimm dir ein paar restliche Schuppen heraus. Das sind gute Köder für deine Hechte.«

Otterfang nahm das Angebot an. Auch Steinroller schielte in das Bündel. Es war leer, roch aber abscheulich nach Fisch.

Der Kommissar beschloss, diesmal der Sache näher auf den Grund zu gehen.

»Darf ich wissen, wo du gerade herkommst?«, fragte er.

Verblüfft schaute ihn der Fischer an. »Na, da wo alle mit leerem Beutel herkommen«, erklärte er.

»Wir sind neu hier, und als Künstler verstehe ich nicht viel von diesen Dingen«, entgegnete Steinroller mit gespielter Bescheidenheit. »Kannst du mir das näher erklären?«

Der Fischer schien über so viel Unwissenheit noch immer erstaunt zu sein. »Habt ihr denn nicht von der Weissagung des Turit-Schamanen gehört?«

Steinroller verneinte.

»Dann darf ich auch nicht darüber reden«, sagte der Fischer. Er blickte um sich, weil er sicher sein wollte, dass ihm keiner zuhörte. Dann fügte er leise hinzu: »Aber ein kleiner Rat – wenn du mehr wissen willst, frag die geschwätzige Tochter des Schamanen. Von ihr habe ich alles erfahren. Sie ist eine Keulenheilerin und wohnt in der Hütte am großen Platz. Sag ihr, du kämst wegen deiner kranken Schulter. Alles Weitere wirst du dann sehen. Und jetzt entschuldigt mich bitte, ich muss heute noch meinen Rückweg antreten ...«

Er winkte ihnen noch einmal freundlich zu und wanderte flink den Weg Richtung Tal hinunter.

Steinroller ärgerte sich, dass er sich ein weiteres Mal mit einer vagen Antwort hatte abspeisen lassen. Er beschloss jedoch, sich bei seinem Assistenten nichts davon anmerken zu lassen und stattdessen Entschlossenheit zu zeigen.

»Na also«, sagte er, als er wieder mit Otterfang allein war. »So kommen wir Schritt für Schritt weiter. Ein Lager wird schließlich auch nicht an einem Tag erbaut.«

Otterfang fragte ihn, ob er tatsächlich die Tochter des Schamanen aufsuchen wollte. Die Keulenheilerei war schließlich eine extrem unangenehme, wenn auch wirkungsvolle Prozedur. Sie war hier bei den Turits erfunden worden und breitete sich in immer mehr Lagern aus. Auch Felsschmetterer hatte schon davon gesprochen, dass man sich eigentlich eine eigene Keulenheilerin in seiner Sippe halten müsste.

»Ich werde mich wohl opfern müssen«, meinte Steinroller düster. »Wenn die Ermittlungen es erfordern …«

Sie teilten sich auf. Otterfang erhielt den Auftrag, heimlich einigen der Männer zu folgen, die mit ihren prall gefüllten Bündeln bergauf kletterten. Es war der Weg zum Gletscher, aber dort musste es noch etwas anderes geben, das die Männer so magisch anzog. Oben angekommen, sollte er dann für den Rest des Tages in der Nähe der Hütte bleiben, die Steinroller morgens entdeckt hatte.

Um ihn zu motivieren, erzählte ihm Steinroller von den Molchen auf der Wiese. Otterfang war begeistert. »Danke für den Hinweis. Wie du weißt, bin ich Tierfreund. Die Süßen sind die besten.«

Tatkräftig und mit großen Schritten machte er sich auf den Weg zum Gletscher.

Beklommen betrat Steinroller die Hütte der Heilerin.

Als er die riesige Quarzitkeule sah, die furchterregend am Eingangspfosten aus Elfenbein lehnte, verließ ihn der Mut bereits. Er wollte gerade wieder kehrtmachen, als eine kräftige junge Frau auf ihn zutrat. Ihr langes Haar fiel bis über die Brüste. Sie war in ein vollkommen weißes Ziegenfell gewickelt. Ihre gewaltigen Oberarme erinnerten Steinroller an die Muskelpakete Otterfangs. Als er sie so betrachtete, fragte er sich, warum die Heiler der Sippen immer so Furcht einflößend wirkten. Er kam zu dem Schluss, dass sie vielleicht so kräftig waren, weil sie ständig fremde Körper bändigen mussten.

Nachdem die Keulenheilerin ihn begrüßt hatte, führte sie ihn zu einem breiten Lager aus weichen Fellen und fragte, wo genau der Schmerz saß. Steinroller fasste vage an seine Schulter. Die Heilerin drückte ihm einmal kurz zwischen die Schulterblätter, und er schrie auf.

»Sehr gut«, sagte sie zufrieden. »Die typische Verspannung der Jäger. Auf den Bauch bitte.«

Gehorsam drehte er sich um und drückte sein Gesicht in das Fell. Prüfend strich die Keulenfrau ihm mit der Hand über die Rückenmuskulatur.

»Ich bin aber kein Jäger, sondern Künstler«, widersprach er, während ihm das Fell in den Nasenlöchern kitzelte. »Höhlenmaler.«

»Das sind immer die Verspanntesten«, sagte sie. »Bis man die wieder locker hat ...«

Der Kommissar sah aus den Augenwinkeln, wie sie nach ihrer Keule griff und sie mit beiden Händen umfasste.

»Bist du bereit?«, fragte sie.

»Ja«, murmelte Steinroller und biss sich in Erwartung des Schmerzes auf die Zähne.

Der erste Keulenschlag traf die rechte Schulterpartie. Die Heilerin holte gar nicht weit aus, sondern klopfte nur, so wie man ein Stück Fleisch von der Elchschulter vor dem Braten weich klopft. Es reichte aus, um Steinroller zu zeigen, wo überall seine Muskeln saßen. Nachdem die Keule eine Weile auf der rechten Seite geblieben war, wanderte sie langsam nach links und danach zum unteren Teil des Rückens.

»Du bist erstaunlich tapfer«, sagte die Heilerin. »Hast du schon öfter die Keule auf deinem Rücken tanzen lassen?«

»Nein«, antwortete Steinroller. »Es ist das erste Mal. Ich bin erst gestern angekommen.«

»Und – warst du schon am Gletscher?«, fragte die Keulenfrau.

»Noch nicht. Aber ich denke, das sollte ich bald tun. Wie ich schon sagte – ich bin Höhlenmaler und suche in den Bergen nach geeigneten Farben.«

»Wie interessant! Da wüsste ich jemanden, der dir helfen kann. Unser Begrüßungsmann, er kennt die Erdstellen wie kein anderer. Es gibt viele Gäste, die ihre Bastmatten mit Farbe kennzeichnen wollen.«

Der Kommissar wurde hellhörig. Sofort musste er wieder an die Matte von Taamus Mörder denken, die mit dem kleinen Tannensymbol bemalt war. Während die Keule gerade seine rechte Hüfte bearbeitete und ihn ein scharfer Schmerz durchzog, sagte er so beiläufig wie möglich: »Erzähl mir ein bisschen mehr über euren Gletscher. Kann man ihn besichtigen?«

Er spürte, wie die Keule auf seiner Haut abgesetzt wurde. Er wagte nicht, den Kopf zu heben und nach oben zu blicken. Doch das war auch gar nicht nötig. Die junge Heilerin ging vor ihm in die Hocke, ihre Augen dicht vor seinen, und fragte ungläubig: »Hat man dir denn nicht von der Weissagung meines Vaters erzählt? Er ist der Schamane aller Turits.«

Steinroller blieb einfach liegen, damit sie seine Aufregung nicht sehen konnte, und sagte: »Nein. Da ich kein Jäger bin, erfahre ich so etwas immer zuletzt. Willst du mich nicht aufklären?«

Sie war wieder aufgestanden, und die Keule begann erneut auf seinen Rücken niederzugehen. Sie schien nachzudenken. Die Prozedur kam ihm jetzt viel schmerzhafter vor als am Anfang, denn plötzlich fingen seine Muskeln an, wie Feuer zu brennen. Er hörte die Keule rhythmisch klatschen. Dass er sich als Kommissar auch noch freiwillig prügeln lassen musste, hatte er nicht vorausgesehen, als er mit der Suche nach dem Mörder beauftragt worden war.

Schließlich meldete sich seine Peinigerin wieder zu Wort: »Also gut. Ich weihe dich jetzt ein, wenn du mir versprichst, den Gletscher in einem Höhlenbild zu verewigen. Das würde meinem Vater gefallen.«

Natürlich, dachte Steinroller grimmig, so wie alle Mächtigen scharf darauf waren, verewigt zu werden. Es war das Übliche, das man von einem Künstler erwartete. Er hatte es satt.

Laut sagte er: »Es wäre mir eine Freude. Ich wüsste schon eine Höhle. So lang wie drei – nein, vier Mammuts und so hoch wie der gefächerte Riesenbaum. Reicht das?«

»Das klingt gut«, sagte die Keulenfrau begeistert. »Das klingt sogar sehr gut!«

»Und jetzt erzähl«, ermunterte Steinroller sie. Er konnte es kaum erwarten, die Wahrheit hinter dem absonderlichen Treiben der Turits zu hören.

Es hatte alles im Frühling begonnen. Der Schamane der Turits hatte vorausgesagt, dass nach dem nächsten Winter der schlimmste Regen seit Menschengedenken auf das Land niederprasseln würde, drei Monde lang. Tundren und Urwälder würden überflutet werden und die meisten Tiere würden sterben. Die Menschen könnten zwar auf den Bäumen weiterleben, aber sie hätten für lange Zeit nichts, was sie jagen konnten.

Wie eine Geheimbotschaft hatten die Turits diese Nachricht zu den Sippen rund um die Tundra und zum Großen Sumpf getragen. Nur wenige sollten eingeweiht sein. Ihnen boten die Turits an, ihre Fleischvorräte rechtzeitig in der Gletscherhöhle einzufrieren. Und so kamen nun aus allen Gegenden Jäger und Fischer, um ihre Beute – gegen einen gewissen Anteil für die Turits selbstverständlich – im ewigen Eis des Gletschers zu lassen, bis man sie wieder benötigte.

Die Keulenheilerin schien sehr stolz darauf zu sein, denn all das war allein ihrem Vater zu verdanken. Während sie mit schnellen Keulenschlägen weiter auf Steinrollers Rücken und sogar auf den Muskeln der Oberarme herumklopfte, begann der Kommissar nach und nach zu begreifen, was er gerade erfahren hatte.

Er durchschaute alles. Seine angeborene Fähigkeit, Dinge infrage zu stellen, sagte ihm, dass dem Schamanen etwas gelungen war, was noch kein Mensch in den Wäldern und auf den Tundren der Erde geschafft hatte. Durch falsche Nachrichten an die Sippen hatte er die Jäger dazu verführt, etwas zu tun, was den Wohlstand der Turits mehrte. Es war die reinste Manipulation.

Steinroller war hin- und hergerissen zwischen Verachtung und Bewunderung. Denn von etwas so Weitsichtigem hatte er noch nie gehört – eine Kühlhöhle. Es war die perfekteste Art, Fleisch haltbar zu machen, seit seine Vorfahren das Feuer zum Braten und das Salz zum Eintrocknen entdeckt hatten.

Durch Steinrollers Kopf schwirrten plötzlich viele Gedanken. Vor allem die Frage, was Taamu mit alledem zu tun hatte. Warum war er überhaupt hier gewesen? Gehörte er zu denen, die heimlich Fleisch einlagern wollten? Eigentlich konnte das gar nicht sein, denn er hatte seit zwei Monden keinen einzigen Bär erlegt und musste sich deshalb von seinem Vater durchfüttern lassen.

Nein, viel wahrscheinlicher war, dass Taamu aus einem viel einfacheren Grund sterben musste. Er hatte jemand anderen aus ihrer Sippe dabei ertappt, wie er verbotenerweise Fleisch zu den Turits schleppte. Unvermittelt fiel Steinroller wieder sein Vater ein, der erst kürzlich hier gewesen sein musste.

Plötzlich wurde ihm heiß.

»Du schwitzt ja«, sagte die Keulenheilerin über ihm. »Ich glaube, jetzt fließt dein Blut wieder schnell genug.« Sie setzte die Keule ab und klatschte etwas Kaltes, Stinkendes auf seinen Rücken. »Noch ein bisschen Stachelschweinfett und du wirst dich fühlen wie lange nicht mehr.«

»Muss das sein?«, fragte Steinroller, während ihm der widerliche Fettgeruch in die Nase stieg.

»Viel hilft viel«, sagte die Keulenheilerin energisch und zog ihn mit einem Ruck vom Lager. »Und vergiss nicht das Höhlenbild für meinen Vater!«

Als Steinroller die Keulenhütte endlich wieder verlassen konnte, stank er wie sieben Stachelschweine in der Brunft. Da der Wind von hinten wehte, hatte er den Gestank auch noch in der eigenen Nase. Wie alle Steinzeitmenschen hasste er es, sich selbst riechen zu müssen, denn seit alters her glaubte man, dadurch Gefahren nicht mehr rechtzeitig erschnüffeln zu können.

Noch etwas benommen von der Keulerei zog er an den Hütten vorbei, in denen Turitfrauen selbst gefertigte Sachen anboten. Er überlegte gerade, ob er sich einen neuen Holzgriff für sein Steinmesser gönnen sollte, als er plötzlich mitten unter den dahinziehenden Jägern Weichhaar entdeckte. Als er ein zweites Mal hinschaute, erkannte er auch Pilu, traute dabei aber seinen Augen nicht. Pilu saß fröhlich und bequem auf einem Brett, das von zwei Turit-Trägern gehalten wurde, damit er sein Bein schonen konnte. Sie folgten Weichhaar, die vorausging und neugierig prüfend die Auslage vor der Hütte einer Ledermacherin besichtigte. Ganz offensichtlich hatte sich Weichhaar eine neue Transportmethode für Pilu ausgedacht.

Als Steinroller näher kam, griff sie gerade nach einer besonders unförmigen Handtasche. Solche Stücke waren bei den Frauen am beliebtesten. Prüfend befühlte sie das Leder, roch daran – so wie Frauen an allem rochen, was sie in die Finger bekamen – und hielt die Tasche dann hoch.

»Was hältst du von der?«, rief sie Pilu zu. »Erdkrötenleder, doppelt genäht!«

Pilu ließ sich zu ihr herantragen und begutachtete die Tasche. Nachdem er sie ebenfalls mit seinen zarten Fingern befühlt hatte, gab er seine Meinung ab.

»Da kann ich nur sagen – eine Rarität! Wenn du sie nicht willst, nehme ich sie.«

Als Steinroller sah, wie Weichhaar bereitwillig ein Stück Bernstein aus dem Beutel an ihrer Hüfte hervorholte, glaubte er, eingreifen zu müssen. Schnell drängte er sich bis zu seiner Frau vor. Als sie ihn kommen sah, hielt sie ihre Nase in die Luft und schnupperte. »Bist du das, der so stinkt? Wie sieben Stachelschweine in der Brunft!«

Doch Steinroller ließ sich nicht ablenken. Er zeigte auf die Handtasche. »Was tust du da?«, fragte er streng. »Den Bernstein brauchen wir noch. Und was hast du dir da wieder für Pilu ausgedacht?«

Sie schaute ihn stolz an. »Ist das nicht praktisch?«

»Aber die Träger werden doch irgendetwas dafür erwarten.«

Weichhaar wirkte trotzig. »Bernstein eben. Dafür haben wir ihn schließlich.«

»Der war dafür gedacht, die Turits für unsere Hütte zu entschädigen.«

Weichhaar drehte die Augen zum Himmel. »Ach, Steinroller – wir wollen uns doch auch ein bisschen erholen!«

Es war hoffnungslos. Sie schien völlig vergessen zu haben, weswegen sie hier waren. Doch Weichhaar wäre nicht Weichhaar, wenn sie nicht nach jeder Überraschung noch eine andere Überraschung für ihn gehabt hätte. Sie griff abermals in ihren Beutel und holte einen faustgroßen Kristallstein hervor.

»Hier – den habe ich hinter unserer Hütte gefunden. Ein Durchblickstein. So habe ich die hellen Steine immer als Kind genannt.«

Verblüfft nahm Steinroller den Kristall in die Hand. Er war klar wie Flusswasser.

»Was soll ich damit?«

»Du musst ihn vor die Augen halten. Er ist lustig.«

»Ich brauche keine lustigen Steine«, sagte Steinroller verärgert. »Ich bin im Dienst.« Die Vergnügungssucht seiner Frau begann ihm ernstlich Sorgen zu bereiten. Es musste etwas mit der Hülle von Wohlstand zu tun haben, mit der die Turits jeden einwickelten.

Doch Weichhaar ließ nicht locker. »Nimm ihn. Damit siehst du alles größer, als es in Wirklichkeit ist. Ich dachte, du kannst ihn gut gebrauchen, um dir den Gletscher anzuschauen.«

Der Kommissar hob den Stein vor sein rechtes Auge und blickte hindurch. Er konnte es kaum glauben. Die Bergspitzen erschienen ihm plötzlich so nah, dass er dachte, davorzustehen.

Ihm wurde schwindelig. Er setzte den Durchblickstein kurz ab und versuchte es dann erneut. Diesmal ließ er ihn langsam talwärts wandern, bis er den Pfad im Blick hatte, der zum Gletscher führte. Auch jetzt waren wieder mehrere Männer darauf unterwegs, merkwürdigerweise alle auf dem Rückweg ins Lager.

Plötzlich glaubte Steinroller, auch Otterfang zu erkennen. Er drehte den Kristall so lange hin und her, bis er noch deutlicher durchschauen konnte. Tatsächlich – die riesige Gestalt seines Assistenten war nicht zu übersehen. Otterfang kam ebenfalls auf das Lager zu. Gerade begann er zu rennen. Seine langen Beine flogen mit plumpen großen Schritten vorwärts.

Irgendetwas schien dort oben los zu sein.

»Ist Weichhaar nicht ein Sonnenschein?«, hörte er plötzlich Pilu hinter sich sagen. »Macht dir immer so wunderbare Geschenke ...«

Steinroller drehte sich um. Weichhaar und Pilu strahlten ihn an. Ihm war klar, dass er jetzt etwas Nettes sagen musste. Weichhaar war zwar noch nicht lange seine Gefährtin, aber er hatte gelernt, dass Worte für Frauen eine Art Nahrung waren, so wie Männer Fleisch benötigten, um zufrieden zu sein. Und als er Weichhaars große schöne Augen sah, fiel es ihm leicht, sie mit einem liebevollen Satz zu ernähren.

»Ja«, sagte er und versuchte ein ehrliches Lächeln. »Ihre Ideen sind wie die Farben für einen Maler.«

Obwohl die beiden Turit-Träger daneben standen, ging Weichhaar gerührt auf Steinroller zu und leckte ihm zärtlich die Lippen. »Danke!«, flüsterte sie.

Im selben Moment kam Otterfang wie ein schwerer Stier quer über den Lagerplatz auf sie zugerannt. Verschwitzt schnappte er nach Luft.

»Ich war da! In der Gletscherhöhle ...«, schnaufte er. »Sie ist voller Fleisch!«

»Das habe ich auch gerade erfahren«, sagte Steinroller. »Warum bist du so schnell zurückgekommen?«

»Wir mussten am Eingang kehrtmachen«, erklärte ihm Otterfang atemlos. »Es sind Eisstücke aus dem Berg gefallen. Dick wie Nashörner! Die Höhle ist bis Sonnenaufgang verschlossen.«

»Dann werden wir mit dem ersten Auerhahnschrei darauf warten, dass sie wieder geöffnet wird«, antwortete der Kommissar.

Otterfang kam näher und stellte sich dicht vor ihn. Sein großes Gesicht war rot, und sein Blick flatterte. So aufgeregt hatte Steinroller seinen Assistenten noch nie erlebt. Otterfang senkte seine Stimme, als dürfte ihn niemand hören. »Egal, wie früh du aufstehst – du wirst nicht der Erste sein«, flüsterte er verschwörerisch. »Er wird vor dir da sein und seine Fleischbündel in die Eishöhle bringen.«

»Wer?«, fragte Steinroller.

»Er lagert direkt vor der Höhle ...«

Ungeduldig packte ihn Steinroller an der Schulter, als müsste er seinen Assistenten wachrütteln. »Wer ist es?«

»Speerschleuderer«, sagte Otterfang, schwach wie ein flügellahmer Vogel. Er schien den Namen nur mühsam über seine Lippen zu bringen.

Es war auch für Steinroller ein Schock. Es dauerte einen Augenblick, bis die Nachricht in seinem Gehirn angekommen war. Der Oberste Jäger ihrer Sippe sollte ein Verräter und Mörder sein? Speerschleuderer war der wichtigste Vertraute seines Vaters und seit jeher mit der ehrlichen Verteilung des Fleisches beauftragt. Steinroller hatte ihn bei dieser Aufgabe immer als gerecht empfunden, auch wenn Speerschleuderer hart wie Feuerstein sein konnte. Er war auch der beste Werfer weit und breit. Einmal hatte er mit seinem Speer auf große Entfernung Pilus kleinste Nähnadel getroffen und damit große Heiterkeit hervorgerufen.

Nachdenklich begann Steinroller, den Durchblickstein in seiner Hand zu quetschen, während Otterfang immer wieder ungläubig den Kopf schüttelte und vor Aufregung anfing, sich Nasenhaare auszuzupfen. Weichhaar und Pilu schwiegen betreten. Sie ahnten, welche Frage Steinroller jetzt quälte.

War Speerschleuderer ohne Wissen seines Vaters hier oder in seinem Auftrag?

Der Kommissar umfasste den Kristall so fest, dass die scharfen Kanten in seine Haut drangen. Er spürte den Schmerz nicht, denn zum Glück waren Steinzeithände noch rau wie Ziegenzungen. Doch sein Kopf schmiedete bereits einen raffinierten Plan.

Er glaubte zu wissen, wie er Speerschleuderer entlarven und festnehmen konnte.

Weichhaar hatte eine wunderbare Eigenschaft. Sie konnte sich einfach an fremde Feuer setzen und mit den Menschen reden. Das hatte sie von ihrer Mutter geerbt, deren Worte fortdauernd dahinperlten wie plätscherndes Wasser.

Es war auffällig, dass in diesem Lager alles ein bisschen anders war. Es schien, als hätten die frische Bergluft und die Höhe des Gebirges, auf dem die Turits lebten, auch ihren Abstand zum Leben der Talbewohner vergrößert. Alles war geregelt, sogar, wie man seine Hütte bauen durfte. Abgenagte Knochen kamen in eine tiefe Grube am Lagerrand, wo sie ungestört vor sich hin faulen konnten. Auch waren bei den geschäftstüchtigen Turits mehr Frauen als Männer an den Feuern zu sehen, denn diejenigen Männer, die gerade nicht auf der Jagd waren, gingen ihren einträglichen Geschäften mit den Fremden nach oder arbeiteten am Gletscher.

Im Nu hatte sich Weichhaar an einem der Feuer mit mehreren Turitfrauen angefreundet. Sie hatte kleine Geschenke aus ihrer Heimat verteilt – Entenfedern, die es hier oben selten gab, eine Handvoll getrockneter Käfer sowie selbstgefertigte Nähnadeln. Außerdem hatte sie schon dreimal die Geschichte zum Besten geben müssen, wie sie, Steinroller und der krächzende Otterfang mit lautem Gesang die Bärin vertrieben hatten.

Dabei hatte Otterfang längst eine heimliche Bewunderin. Es war eine kräftige Turitfrau, die wegen ihres auffallend dicken Hinterns Wisentkuh genannt wurde. Sie sollte später die Urmutter vieler anderer dicker Hintern der Menschheit werden. Das strubbelige Fell, das sie sich um den Bauch geschlungen hatte, war viel zu eng und klaffte immer ein Stück auseinander.

»Was für ein strammer Jäger!«, rief sie schwärmerisch mit kräftiger Stimme, als von Otterfang die Rede war. »Könnt ihr ihn mir nicht mal leihen?«

»Tut mir leid, wir brauchen ihn selber«, antwortete Weichhaar. »Ich weiß auch gar nicht, ob er für Wolfssprünge geeignet ist. Er interessiert sich mehr für Fische.«

Wie mit Steinroller verabredet, hielt auch sie an der Legende fest, dass sie auf der Suche nach Farben unterwegs waren. Als die Frauen hörten, dass es sich bei Steinroller um einen echten Künstler handelte, waren sie tief beeindruckt. Weichhaar genoss die Bewunderung, machte dann aber einen Fehler, den sie augenblicklich bereute. Ihr entschlüpfte aus Versehen, aus welchem Lager sie kamen. Sie hätte sich auf die Zunge beißen können.

»Von euch hatten wir schon einige hier oben«, sagte die älteste der Frauen, während sie leere Nussschalen ins Feuer warf. »Einer heißt Speerschleuderer. Der kommt immer wieder.«

Weichhaar hielt die Luft an. Hoffentlich war der Kontakt der Frauen zu Speerschleuderer nicht allzu eng. Ganz gleich, wie rücksichtsvoll Steinroller sonst war – zweifellos würde er sich in einen wilden Löwen verwandeln, wenn sie ihm in seine Ermittlungen pfuschte.

»Ja, und oft sind sie zu zweit«, sagte eine andere Frau. »Der andere ist genauso groß wie Speerschleuderer und schon etwas älter. Sie schleppen jedes Mal so viel Fleisch an, dass unsere Jäger vor Neid die Mäuler nicht mehr zukriegen. Und das passiert selten, wie wir alle wissen!«

Die Turitfrauen lachten. Wisentkuhs Hinterteil bebte vor Erheiterung.

»Männersachen«, wiegelte Weichhaar schnell ab. »Darum kümmere ich mich nicht. Ich bin froh, wenn meiner mal wieder ein Höhlenbild fertig hat.«

Doch die Bemerkungen der Frauen wirkten in ihr nach. Jetzt war es nun mal passiert. Da die Turitfrauen so gesprächig waren, konnte sie ebenso gut auch nach Taamu fragen. Es war sicher riskant, aber wer nichts wagte, trug auch keine Beute nach Hause.

Sie schaute in die Runde. »Kennt ihr auch Taamu? Er ist noch jung und war erst vor ein paar Tagen hier.«

Die Frauen schüttelten die Köpfe. An diesen Namen konnte sich keine von ihnen erinnern.

»Wenn wir wüssten, wie er aussieht, wäre es einfacher«, meinte Wisentkuh und setzte sich breitbeinig hin, weil das für sie bequemer war. »War er groß und stark? Hatte er Narben im Gesicht? Ich liebe Männer mit Narben. Das ist so männlich.«

Weichhaar begriff, dass sie so nicht weiterkam. Wisentkuhs Männertollheit begann sie zu nerven. Doch sie wusste, dass Männer und Frauen, die allzu viele Worte um diese Sache machten, am seltensten zu einem Wolfssprung kamen. Die Stillen dagegen sprangen unermüdlich.

Als sie durch das Lager zu ihrer Hütte zurückging, dachte sie dennoch über das nach, was Wisentkuh gesagt hatte. In ihren Worten hatte ein Gedanke gesteckt, der Weichhaar plötzlich wie die Saat zu etwas Großem, ganz Neuem erschien. Instinktiv begann sie, schneller zu laufen, um Steinroller davon zu erzählen.

Als sie sich ihrer Hütte näherte, lag Pilu faul neben dem Eingang im Gras. Er erklärte ihr, dass er mit seiner Haut ein paar Sonnenstrahlen einfangen müsse, damit er neben den gebräunten Jägern nicht so blass aussah.

In der Hütte wurde gerade etwas Wichtiges besprochen. Weichhaar nahm auf dem Baumstamm Platz und hörte einen Augenblick lang zu.

Steinroller und Otterfang überlegten, wie sie Speerschleuderer einfangen wollten. Otterfang war noch einmal an der Gletscherhöhle gewesen und hatte zufrieden festgestellt, dass Speerschleuderer keinerlei Anstalten machte, ins Lager herunterzukommen. Er saß mit dem Speer in der Hand vor seiner Hütte, den argwöhnischen Blick auf den Gletscher gerichtet, und bewachte seine prall gefüllten Fleischbündel. Über ihm kreisten hungrige Geier.

»Vielleicht merken sie, dass er einer von ihnen ist«, meinte Otterfang mit ernstem Gesicht. Überrascht sah ihn Steinroller an. Es war das erste Mal, dass Otterfang Ironie entwickelt hatte.

Ihr Plan war, sich Speerschleuderer direkt in der Höhle zu schnappen, am Ort seiner Tat. Das geboten die Jagdregeln. Auch einem Fuchs, der in ein Zelt eindrang und Fleisch stahl, musste man genau dort das Fell abziehen oder gar nicht.

Sie hatten im Lager eine Rolle Rentiersehne besorgt, reiß- und beißfest, mit der sie Speerschleuderer fesseln konnten wie ein gefährliches Tier. Otterfang hatte herausgefunden, dass nur am Eingang der Höhle zwei Turitwachen standen, dahinter konnte sich jeder Jäger mit seinen Bündeln frei bewegen.

Otterfang war zunehmend begeistert von ihrem Plan. »Eigentlich könnten wir ihn gleich dort oben einfrieren«, schlug er vor. »Dann müssen wir ihn nicht zurückschleppen.«

»Kann es sein, dass du faul wirst?«, fragte Steinroller. »Ich will, dass er vor die Große Versammlung der Jäger treten muss. Das bin ich mir als Kommissar schuldig.«

»Ich verstehe«, sagte Otterfang. »Falls er wirklich Taamus Mörder ist, wird es sicher allen eine Freude sein, ihm mit ein paar Äxten den Schädel einzuschlagen.«

»Ich sehe, du hast verstanden«, sagte Steinroller. »Gerechtigkeit ist eine schwierige Sache. Manchmal ist sie groß wie ein Mammut und manchmal klein wie ein Hase.«

»Das letzte Mammut, das ich gesehen habe, war gehäutet«, meinte Otterfang. »Aber immerhin hat es allen geschmeckt.«

Zum Stichwort Taamu mischte sich jetzt auch Weichhaar ein.

Sie konnte es kaum erwarten, den Männern von ihrer neuen Idee zu erzählen. Dabei musste sie sich behutsam an das Thema anpirschen, damit Steinroller sich nicht über ihre Eigenmächtigkeiten ärgerte.

Sie berichtete, was die Turitfrauen ihr verraten hatten. Als sie sogar wusste, dass Speerschleuderer schon oft im Lager gewesen war, zuckte Steinrollers Mund, aber er schwieg und ließ sie weitererzählen. Er sah, dass Weichhaar mit ihrer Redefreudigkeit mehr erreichen konnte als er. Außerdem war ihm klar geworden, dass die Turits keine Gefahr für ihn darstellten. Sie waren zu jedem Fremden nett, solange er gut für ihr Geschäft war.

Erst als Weichhaar erwähnte, die Turitfrauen hätten von einem zweiten Mann berichtet, der Speerschleuderer oft in die Gletscherhöhle begleitete, wurde der Kommissar hellhörig.

»Ein zweiter Mann? Könnte das Taamu gewesen sein?«

Weichhaar schüttelte den Kopf. »Nein, seinen Namen kannten die Frauen nicht. Der zweite Mann war schon älter, sagen sie. Und genauso groß wie Speerschleuderer.«

Steinroller fiel ein ganzer Findling vom Herzen. Dann konnte es sich also nicht um seinen Vater handeln. Felsschmetterer war zu seinem eigenen Ärger von kleiner, aber kräftiger Statur.

»Und deshalb«, fuhr Weichhaar mit geheimnisvollem Lächeln fort, »habe ich mir überlegt, wie wir nach Menschen suchen könnten, die Taamu hier gesehen haben.«

»Wir nennen sie Zeugen«, ergänzte Steinroller.

Weichhaar nahm den Vorschlag auf. »Gut. Aber sie können erst zeugen, wenn du ihnen Taamu vor Augen hältst.«

»Taamu ist keine Handtasche aus doppelt genähtem Krötenleder«, sagte Steinroller genervt.

»Aber du bist Maler«, antwortete Weichhaar.

Ihre Idee war wieder einmal ungewöhnlich. Sie hatte sich ausgedacht, dass Steinroller als begabter Höhlenmaler ein Bild von Taamu anfertigen könnte. Er war in der Lage, Wisente, Mammute, Jäger, Speere und Monde zu malen, so lebensecht, dass mancher in ihrer Sippe Angst davor bekommen hatte. Es müsste ihm auch leichtfallen, Taamu abzubilden.

Steinroller schwieg vor Überraschung. Er hatte noch nie einen Menschen und sein Gesicht nach der Wirklichkeit gemalt, sondern nur die Form von Dingen oder Wesen. Konnte eine solche Zeichnung überhaupt gelingen? Er hatte Sorge, der Aufgabe nicht gewachsen zu sein. Andererseits fühlte er sich durch Weichhaars festen Glauben an ihn und seine Kunst angespornt.

»Ich könnte es versuchen«, sagte er schließlich.

Weichhaar fiel ihm um den Hals. »Ich wusste, dass du es tun würdest«, sagte sie lächelnd. »Und du wirst sehen, dein Name wird bald in allen Zelten gerühmt werden. Sie werden dich den Menschenmaler nennen.«

Otterfang, der hoch aufgerichtet an der hölzernen Hüttenwand stand und irritiert zugehört hatte, machte ein ziemlich dummes Gesicht. »Das verstehe ich nicht. Worauf willst du malen, wenn du keine Höhle hast?«, fragte er. »Vielleicht auf einem Stein, hoch wie ein Mensch und breit wie ein Rücken?«

Plötzlich erschien ein Leuchten in Steinrollers Augen. Er winkte seinen Assistenten zu sich. Als Otterfang ahnungslos kam, bat Steinroller ihn, sich umzudrehen. Otterfang tat es und wandte ihm den nackten Rücken zu, der über dem Lendenschurz zu sehen war. Es war eine hübsche große Fläche, wenn man von ein paar hässlichen Pickeln absah.

»Perfekt«, sagte Steinroller zufrieden. »Auf diesem Rücken könnte ich eine ganze Jagdszene verewigen.«

»O nein«, stöhnte Otterfang. »Wenn ich doch nur geschwiegen hätte!«

»Das hat schon mancher gesagt. Dafür wirst du der Erste sein, der vom Hals bis zum Bürzel ein Kunstwerk mit sich herumträgt.«

Weichhaar war begeistert.

Weder sie noch Steinroller achteten weiter auf das Gejammer von Otterfang, der mit gegrätschten Beinen an der Hüttenwand in Stellung gehen musste. Am schwersten fiel es ihm, unbeweglich dazustehen. Weichhaar holte währenddessen Steinrollers Farben, die er immer in seinem Bündel aufbewahrte, sowie zwei wassergefüllte Steingefäße, die zur Hütte gehörten. Das Wichtigste waren jedoch mehrere Stücke Holzkohle von der Feuerstelle. Mit ihnen wollte Steinroller die Konturen Taamus skizzieren.

Er hatte sich entschieden, einen halben Menschen darzustellen, vom Kopf bis zum Bauch. So konnte er das Gesicht Taamus größer werden lassen. Langsam zog er die Holzkohle über Otterfangs Haut, bis er Taamus Proportionen aufgetragen hatte. Da er keine Erfahrung mit dem Gesichtermalen besaß, versuchte er, seinen Vetter auch auf andere Weise erkennbar zu machen. Typisch für Taamu war sein Wolfsfell und dass er nur noch ein Ohr hatte. Auch an seinen vielen Narben konnte man ihn wiedererkennen.

Da eine Grätsche nicht gerade gemütlich war, begann Otterfang irgendwann, zappelig zu werden. Steinroller schob ihn wieder in die richtige Position, doch seinem Assistenten fiel es schwer, unbeweglich wie ein Reiher dastehen zu müssen. Es war einfach gegen seine Natur.

»Warum dauert Kunst so lange?«, fragte er maulend.

»Weil sie für die Ewigkeit ist«, erklärte ihm Steinroller. »Du solltest dankbar dafür sein.«

Sorgfältig übermalte er Otterfangs Pickel. Die beiden größten hatte er für Taamus Augen verwenden können, sodass diese jetzt besonders plastisch aussahen. Auch das eine Ohr und die Narben hatte er gut hinbekommen. Jetzt musste er Taamus Fell nur noch mit grauer Farbe einen Wolfskopf verpassen, damit jeder erkennen konnte, worum es sich handelte.

Als Steinroller fertig war und sein Werk betrachtete, übermannte ihn Stolz. Auch Weichhaar war sprachlos. Es gab keinen Zweifel – auf Otterfangs Rücken prangte Taamus Ebenbild. Er wirkte durch Otterfangs Körpergröße zwar etwas breiter als im wirklichen Leben, aber Taamu hatte sich ja immer schon gewünscht, etwas kräftiger zu sein.

Sie machten sich sogleich auf zum Lagerplatz und gingen auf die Feuer vor den Hütten zu. Otterfang lief missmutig hinterher. Es war ihm peinlich, ein Gesicht mit nur einem Ohr auf sich herumzutragen, denn er befürchtete, jemand könnte es für seines halten. Deshalb hatte er darum gebeten, sich einen Umhang aus Ziegenleder über den Rücken legen zu dürfen.

Vor einer schmatzenden Familie, die sich gerade eine gebratene Wildente teilte, zog Steinroller Otterfangs Ziegenleder zur Seite und fragte: »Kennt ihr diesen Mann?«

Die junge Frau am Feuer schrie vor Begeisterung auf. Auch der Rest der Familie konnte sich kaum zurückhalten. Die alte, gebeugte Mutter bestand darauf, einmal Taamus Gesicht anfassen zu dürfen. Ungläubig klatschte sie immer wieder auf den Rücken des armen Otterfang. Er verzog vor Schmerz das Gesicht, als die Krallen der Alten über seine Haut kratzten. Am Ende stellte sich heraus, dass niemand von ihnen Taamu begegnet war.

So ging es ein paar Mal.

Alle Menschen, die den bemalten Rücken sahen, glaubten an einen Zauber. Keiner hatte jemals etwas so Bedeutendes wie einen wirklichen, aber gemalten Jäger gesehen. Aber unter ihnen befand sich kein Zeuge, der irgendeine Erinnerung an Taamu besaß, obwohl Weichhaar ihnen ziemlich genau Taamus Art beschrieb. Es war, als wäre Steinrollers Vetter nie hier gewesen.

Während sie weiter durch das Lager zogen, begann Otterfang endgültig zu meutern.

»Es ist entwürdigend«, schimpfte er. »Kein Mensch interessiert sich für mein eigenes Gesicht.«

»Das sollte dich nachdenklich machen«, antwortete Steinroller gereizt, denn auch er war unzufrieden. Noch nie hatte er seine Kunst so herumzeigen müssen.

Weichhaar glättete wieder einmal die Wogen.

»Lasst es uns noch einmal versuchen. Dort, bei der dünnen Frau.«

Sie zeigte auf eine Turitfrau, die sich gerade auf einer Wiese von drei Kindern verabschiedete. Sie war hager wie ein Wildpferd nach dem Schnee. Durch ihre auffallend fliehende Stirn, geschickt bedeckt von dunklen langen Haaren, erinnerte sie nur wenig an das Aussehen der übrigen Turits.

»Meinetwegen«, sagte Otterfang. »Damit es nicht heißt, ich hätte was gegen Kunst.« Weichhaar erklärte der Frau, wen sie suchten und dass es sich dabei um einen spurlos verschwundenen Verwandten handelte. Otterfang öffnete dabei mit patziger Miene seinen Umhang und entblößte seinen Rücken.

Schon an der ersten Reaktion der Hageren konnten sie erkennen, dass sie diesmal erfolgreicher waren. Anerkennend schnalzte die Frau mit der Zunge, als sie das Bildnis auf Otterfangs schwitzendem Rücken sah, obwohl das einzelne Ohr durch die Schweißperlen bereits verdächtig zu hängen begann. Auch das gemalte Wolfsfell war dabei, sich zu verändern. Es ähnelte mittlerweile einem traurigen grauen Fledermausflügel.

»Wirklich täuschend echt«, sagte sie. »Als wenn Taamu wieder vor mir stehen würde.«

»Du kennst ihn?«, fragte Weichhaar ungläubig.

»O ja!«, sagte die Frau. »Ich habe ihm schließlich geholfen, wieder unauffällig von hier zu verschwinden.«

Steinroller erzählte ihr, dass Taamu nicht mehr am Leben war. Geschockt lud sie alle ein, sie zu ihrem Zelt zu begleiten. Steinroller, Weichhaar und sogar Otterfang schauten sich erleichtert an und folgten ihr.

Das Zelt aus Rinderfell befand sich am Rand des Lagers. Es war vollgepackt mit Vorratsbergen von Gräsern, Blättern und Körnern, die in Lederbeuteln herumstanden. Es roch so stark nach Kräutern, dass Weichhaar niesen musste. Nachdem sie neben den Vorräten auf winzigen Sitzsteinen Platz genommen hatten, stellte sich die Hagere vor. Sie hieß Blumenblatt und brachte Kindern Neandertalisch bei.

Weichhaar schaute sich erstaunt in der Hütte um. »Ich habe noch nie so viele Kräuter unter einem Dach gesehen«, sagte sie. »Erwartest du einen harten Winter?«

»Nein«, antwortete die Hagere. »Ich verabscheue das Töten von Tieren. Ich ernähre mich nur von Pflanzen.«

»Interessant«, sagte der Kommissar höflich, aber auch etwas ratlos. Er kam aus einer Blutfleischfamilie. Sein Vater war der Meinung, nur wer viel rohes Fleisch aß, konnte als Sippenältester eine starke Faust machen. Darüber hinaus hatte Steinroller natürlich schon viele Geschmacksrichtungen in den Sippen erlebt, etwa bei jenen, die mit Vorliebe Muscheln ausschlürften oder Krebse lutschten. Doch eine so seltsame Angewohnheit wie die der Hageren war ihm neu.

Auch Otterfang konnte man ansehen, dass er darüber nachdachte, wie sie überhaupt noch am Leben sein konnte, ohne mindestens einmal am Tag in ein Stück saftiges Hirschfleisch oder wenigstens einen kleinen Fisch zu beißen. Schließlich sagte er: »Jedes starke Tier braucht Fleisch, damit es den Winter überleben kann.«

»Du irrst«, sagte Blumenblatt. »Ich bin ein Halbblut, ein Teil meiner Vorfahren waren Neandertaler. Von ihnen habe ich gelernt, dass wir auch stark bleiben, wenn wir uns nur mit Wurzeln, Bucheckern und Früchten satt essen. Wie könnte sonst ein Mammut riesig werden, obwohl es nur Gras frisst? Ihr werdet sehen – bald werden sich auch die Sippen im Tal für das Pflanzenessen interessieren.«

Alle schwiegen. Genauso gut hätte man ihnen erzählen können, dass Maulwürfe fliegen können. Weichhaar fing die peinliche Stille auf, indem sie schnell wieder das Gespräch auf Taamu brachte.

»Wie hast du Taamu kennengelernt?«, fragte sie.

»Unter schwierigen Umständen.« Blumenblatt griff beim Reden in einen Beutel und nahm ein paar wilde Möhrchen heraus, die sie jedem in die Hand drückte. Otterfang steckte seine zwar gehorsam in den Mund, kaute aber nur angewidert darauf herum. Zwischen seinen spitzen Lippen schaute noch das Blattgrün hervor.

»Taamu war auf der Bärenjagd, ganz in der Nähe«, fuhr Blumenblatt fort. »Dabei fand er zufällig in der unteren Schlucht eine verletzte Neandertalfrau. Sie hieß Jaja und war noch jung. Eines jener Mädchen, die sich für ein bisschen Nahrung von Jägern für zwei, drei Sonnen mit in unser Lager bringen ließen. Auf dem Rückweg war sie abgestürzt. Man brachte Taamu und sie zu mir, weil ich mich als Einzige mit ihr unterhalten konnte. Und dann geschah es.« Sie machte es spannend und blickte zu Otterfang, der seine Möhre gerade mit großer Überwindung heruntergeschluckt hatte. »Wie hat es dir geschmeckt?«

Otterfang gab aus Höflichkeit den Feinschmecker. »Nun ja ... ein bisschen erdig und mit leichter Süße – mir fehlt nur das Knacken von Knochen dabei.«

Entsetzt schaute Blumenblatt wieder weg und fuhr fort: »Zurück zu Taamu. Auf dem Marktplatz stand er plötzlich zwei Männern aus seinem Lager gegenüber, die gerade ihre Fleischbündel zur Gletscherhöhle schleppten. Aufgebracht stellte er sie zur Rede. Einer von ihnen hieß Speerschleuderer, man kann ihn öfter hier treffen. Den Namen seines Begleiters kenne ich nicht. Sie bedrohten Taamu mit einem Messer. Er sollte schweigen über dieses Zusammentreffen oder sie würden ihn töten. Ich ging dazwischen, und Taamu konnte in den Wald hinter meinem Zelt flüchten.«

Steinroller konnte sich gut vorstellen, wie energisch sie mit Speerschleuderer und seinem Begleiter umgegangen war. Vor ihrer Strenge mussten selbst mutige Jäger erschrocken weichen.

»Bist du sicher, dass Taamu später nicht doch bei euch getötet wurde?«, fragte er.

»Ja«, antwortete Blumenblatt entschieden, »denn in der folgenden Nacht habe ich ihm einen geheimen Pfad ins Tal gezeigt, den er auch gegangen ist.« Sie zögerte. »Er machte aber eine Andeutung, die mir Sorgen bereitete ... Er sagte, dass er im Tal auf die beiden Männer warten würde und ihren weiteren Weg heimlich verfolgen wollte ...«

Typisch für Taamu, dachte Steinroller. Als Bärenjäger hatte sein Vetter nie aufgegeben. Selbst als ihm ein Höhlenbär sein rechtes Ohr abgerissen hatte, war er dem Tier noch zwei Tage lang gefolgt.

Wie lange war er wohl Speerschleuderer auf der Spur geblieben? Und wo hatte man ihn schließlich getötet? Wirklich im Stieglitztal? Oder gab es noch einen anderen Ort, bis zu dem er Speerschleuderer gefolgt war?

Steinroller beschrieb Blumenblatt den Neandertaler, der ihm im Lager das Stieglitznest zugeworfen hatte.

»Ich bin mit ihm verwandt«, sagte sie. »Er hat ein großes Herz. Heute lebt er armselig am Spitzen Berg, aber früher war er ein stolzer Jäger.« In ihrem Blick breitete sich Traurigkeit aus. »Jetzt sind er und ein paar andere meines Volkes die Letzten der Flachköpfe. So nennt ihr sie doch, oder?«

»Wir kennen sie zu wenig«, sagte Steinroller ausweichend.

»Die Fremden kennt man immer zu wenig. Auch wenn sie anders sind, seid ihr doch Brüder der Wälder. Darum hat er dir die Hand gereicht.« Blumenblatt schaute ihn an, als erwartete sie eine Antwort darauf.

Steinroller schwieg.

Doch tief in seinem Inneren spürte er, dass sie die Wahrheit sagte.

Es musste etwas im Blut des Menschen geben, das einen vor bedeutsamen Ereignissen schlaflos machte. War vom Sippenältesten für den Morgen eine Löwenjagd angesetzt worden, wälzten sich die Jäger nachts unruhig auf ihren Lagern herum und zählten bis zum Sonnenaufgang die Mücken. Dabei zogen die Gedanken wie Rentierherden durch ihren Geist. War der Speer geschliffen? War das Steinmesser repariert? Würde der Löwe spüren, in welchem Jägerherz die Angst flatterte? Zum Glück mussten die Frauen bei Sonnenaufgang darüber schweigen, was sie neben sich auf dem Fell beobachtet hatten.

Auch Steinroller konnte nicht schlafen. Als er nachts aus der Hütte schlich, um im Dunkeln wie ein Fisch nach Luft zu schnappen, nahm er plötzlich eine Bewegung neben sich wahr. Es war Otterfang, der ebenfalls heimlich nach draußen getreten war. Ihm war die Begegnung ebenso peinlich wie Steinroller.

»Und?«, fragte der Kommissar in aller Harmlosigkeit. »Musst du auch mal für kleine Mammuts?«

Otterfang tat so, als müsse er gähnen. »Uhhh ... ja ... Ich hätte nicht so viel Gletscherwasser trinken sollen ...«

Sie gingen wieder in die Hütte und legten sich noch einmal hin. Doch Steinroller konnte bis zum Morgengrauen kein Auge mehr zutun. Immer wieder ging er in Gedanken durch, wie die Gefangennahme Speerschleuderers ablaufen sollte.

Als sie beim ersten Sonnenstrahl aufbrachen, schlief das Lager noch. Sie nahmen den Pfad zum Gletscher, der nur ein paar Steinwürfe entfernt an Speerschleuderers Hütte vorbeiführte. Von dort aus würden sie sehen können, wann er zur Eishöhle aufbrach. Otterfang hatte nur murrend darauf verzichtet, seinen Speer mitzunehmen. Doch der Kommissar war der Meinung, dass sie gegen Speerschleuderer nur eine Chance hatten, wenn sie ihn mit List überwältigen konnten.

»Zu wissen, was man kann, und zu wissen, was man nicht kann, macht den klugen Jäger aus«, erklärte er Otterfang, während sie bergauf gingen.

»Ich bewundere dich«, sagte Otterfang keuchend. »Du weißt auf alles eine Antwort. Dein Säckchen unter dem Lendenschurz muss mit Klugheit gefüllt sein.«

»Wenn man immer wüsste, woher alles kommt«, antwortete der Kommissar bescheiden.

Oben angekommen, versteckten sie sich hinter einem Wacholderbusch und beobachteten die Hütte. Sie mussten nicht lange warten. Offensichtlich wollte Speerschleuderer wirklich der Erste an der Höhle sein, genau so, wie Otterfang es vorausgesagt hatte. Er trug die beiden Bündel auf seinen Schultern, ein Fleischpaket rechts, das andere links.

Steinroller und Otterfang folgten ihm, indem sie nicht auf dem Pfad, sondern daneben liefen, in einem trockenen Flussbett. Durch die Felsbrocken am Wegrand waren sie gut getarnt. So näherten sie sich dem Gletscher. Aus der Nähe erschien er dem Kommissar noch gewaltiger, fast wie ein gefährliches Tier. Er fragte sich, was passieren würde, wenn das Eis irgendwann alle Wälder bedecken würde. Würde es dann überhaupt noch Menschen und Tiere geben? Der Eingang zur Gletscherhöhle war nicht groß. Fast hätte Steinroller ihn übersehen, wenn nicht zwei Turitwachen davorgestanden hätten. Speerschleuderer scherzte mit ihnen, man schien sich gut zu kennen. Sie traten einen Schritt beiseite und ließen ihn mit seinen beiden großen Bündeln hinein. Er verschwand in der Höhle.

Rasch zogen Steinroller und Otterfang ihre Lederfüßlinge an, die der Begrüßungsmann ihnen gegeben hatte. Speerschleuderer hatte vor der Höhle das Gleiche getan. Die eingenähten spitzen Kiesel sollten verhindern, dass man gleich bäuchlings aufs Eis fiel. Sie piekten fürchterlich.

Steinroller war zwar kein so guter Täuscher wie sein

Vater, aber für kleine Lügen reichte es. Erhobenen Hauptes ging er auf die Wachen zu. »Wir gehören zu Speerschleuderer«, sagte er in forschem Ton. »Wir sollen ihm helfen, seine neuen Bündel zu lagern und altes Fleisch nach Hause zu tragen.«

Die Wächter schauten sich kurz an. Einer zuckte mit den Schultern, der andere nickte. Sie durften hineingehen.

Die eisige Kälte war ein noch größerer Schock, als sie sich vorgestellt hatten. Da sie nur ihre Lendenschurze trugen, begann ihre Haut schon nach wenigen Schritten zu schmerzen und sich in einen Rupfbalg zu verwandeln.

Staunend stellten sie fest, dass die Höhle so hoch war, dass ein ganzer Baum hineingepasst hätte, und so tief, dass man ihr Ende gar nicht sehen konnte. Von der bläulichen Decke hingen lange Eiszapfen, gewaltig wie Mammutstoßzähne. An einigen Stellen steckten Fackeln im Eis und verbreiteten etwas Licht. Das Besondere an der Höhle aber war, dass man an den Wänden flache Einbuchtungen aus dem Eis geschlagen hatte, auf denen dicht an dicht die Fleischbündel standen, die seit vielen Monden von den Jägern hergebracht worden waren. Davor lagen die gekennzeichneten Bastmatten.

»Warum ist mir kein Fell gewachsen?«, flüsterte Otterfang bibbernd, während sie sich in der Biegung vorwärtstasteten, die die Höhle jetzt machte. Steinroller gab ihm ein Zeichen, noch leiser zu sein. Irgendwo vor ihnen musste sich Speerschleuderer befinden. Vorsichtig schlichen sie weiter. Trotz der bitteren Kälte blickte sich Otterfang immer wieder staunend in der Eiswelt um.

Schließlich entdeckten sie ihn. Speerschleuderer befand sich ein gutes Stück vor ihnen und schleppte seine beiden Fleischbündel auf die größte Einbuchtung der Höhle zu. Dort lagerten bereits ein gutes Dutzend Fleischsäcke. Speerschleuderer musste also schon oft hier gewesen sein.

»Wir warten, bis er seine Bündel abstellt, dann schlagen

wir zu«, raunte Steinroller, während er sich wie Otterfang an die kalte Eiswand drückte. Ihre Rücken waren bereits ohne Gefühl. Nach ihnen war noch niemand in die Höhle gekommen. Doch die Zeit drängte. Schon bald würden sich auch andere Jäger auf den Weg hierher machen.

Geduckt schlichen sie näher, von Eisblock zu Eisblock springend. Otterfang hatte sich aus Versehen ein paarmal mit den Händen festgehalten, was er nun, da seine Finger bereits blau wurden, heftig bereute. Zitternd hielt er die sechs langen Rentiersehnen fest, mit denen sie Speerschleuderer fesseln wollten. Auch Steinroller spürte, wie ihm die Kälte zusetzte, denn die Fußleder waren nur dünn.

Sie beobachteten, wie Speerschleuderer seinen Vorratsplatz erreichte und die Bündel von der Schulter nahm. Sein Atem hinterließ kleine Wolken in der Luft.

»Er ist schlimmer als eine Hyäne!«, flüsterte Steinroller empört. »Er hat den halben Vorrat der Sippe geraubt!«

»Ich werde ihn mit dem Fischmesser in Scheiben schneiden«, brachte Otterfang bibbernd hervor. »Verlass dich drauf.«

Speerschleuderer, der überhaupt nicht zu frieren schien, stellte die neuen Bündel sorgfältig neben die anderen und schob seine Bastmatte mit dem Tannenzeichen darunter, damit man auch sie als sein Eigentum erkennen konnte. Dann tat er etwas, das als uralter Steinzeitbrauch nur noch bei Jägern der älteren Generation üblich war, wenn sie Beute gemacht hatten. Er holte seinen kleinen Speerschleuderer unter dem Lendenschurz hervor und spritzte kurz die beiden Bündel an.

»Jetzt markiert er auch noch«, entsetzte sich Steinroller. »Dass er sich nicht schämt!«

»Soll ihm doch der Schwanz abfrieren«, flüsterte Otterfang grimmig zurück. »Und ich erledige dann wie versprochen den Rest.«

Steinroller blickte sich noch einmal um, ob tatsächlich

keine weiteren Jäger hinter ihnen waren. Dann gab er Otterfang ein Zeichen und flüsterte ihm zu: »Jagd!«

Vorsichtig und im Schutz der Eisblöcke näherten sie sich Speerschleuderer, der ihnen immer noch den Rücken zukehrte. Es war ausgemacht, dass Otterfang ihn mit seinen starken Armen von hinten festhalten sollte, während Steinroller ihn fesselte. Danach, so der Plan, wollten sie ihn in einem leer geräumten Bündel nach draußen tragen.

Otterfang hatte Speerschleuderer fast erreicht, als dieser sich plötzlich umdrehte und sich ihnen mit gezogener Steinaxt entgegenstellte. Steinroller begriff, dass Speerschleuderer sie in der spiegelnden Eiswand hatte kommen sehen, etwas, das der Kommissar in seiner Unerfahrenheit mit dem Eis nicht vorausgeahnt hatte.

Otterfang und der Kommissar zogen ihre eigenen Äxte. Speerschleuderer holte zum ersten Hieb aus. Otterfang parierte ihn mit seiner Axt, doch der glatte Boden unter seinen Füßen gab ihm keinen Halt.

Speerschleuderer war ein geschickter Kämpfer, das war keine Überraschung. Plötzlich hatte er in der anderen Hand sein Messer. Trotz seiner kräftigen Statur wirbelte er blitzschnell herum und versuchte, sich zwischen seinen Angreifern einen Weg zu bahnen.

»Ich hätte wissen müssen, dass du hierherkommst, du neugieriger Kröter!«, rief er Steinroller keuchend zu. »Aber du wirst meine Pläne nicht zerstören!«

In diesem Moment verlor Otterfang seinen linken Füßling. Da er zu Fußschweiß neigte, der in der Kälte gefroren war, rutschte er mit der nackten Sohle auf dem Eis aus und fiel der Länge nach hin. Steinroller konnte Speerschleuderer zwar am Arm packen und setzte bereits seine Axt zum Hieb an, doch Speerschleuderer gelang es, sich wieder zu befreien. Mit einem großen Schritt rückwärts zog er sich zwischen seine Fleischvorräte zurück.

»Wachen!«, brüllte er laut. Gleichzeitig löste er mit einem

kräftigen Tritt eines der gefrorenen Bündel, sodass es direkt auf Steinroller zuschoss. Der Kommissar konnte gerade noch ausweichen. Otterfang, der sich wieder aufgerappelt hatte, warf sein Messer nach Speerschleuderer. Es blieb in Speerschleuderers Oberschenkel stecken, aber Speerschleuderer zog es einfach heraus und warf es weg.

Steinroller tastete neben einem Eisblock nach seiner Axt. Um davon abzulenken, rief er Speerschleuderer zu: »Wo hast du Taamu getötet?«

Speerschleuderer lachte höhnisch. »Das wirst du nie erfahren. Denn du wirst auch nicht mehr lange leben, das verspreche ich dir!«

Im selben Moment stürzten sich die beiden Wachen auf Steinroller und Otterfang. Da sie jedoch unbewaffnet waren, fiel es Otterfang leicht, sie mit je einem Schlag seiner Faust wanken zu lassen. Speerschleuderer lachte im Hintergrund kurz auf, mischte sich aber nicht mehr ein. Er sprang aus seiner Nische und floh in den dunklen Teil der Höhle. Schon nach wenigen Augenblicken war er nicht mehr zu sehen.

Während Steinroller einen der beiden Wachen festhielt, hatte Otterfang den anderen Turit gepackt und auf den Kopf gestellt. »Ich werde euch das Fell über die Ohren ziehen!«, rief er aus. Mit einem Griff löste er den Fellschurz des Mannes und zog ihn nach unten, sodass er jetzt über dem Kopf der Wache hing. Das Gleiche tat er mit dem anderen. Dann fesselten sie ihnen Beine und Hände und setzten sie auf die Fleischbündel.

»Man wird euch gleich finden«, beruhigte Steinroller die beiden. »Habt Verständnis. Aber wir müssen Zeit gewinnen.«

Sie rannten in den hinteren Teil der Eishöhle. Wie sie schnell entdeckten, gab es dort eine Art Nebenausgang, durch dessen winzige Öffnung frische Luft nach innen drang. Steinroller vermutete, dass Speerschleuderer, der sich hier offensichtlich bestens auskannte, über diesen Weg geflohen war. Wie zur Bestätigung fanden sie auf dem Eis eine kleine Blutspur, die sich aber schnell wieder verlor.

Vorsichtig zwängten sie sich nacheinander durch die Öffnung, erst Steinroller, dann Otterfang. Auf halbem Weg drohte Otterfangs riesiger Körper stecken zu bleiben. Es ging einfach nicht mehr weiter.

»Ich hänge fest wie ein Kalb in der Wisentkuh!«, stöhnte Otterfang. »Hol mich hier raus!«

»Vielleicht hättest du doch lieber Kräuter essen sollen«, sagte Steinroller, während er seinen Assistenten an den ausgestreckten Händen packte. Er zog so lange, bis es knackte. Dann war Otterfang wieder frei und konnte weiterkriechen.

Nachdem sie ins Freie geklettert waren, standen sie zu ihrer Überraschung auf einer großen Geröllhalde. Der eigentliche Gletscher lag ein Stück neben ihnen. Unter ihnen erstreckten sich bereits die ersten Bergwiesen. Von Speerschleuderer gab es keine Spur mehr.

Wütend zog Steinroller die Füßlinge aus und warf sie weg. Er hatte sich von Speerschleuderer hereinlegen lassen, und das ärgerte ihn mächtig. Aber woher sollten sie auch wissen, welche Tücken die Eishöhle barg, da sie noch nie eine von innen gesehen hatten?

»Ich glaube, wir sollten schneller verschwinden als eine Herde Wildpferde«, meinte Otterfang, sich nervös umblickend. »Sobald man die beiden Wachen findet, sind wir geliefert.«

»Ich kann dir nicht widersprechen«, sagte Steinroller.

Sie rannten los. Steinroller wählte den Weg quer über die Wiesen und dann abwärts durch den Bergwald, sodass sie direkt an ihrer Hütte herauskamen.

Während er schnell zu packen begann, erzählte er Weichhaar und Pilu mit knappen Worten, was vorgefallen war. Sie waren entsetzt, dass Speerschleuderer immer noch frei herumlief. Doch Weichhaar war pragmatisch. Schnell packte sie ihre Sachen zusammen. Oben auf ihrem Bündel hatte sogar noch die neue Handtasche Platz. Dafür musste Otterfang den Durchblickstein einstecken.

»Beeilt euch«, drängte Steinroller. »Die Turits können jeden Moment hier sein.«

Vorsichtig spähte er aus der Hütte nach draußen. Noch war niemand zu sehen.

»Ich bin startklar«, sagte Pilu. »Und glaubt mir – wenn ich nicht humpeln müsste, würde ich jetzt zum Kämpfen an eurer Seite sein!«

Weichhaar warf Otterfang einen amüsierten Blick zu. Der zwinkerte und antwortete: »Davon sind wir überzeugt. Aber fürs Erste werde ich dich wohl besser wieder auf meiner Schulter tragen.«

Nachdem der kleine Lendenschurzmacher ordentlich verstaut war, verließen sie die Hütte. Steinroller hatte sich entschieden, nicht direkt ins Tal abzusteigen – wo man sie sicher zuerst vermutet hätte –, sondern den Umweg über die nächste Hügelkette zu nehmen. Dort war der Boden zwar steinig, dafür hinterließen sie weniger Spuren. Er rechnete nicht damit, dass sie noch einmal auf Speerschleuderer stoßen würden.

Viel größer war die Gefahr, dass die Turits einen Suchtrupp auf ihre Fährte gesetzt hatten. Sobald Steinroller den ersten Hügel erklommen hatte, reichte ihm Otterfang den Durchblickstein. Als er das Lager mit den Augen absuchte, sah er zu seinem Schrecken, wie eine Gruppe von fünfzehn bewaffneten Männern ins Tal hinabzog. Er dankte seinem Einfall, den Umweg genommen zu haben. Dennoch konnten die Turits jederzeit ihren Irrtum bemerken und in ihre Richtung umschwenken.

Steinroller beschloss, das Wandertempo zu erhöhen.

»Weiter in Wildpferdtrab!«, rief er den anderen zu. »Und abwärts durch das Dornental!«

Keiner murrte, denn jeder von ihnen wusste, dass sie so schnell wie möglich die Tundra erreichen mussten, wo das Jagdrevier der Turits endete.

Nachdem sie getrabt waren, bis die Sonne ihren höchsten Punkt verlassen hatte, gab der Kommissar endlich Entwarnung. Erschöpft verfielen sie wieder in ihr übliches Wandertempo. Sie waren nur noch durch eine Dickichtlandschaft von der Tundra entfernt.

Schweigend wanderten sie weiter, jeder in seine Gedanken vertieft. Weichhaar fiel ein, dass demnächst ihre Mutter zu Besuch kommen wollte. Sie freute sich darauf. Das Problem war nur, dass Steinroller noch nichts davon ahnte. Vermutlich würde er nicht gerade begeistert sein, seine Höhle für einige Zeit mit Rehauge teilen zu müssen.

Otterfang ließ in Gedanken noch einmal den Eishöhlenkampf mit Speerschleuderer an sich vorüberziehen. Er malte sich aus, wie er Speerschleuderer mit seinen starken Händen an der Gurgel packte und fest zudrückte. Es war ein wunderbares Bild. Doch als ihm wieder einfiel, wie ungeschickt er auf dem Eis ausgerutscht war, zwang er sich mit aller Kraft, lieber an nichts zu denken.

Steinroller machte seine Niederlage in der Gletscherhöhle schwer zu schaffen. Er hätte nicht verdrängen dürfen, was sein Vater ihm über unbekannte Gegenden eingeprägt hatte: Man betritt sie nur mit zwei Speeren in der Hand oder mit einem Führer. Er hatte weder das eine noch das andere beherzigt.

Weichhaar sprach als Erste wieder.

»Glaubt ihr, dass Speerschleuderer sich in die Nähe unseres Lager wagen wird?«, fragte sie.

Steinroller schüttelte den Kopf. »Nein. Aber er hat einen Verbündeten. Und der wird weiterhin unter uns sein.«

»Wie willst du ihn finden?«, fragte Otterfang. »Bekanntlich sieht ein Frosch wie der andere aus.«

»Wir werden versuchen, alles über Speerschleuderer zu

erfahren, was wir bis jetzt nicht wissen. Sein Helfer wird keinen ruhigen Tag mehr erleben.«

Vielleicht hat er sogar mehrere Helfer, wollte Steinroller noch anhängen. Aber er ließ es. Warum sollte er die anderen beunruhigen?

Plötzlich war Pilus Stimme zu vernehmen. Er hatte soeben seinen Schlummer auf Otterfangs Schulter beendet, wo er wie ein erlegter Hase lag.

»Falls euch das weiterhilft«, krächzte er von oben. »Speerschleuderer hat irgendwo eine Winterhöhle. Ich habe ihm frische Felle dafür liefern müssen. Vielleicht wäre das ein Anfang für die Suche.«

»Eine Höhle ist immer ein guter Anfang«, sagte Steinroller weise. »Und der Anfang ist schon das halbe Ende.«

In diesem Augenblick traten sie aus der Dickichtlandschaft auf die Tundra. Als sie die Rentierherden in der Ferne sahen, zog Erleichterung über ihre Gesichter.

Sie hatten es geschafft. Vor ihnen lag das endlose Land, nur von Birken und einzelnen Felsen gesprenkelt. Und irgendwo dahinter begannen die Wälder, die zu ihrem Lager gehörten.

Sie hatten zwar immer noch einen weiten Weg bis nach Hause, aber es war nichts im Vergleich zu dem, was schon hinter ihnen lag.

»Ob ihr's glaubt oder nicht«, sagte Otterfang schnuppernd. »Ich rieche schon die Salzbarsche in meiner Hütte!«

Gut gelaunt marschierte er los.

Als sie abends ihr Lager erreichten, hörten sie schon von Weitem das Geräusch der Baumstammtrommeln und den Singsang der Frauen. Es wurde gefeiert. Seit dem letzten Vollmond waren in der Sippe zwei Kinder geboren worden. Felsschmetterer hatte deshalb angeordnet, dass es wieder einmal eine Frauennacht geben sollte. Meistens tat er das für sich selbst, weil er Lust hatte, sich eine neue Gespielin auszusuchen.

Auf der großen Lichtung vor dem Lager kamen ihnen Schwalbenschwinge und der Hirschgeweihflötist Ranu entgegen, Hand in Hand und mit roten Köpfen. Offensichtlich waren sie gerade zum heimlichen Wolfssprung im Wald gewesen. Freudig begrüßten sich alle. Schwalbenschwinge trug zur Feier des Tages einen bunten Spechtflügel im Haar, der allerdings nach ihrem Vergnügungsausflug in den Wald verrutscht war. Hastig versorgte sie Weichhaar mit den neuesten Informationen. Steinroller vermutete, dass Frauen deshalb so schnell reden konnten, weil sie beim Beerensammeln immer durch Worte und Neuigkeiten miteinander verbunden bleiben mussten, wie mit einer langen Liane. Männer dagegen konnten sich gut allein durchschlagen, dafür mussten sie nicht reden können.

»Saakos Frau ist wieder gesund, aus Löwenkopfs Frau ist ein Mädchen in die Hände der Geburtshelferin gefallen, und Langbein hat sich schon wieder zwei neue geschmacklose Teile in der Benutzthütte ausgesucht«, zählte Schwalbenschwinge auf. »Stell dir das vor!«

»Nein?!«, rief Weichhaar aufgeregt. »Dabei war ich doch gar nicht so lange weg.«

»Ach ja – und Grünauge hat gestern einen Riesenpilz ausgegraben, der aussah wie das beste Stück vom Mann. Alle sind der Meinung, dass sie nach diesem Zeichen sicher bald ein Junges kriegen wird ...«

So schnatterten sie weiter. Steinroller und Otterfang sahen sich gelangweilt an. Den Lendenschurzmacher hatten sie bereits an seiner Hütte abgesetzt.

»Warum erzählt Weichhaar nicht, was wir erlebt haben?«, fragte Otterfang. »War das nichts?«

»Mach dir nichts draus«, sagte Steinroller großmütig. »Frauen brauchen das, um hinterher wieder klar denken zu können. Irgendwann hört jedes Wasser auf zu plätschern, und dann ist Weichhaar wieder voller Ideen.«

Gemeinsam gingen sie zum Lagerplatz. Am Frauenabend saßen dort nur weibliche Wesen, junge und alte. Die Männer mussten eine halbe Nacht lang zum Rhythmus der Baumtrommeln an ihnen vorbeistampfen. Es war eine Ehrung der Frauen und gleichzeitig eine praktische Lösung der Nachwuchsprobleme. Viele, die noch keinen festen Mann hatten, schauten sich an, was die Jäger so zu bieten hatten. Nur Felsschmetterer durfte als Sippenältester wieder einmal mitten unter den Frauen sitzen und sie nach Belieben befühlen.

Als Steinroller, Otterfang und Weichhaar sich dem Kreis der Tanzenden näherten, erhob sich Felsschmetterer und kam mit festen Schritten auf sie zu. Die Frauen ließen sich nicht weiter stören. Einer der jungen Männer hüpfte auf einem Bein an ihnen vorbei und machte dabei obszöne Gesten. Sie lachten auf.

Felsschmetterer wirkte trotz des Festes nicht gerade gut gelaunt. Als Erstes wandte er sich an Weichhaar und zeigte zu den anderen Frauen. »Du gehörst dort drüben hin. Und sag deiner Freundin Schwalbenschwinge, ich will sie nachher neben mir haben.«

»Aber ...«, versuchte Weichhaar zu widersprechen.

»Aber gibt's höchstens bei meinem Sohn, mir ist das Wort unbekannt«, sagte er finster.

Weichhaar gehorchte und ging. Nur Steinroller konnte sehen, wie sie hinter Felsschmetterers Rücken kurz den Mittelfinger ausstreckte. Es war das Zeichen des geraden Stockes, der sich nicht verbiegen ließ. Steinroller amüsierte sich insgeheim darüber, weil er Weichhaar besonders gerne mochte, wenn sie etwas frecher war als andere Frauen. Äußerlich aber blieb er ernst, denn sein Vater funkelte ihn böse an.

»Wo bist du gewesen, Schlappschwanz? Hast du dir drei Sonnen lang ein schönes Leben mit Weichhaar gemacht? Oder hat dich dein ...« – er suchte offenbar nach einer passenden Boshaftigkeit – » ... nichtsnutziger Assistent so lange mit getrockneten Fröschen gefüttert, bis du ein Gehirn wie eine Kaulquappe hattest?«

Steinroller sah, wie Otterfang nervös wurde. Er selbst blieb ganz ruhig.

»Ich war auf Dienstwanderung«, sagte er, spontan ein neues Wort erfindend. »Wir haben Taamus Mörder gesucht.« Seinen Vater konnte man immer dann beeindrucken, wenn man etwas tat, von dem Felsschmetterer nichts verstand.

»Und wohin ging sie – deine Dienstwanderung?«

Steinroller holte tief Luft. »Zu den Turits.«

Er konnte gar nicht so schnell reagieren, wie ihn die Faust seines Vaters traf. Der Schlag landete eine Handbreit über dem Gemächt. Das war Felsschmetterers Lieblingsstelle bei Auseinandersetzungen. Sein Äußeres erschien in diesem Moment noch wilder und unnachgiebiger als sonst. Wer es in der Steinzeit zum Anführer gebracht hatte, musste jederzeit Eindruck machen können, sonst hätte sich die Sippe auch gleich einen Lendenschurzmacher als Oberhaupt wählen können.

»Habe ich dir nicht deutlich genug gesagt, dass der Berg der Turits für jeden von uns tabu ist?«, brüllte Felsschmetterer. »Nein?« Es folgte noch ein Schlag, diesmal in den Bauch. Steinroller hatte große Mühe, zu atmen. Dennoch gelang es ihm, eine Erklärung hervorzupressen. »Ich ... musste dort hin, weil ... auch der Mörder bei den Turits war ...«

Sein Vater ließ die Faust sinken und schaute Steinroller ungläubig an.

»Was heißt das? Er ist also ein Turit?«

Steinroller schüttelte den Kopf und hielt seinen schmerzenden Bauch fest. »Nein. Taamus Mörder ist einer von uns.

Ein Jäger, dem du vertraut hast. Ein Verräter und ein Dieb, wie es ihn in unserer Sippe noch nie gab.«

Die Augen seines Vaters wurden zu schmalen Schlitzen. »Kannst du dich nicht deutlicher ausdrücken, Schmierfink?«

»Du solltest besser sitzen, bevor du seinen Namen hörst«, sagte der Kommissar.

»Ich kann auch im Stehen wütend werden«, antwortete sein Vater. »Mach's nicht so spannend und sag mir endlich seinen Namen.«

Steinroller wusste, dass er das Schlimmste überstanden hatte, sobald sein Vater endlich einmal zuhörte. Tapfer erwiderte er den harten Blick Felsschmetterers.

»Es ist Speerschleuderer.«

Felsschmetterer starrte ihn an, als wäre sein Sohn einer der seltenen Auerochsen mit fünf Beinen, wie die Natur sie mitunter hervorbrachte. Er war endlich einmal fassungslos.

»*Unser* Speerschleuderer?«, fragte er. »Der Beste aller Mammutjäger und der mutigste Löwentöter?«

»Genau der«, nickte Steinroller. Plötzlich war wieder der Kommissar in ihm zurück. »Aber wir nennen ihn jetzt wohl besser den Feigesten aller Mörder und den Gerissensten der gerissenen Diebe.«

Steinroller begann zu erzählen, was sie erlebt hatten. Felsschmetterer hörte aufmerksam zu. Er schien ehrlich entsetzt zu sein über die Geschehnisse. Nicht, dass er besonderes Mitleid mit Taamu gehabt hätte, denn es passierte immer wieder, dass ihm der eine oder andere Jäger abhanden kam. Aber der Frevel des Fleischdiebstahls war ein Vergehen, das kein Sippenältester dulden konnte. Vor allem nicht, nachdem er so geschickt die Fleischsteuer eingeführt hatte.

Seine Reaktion war entsprechend hart.

»Ich werde ihm mit meiner Axt den Schädel einschlagen, verlasst euch drauf!«, ereiferte er sich laut. »Was sage ich! Er wird den schlimmsten Tod sterben, den wir uns ausdenken können!«

»Wir müssen ihn nur noch finden«, sagte Steinroller. »Ihn und seinen Helfer.«

»Dann sucht ihn!«, befahl Felsschmetterer unwirsch. »Spür ihn auf wie ein Tier, das sich versteckt. Wozu habe ich dich sonst zum Kommissar ernannt?«

Steinroller spürte, dass die Gelegenheit günstig war, auch die Frage aller Fragen auszupacken – die nach dem geheimnisvollen Aufenthalt seines Vaters bei den Turits. Dafür musste er allerdings vorher Otterfang loswerden, denn in dessen Gegenwart würde Felsschmetterer mit Sicherheit das Gespräch darüber abwürgen. Als er das nächtliche Feuer auf dem Platz und die tanzenden Jäger sah, wusste er, wie er Otterfang beschäftigen konnte. Er schickte ihn zu den anderen Männern hinüber.

Otterfang gehorchte nur widerwillig, aber er gehorchte. Als er an den singenden Frauen vorbeiging, begrüßten sie ihn mit lautem Heho. Er war bei Weitem der Größte unter den Männern und schon deshalb für viele interessant. Otterfang allerdings schien eher an den kleinen Fleischstücken interessiert zu sein, die die Frauen an die Tänzer verteilten.

Steinroller bat seinen Vater, ihm zur Lichtung vor dem Lager zu folgen, wo sie allein sein konnten.

»Was soll das?«, fragte Felsschmetterer. »Bin ich eines der Weiber, die man zum Wolfssprung in die Dunkelheit führt?«

»Ich möchte nur, dass uns keiner zuhört«, antwortete Steinroller. »Es geht um eine Frage, die dich erzürnen könnte, aber ich muss die Antwort darauf wissen, bevor ich weiter ermittele.«

»Dann sprich. Ich wüsste nicht, was wichtiger sein soll als Schwalbenschwinge, die am Feuer auf mich wartet.«

Steinroller ahnte, dass sein Vater gerade dabei war, die

Beziehung zwischen Schwalbenschwinge und dem Flötenspieler zu zerstören, was er gerne tat, wenn ihn ein glückliches Paar neidisch machte. Er verstand es immer wieder, seine Macht zu nutzen, allein weil er sie besaß. Doch die Sache mit Schwalbenschwinge war wohl eher eine Angelegenheit für Weichhaar und durfte Steinroller jetzt nicht kümmern.

Vorsichtig brachte er das Gespräch auf seine Hütte bei den Turits, in der er das Bärentatzen-Stirnband Felsschmetterers und das schlüpfrige kleine Mausfell gefunden hatte. Als er ganz offen beschrieb, wie schockiert er gewesen war, dass ausgerechnet sein Vater heimlich die Turits besucht hatte, versagte ihm plötzlich die Stimme. Offensichtlich war ihm eine Fliege in den Hals geraten.

Sein Vater schwieg eine Weile. Das Schweigen war wohl eine noch viel größere Fliege, denn es dauerte, bis er wieder etwas sagen konnte. Noch nie waren sich Felsschmetterer und Steinroller so nahe gewesen wie in dieser Fliegenpause.

»Ja, ich war da«, sagte Felsschmetterer leise. »Zum ersten Mal in meinem Leben. Und ich war nicht allein dort.«

»Das habe ich mir gedacht«, sagte Steinroller. »Wer war sie?«

Es fiel seinem Vater sichtlich schwer, ein solches Geständnis abzulegen.

»Eine junge Neandertalerin. Ich habe sie vor zwei Monden auf der Jagd getroffen und ...« Er unterbrach sich und schaute seinen Sohn mit einem seltsam bittenden Blick an. »Ich weiß, was du jetzt fragen wirst ...«

Steinroller konnte nicht anders, als die Frage zu stellen. »Warum eine Neandertalerin? Wenn du wolltest, könntest du jede unserer Frauen aufs Fell legen.«

»Das verstehst du nicht«, sagte sein Vater. »Der Gedanke, dass ich noch ein Mal eine von ihnen für den Wolfssprung habe, bevor sie aussterben, hat mich erregt. Ich musste es tun.«

Jeder andere Mann seiner Zeit hätte Felsschmetterer verstanden, doch Steinroller fühlte sich davon abgestoßen. Vielleicht war er als Künstler zu feinfühlig für diese Art von Unterwerfung. Ihm kam ein furchtbarer Gedanke.

»War ihr Name vielleicht Jaja?«, fragte er.

Sein Vater stutzte. »Genau so hieß sie. Woher weißt du das?«

Steinroller erzählte von dem Neandertalmädchen, das auf dem Rückweg von den Turits in die Schlucht gestürzt und von Taamu verletzt aufgefunden worden war. Jetzt ergab Jajas Schicksal plötzlich Sinn – sie war gerade von ihrem Treffen mit Felsschmetterer gekommen.

»Die Arme«, sagte Felsschmetterer ohne viel Mitleid in der Stimme. »Dann könnte man also sagen, ohne Jaja wäre Taamu nicht zu den Turits gegangen und hätte dort Speerschleuderer auf frischer Tat ertappt.«

Steinroller konnte nur staunen, wie geschickt sein Vater darin war, die Situation rasch wieder zu seinen Gunsten umzudrehen. Plötzlich war sein heimliches Treffen mit Jaja der Anlass für die Aufklärung des Falles Speerschleuderer.

Mit Sarkasmus in der Stimme antwortete Steinroller: »Ich würde eher sagen, ohne dein Treffen mit diesem Mädchen wäre Taamu noch am Leben.«

Zorn blitzte in den Augen seines Vaters auf, und der kleine Spalt, zu dem sich sein Herz für einen kleinen Moment geöffnet hatte, wurde schnell wieder verschlossen. Das konnte er sich nicht bieten lassen.

»Du redest nicht wie ein Mann, sondern wie ein Weib!«, wetterte er. »Auch der Wisent hat sein Horn, um es zu benutzen. Ich muss mich von dir nicht belehren lassen. Bring mir Speerschleuderer und alle seine Helfer, damit endlich wieder Ruhe in unserer Sippe einkehrt.«

Damit drehte er sich um und stapfte zum großen Feuer zurück. Durch das Fell über seiner Schulter wirkte er im

Feuerschein wie ein Bär. Steinroller sah durch die Bäume, wie er sich neben Schwalbenschwinge auf den sandigen, knochenübersäten Boden setzte und lachend seinen Arm um sie legte. Schwalbenschwinge verzog gequält das Gesicht und blickte traurig zu Ranu, der mit den anderen wilden Gestalten auf der gegenüberliegenden Seite des Feuers tanzen musste. Neben ihm stampfte wie ein unglücklicher Riese Otterfang herum.

Zufrieden griff Felsschmetterer nach einem großen Knochen und begann, mit den Zähnen das Fleisch davon abzureißen.

Als Steinroller in seine Höhle kam, war Weichhaar bereits da und hatte alles wieder ein bisschen wohnlich gemacht. Vor dem Eingang brannte das Feuer, und die Sesselsteine waren vom Schmutz befreit. Die Spinnen, die sie bei ihrer Rückkehr von der Decke hängend vorfand, hatte sie sorgfältig zerstampft und in einer Steinschale aufbewahrt, um sie später zum Würzen von Hasenfleisch benutzen zu können, Steinrollers Lieblingsspeise. Auch die Schlaffelle auf dem Lager hatte sie bereits gewechselt.

Als Steinroller eintrat, kam Weichhaar auf ihn zu und leckte ihm zur Begrüßung die Lippen.

»Endlich wieder allein«, sagte sie. »Otterfang und Pilu sind lieb und nett, nur leider wird man sie nie los.«

»Als Kommissar hat man eben Pflichten«, meinte Steinroller, strich über ihr langes Haar und schaute sich bewundernd um. »Hier sieht es aus, als wären wir nie weg gewesen!«

»Ich habe es auf dem Fest nicht mehr ausgehalten«, sagte sie. »Dein Vater, der alte Besteiger, ist plötzlich auf Schwalbenschwinge scharf. Am liebsten würde er Ranu loswerden. Schwalbenschwinge ist ganz unglücklich.« Sie legte den Kopf schief und schaute Steinroller fragend an. »Du hast gesagt, dass du keine Angst mehr vor den Mächtigen hast. Weil du weißt, wie sie ihre Macht bewahren. Kennst du nicht zufällig einen Weg, wie man sie eine Weile von ihrer Macht abhält?«

»Du meinst wegen Schwalbenschwinge?«

»Ja. Sie hat gesagt, sie würde freiwillig von den Pferdeklippen in die Tiefe springen, wenn dein Vater ihr Ranu wegnimmt und sie auf sein Fell zwingt. Musst du als Kommissar nicht jeden Tod verhindern?«

»So etwas sollte sie nicht äußern«, sagte Steinroller. Die Pferdeklippen waren jene Steilfelsen, über die man bei der Jagd die Wildpferde in den Tod hetzte. »Und was meine Arbeit als Kommissar betrifft ...« – schon hatte ihn Weichhaar auf ihr Lager gezogen, und er gehorchte genüsslich und ließ sich auf das weiche Fell sinken – »... vielleicht können wir morgen darüber reden ...«

Sie beugte sich über ihn und leckte zart über seine Wangen und die geschlossenen Augen. Dabei krabbelten ihre Hände, die wie die Hände aller Sammlerinnen stark und zupackend sein konnten, über seinen Körper und spielten mit seinen Bauchhaaren. Ihre großen Augen unter den buschigen Steinzeitaugenbrauen beobachteten jede seiner Regungen.

»Versprich, dass du dir irgendetwas wegen Schwalbenschwinge und Ranu einfallen lässt.«

»Von mir aus«, sagte er, unter ihrer Berührung leise aufstöhnend. »Wolken und Himmel – was machst du da?«

»Ich ehre den erfolgreichen Kommissar«, flüsterte sie, »den großen und den kleinen ... Wir Frauen haben zwar weniger Macht als ihr, aber wir wissen sie besser zu nutzen.«

»Eigentlich wollte ich mich noch auf morgen vorbereiten ...«, protestierte er schwach. »Wir müssen unbedingt den Fleischvorrat kontrollieren und Speerschleuderers Freunde verhören. Und wer weiß, was morgen ...«

»Und wenn ich wüsste, dass morgen der ganze Wald verbrennt«, flüsterte Weichhaar, »ich würde heute noch ein Junges von dir in meinen Bauch pflanzen lassen.« Mit verliebten Blicken setzte sie sich auf ihn und schlang ihre Beine fest um seine Hüfte. »Möchtest du das Aufbäumende Wildpferd kennenlernen?«

Eine Leiche in Felsschmetterers Sippe zu sein, war nicht einfach. Vor allem nicht, wenn die Rentierjagd begonnen hatte. Dass schon die Lebenden nicht aufmucken und Felsschmetterers Pläne stören durften, wusste jeder. Doch war man erst einmal tot, wurde man auf Geheiß des Sippenältesten fünf, sechs Sonnen lang in einer Felsspalte am Geröllfeld versteckt, damit man die gute Jagdstimmung nicht beeinträchtigte. Erst nachdem eine hübsche Anzahl gehäuteter Rentiere von den Ästen der großen Buche hing, durfte man als Toter wieder zum Vorschein kommen und sich in der Erde verscharren lassen.

Vielleicht war die frische, blutige Leiche am Fluss deshalb so geduldig und tarnte sich in derselben Farbe wie der rote Felsen, auf dem sie lag. Noch kreisten keine Geier über ihr, und der Fluss glitt so ruhig dahin wie immer. Es war kurz nach Sonnenaufgang.

Steinroller jedenfalls schritt zunächst ahnungslos an dem Toten vorbei, ohne ihn zu bemerken.

Er nutzte den morgendlichen Marsch am Ufer, um sich zu sammeln. Nach dem scharfen Galopp des Aufbäumenden Wildpferdes war er in Gedanken noch immer bei Weichhaar. Erst als er Otterfangs windschiefes Fischerzelt erreicht hatte – erbaut aus Treibholz, mit breiten Stücken Reptilienhaut als Dach –, fühlte er sich wieder als Kommissar.

Otterfang schlief zwischen seinem Fischerwerkzeug: Netzen aus Flechtwerk, scharfen Speeren zum Jagen der Fische und riesigen Schöpfkellen aus Seerosenblättern, mit denen er Frösche und anderes Wassergetier einfing. Es roch übel nach getrocknetem Fisch. Überall lagen Gräten herum, die einem in die nackten Sohlen stachen.

Als Steinroller seinen Assistenten unsanft weckte, rieb Otterfang sich verschlafen die Augen und klagte über schmerzende Füße.

»Wer tanzen kann, kann auch arbeiten«, sagte Steinroller unnachgiebig. »Ich glaube, in Wirklichkeit bist du ein alter Liebäugler. Es war nicht zu übersehen, wie Langbein ständig ihre Hand auf deinem Rücken hatte.«

»Unsinn«, widersprach Otterfang entrüstet, »sie hat mir nur ein paar große Pickel ausgedrückt.«

In diesem Moment ertönten am Fluss die gellenden Schreie einer Frau.

Steinroller rannte nach draußen und folgte den Schreien. Sie kamen von dem roten Felsen, der vom Ufer aus ins Wasser hineinragte, umspült von den Fluten. Davor stand Eulenkind, eine schmächtige, junge Frau, deren lange, verfilzte Haare bis zur Hüfte reichten. Ihre Hände hielt sie entsetzt vor den Mund, während sie weiterschrie.

Als Steinroller zu ihr ging, gefolgt von Otterfang, der sich beim Gehen noch schnell einen Karpfenschwanz in den Mund schob, sah er auf dem Felsen Saako liegen, Eulenkinds blassen Mann, der ihm neulich noch beim Höhlenbrand geholfen hatte.

Der Tote war auf dem Stein ausgebreitet, als sollte er zur Schau gestellt werden. Seine Augen waren weit aufgerissen, der Mund dick mit Schilf umwickelt, vermutlich, damit er nicht schreien konnte, während er sterben musste. Das Schlimmste aber war die große Wunde am Hals, aus der viel Blut ins Wasser geflossen sein musste. Ganz offensichtlich war Saako die Kehle durchtrennt worden, mit dem gleichen Schnitt, wie ihn erfahrene Jäger mit ihren Steinmessern kleineren Tieren setzten. Und dass er auf diesem Felsen hatte sterben müssen, war bestimmt kein Zufall.

Hier wurde jedes Jahr nach dem Ende des Winters ein Wildschaf geschlachtet, damit Wolken und Himmel einen guten Sommer schickten.

Sie beruhigten Eulenkind, die ihren toten Mann gerade erst entdeckt hatte. Otterfang setzte sie unter einen Baum, wo sie weiter vor sich hin weinte.

Steinroller konnte es nicht glauben – sie hatten einen zweiten Mord im Lager. Es war erschreckend, wie schnell sich die Dinge in ihrer friedlichen Sippe verändert hatten.

Er kletterte auf den Felsen und betrachtete den Toten näher. Saako fehlte von Geburt an der linke Daumen, sodass er nur vier Finger besaß. Er trug den dunkelbraunen Biberschurz, den er immer getragen hatte. Auf seinem nackten Oberkörper waren Spuren eines Kampfes zu sehen, Kratzer und Schürfwunden. Zum Teil hing noch Sand aus dem Fluss in den Wunden. Eine Tatwaffe war weit und breit nicht zu sehen.

Aufgrund des Geschreis waren inzwischen auch andere Lagerbewohner zum Fluss geeilt. Es waren die üblichen Gaffer, die immer zur Stelle waren, wenn jemand zu Tode kam, ganz gleich, ob jemand beim Honigernten aus dem Baumwipfel gestürzt war oder ihn ein Auerochse aufgespießt hatte. Steinroller wusste, wie sehr sie sich auch diesmal freuten, dass es wieder mal einen anderen getroffen hatte.

Otterfang kam zu ihm zurück. Er kletterte auf den Felsen und betrachtete den Toten, dessen Füße von einer dunklen Schlammkruste bedeckt waren.

»Armer Saako, sieht aus wie ein geschlachteter Hase.«

Steinroller reagierte empfindlich, denn Saakos Halswunde war ein wirklich hässlicher Anblick. »Pass nur auf, dass aus deiner Zunge kein geschlachteter Hase wird«, sagte er in scharfem Ton. »Wir sind keine Gaffer, sondern schulden dem Toten Respekt.«

»Ich meinte ja nur«, antwortete Otterfang erschrocken. »Wenn man bedenkt, dass es mit Saako einen Gutmütigen getroffen hat. Warum wollte man gerade ihm das Feuer ausblasen?«

»Weil er etwas wusste, das er besser nicht gewusst hätte«, antwortete der Kommissar.

Langsam betastete er die Leiche, um zu sehen, wie beweglich die Haut war und wie lange der Tod her sein konnte. Der Mensch war auch nur ein Waldbewohner. Was für ein erlegtes Reh galt, musste auch auf einen ermordeten Jäger zutreffen. Er roch am Blut, das aus der Wunde ausgetreten war, und schob kurz Saakos Augenlider hoch.

»Wann hat er unser Lager Richtung Wolken verlassen?«, flüsterte Otterfang, jetzt schon etwas ehrfurchtsvoller, denn er hatte seine Lektion gelernt.

»Kurz vor Sonnenaufgang«, antwortete Steinroller. »Und zwar hier auf diesem Stein.«

»Und warum hat er dann so schwarze Füße?«, fragte Otterfang.

Verblüfft schwieg der Kommissar. Er beugte sich erneut über den Toten und beschnupperte den ganzen Körper Saakos, einschließlich der dicken Schlammschicht auf den Waden. Als er damit fertig war, verkündete er: »Brackwasser. Er hat im Brackwasser gelegen.«

»Knapp daneben«, sagte Otterfang keck. »Es ist der Schlamm vom oberen Flusslauf. An der Echsenbucht.«

Steinroller zeigte auf die schwarzen Füße des Toten. »Das möchte ich genauer wissen. Wir brauchen eine Probe.«

»Muss das sein?«, fragte Otterfang unglücklich.

»Wer recht haben will, braucht eine gute Zunge«, antwortete Steinroller philosophisch.

Widerwillig strich Otterfang mit dem Zeigefinger über die Schlammschicht und leckte kurz daran. Dann verschloss er schnell wieder seinen Mund und schmatzte ein bisschen herum. Offensichtlich hatte er diesmal keinen rechten Spaß an seiner Arbeit.

»Streng dich bitte an«, sagte Steinroller tadelnd. »Wo finden wir diesen Schlamm? Es könnte die Stelle sein, an der Saako überfallen und geknebelt wurde.«

Otterfang schluckte die Probe schnell hinunter und antwortete mit belegter Stimme: »Nicht weit von hier, an der Wildschweinsuhle.«

Die Wildschweinsuhle lag direkt am Fluss, am nördlichen Lagerrand. Das war weit entfernt von Saakos Zelt. Es wäre also sinnvoll, zuerst mit Eulenkind zu reden, um zu erfahren, was ihr Mann an der Wildschweinsuhle wollte.

Sie gingen zu ihr hinüber. Jemand hatte ihr zur Beruhigung ein Stück Birkenrinde gegeben, auf dem sie herumkaute. Wie die meisten Steinzeitfrauen besaß auch Eulenkind die Eigenschaft, sich schnell auf neue Situationen einstellen zu können. Von Natur aus hatten ihre Augen nur wenig Platz für Tränen. Wenn sie geweint waren, wurde der Blick rasch wieder klar, denn die Wildnis barg jeden Tag neue Gefahren, und wer vor Tränen nichts sah, konnte leicht das nächste Opfer sein.

Steinroller hockte sich neben sie. Er hatte sich vorgenommen, gleich zur Sache zu kommen, damit Eulenkind, die durch ihr ewiges Kränkeln gerne vom Stein aufs Steinchen kam, auch wirklich bei der Wahrheit blieb. Dennoch sprach er ihr zunächst sein Beileid aus. Auch Otterfang reichte ihr seine Pranke und brummelte: »Schade um ihn. War aber ein sauberer Halsschnitt, da hat er nicht viel gemerkt.«

»Danke«, sagte Eulenkind, noch schniefend. »Ihr zeigt wirklich Mitgefühl. Saako hat immer viel von euch gehalten.«

Der Kommissar überfiel sie sofort mit Fragen. Warum verließ Saako in aller Frühe sein Zelt? Wo wollte er hin? Direkt zur Wildschweinsuhle oder hatte er ein anderes Ziel?

»Er hatte wieder mal Rückenschmerzen«, erklärte Eulenkind, »das Übliche nach dem ersten Tag der Rentierjagd ...«

Eulenkind gab ihre Antwort eine Spur zu schnell, fand Steinroller. Und sie blickte ihn dabei nicht an. Er hatte herausgefunden, dass Menschen, die nicht die Wahrheit sagten, oft zur Seite blickten oder beim Sprechen leicht den Mund verzogen.

»Um einen Spaziergang zu machen, musste er aber nicht zur Wildschweinsuhle gehen«, hakte Steinroller nach. »Saako mochte nämlich keine Wildschweine, wie wir alle wissen.«

»Kann schon sein«, sagte Eulenkind. Diesmal zuckte unter den langen Haarsträhnen ihr rechter Mundwinkel, in dem noch ein kleines Stück gelbes Fett klebte.

Steinroller wurde energischer. »Ich glaube auch nicht, dass der Mörder sein Opfer zufällig auswählte. Die beiden werden eine Verabredung gehabt haben.«

»Kann schon sein«, wiederholte Saakos Frau.

»Ich könnte mir auch denken, dass es dabei um ein Geheimnis ging, in das Saako eingeweiht war.«

»Kann alles sein. Oder auch nicht.«

Er hatte einfach geraten. Dass Eulenkind so darauf reagierte, zeigte ihm, dass sie erheblich mehr wusste, als sie zugeben wollte. Als echter Sohn Felsschmetterers beschloss er deshalb, ab sofort jede Freundlichkeit einzustellen. Vielleicht hatte sein Vater recht, wenn er behauptete, dass man die Sippen am leichtesten mit Angst vor Hunger lenken konnte.

Er nahm Saakos Frau die Birkenrinde aus der Hand, beugte sich vor und blickte ihr streng in die Augen.

»Hör zu, Eulenkind. Ich stelle die Fragen im Auftrag meines Vaters. Wenn du weiterhin lügst, könnte er dir leicht die Fleischportionen verweigern, die du doch sicher auch in Zukunft erhalten möchtest.«

Otterfang glaubte ebenfalls einen Beitrag zur Strenge leisten zu müssen. Er zeigte auf ihren Mundwinkel und sagte: »Das wäre dann das letzte Biberfett, das du in deinem Leben geschmatzt hast.«

Plötzlich wirkte Eulenkind nervöser als vorher. Sie schaute

Steinroller aus großen Augen an. »Das wird dein Vater mir doch nicht antun?«

»Nicht, wenn du ehrlich meine Fragen beantwortest.«

Sie holte ein paar Mal rasselnd Luft. Da sie oft Glimmstängel rauchte, schwelende Schilfrohre, mit denen man gut Ungeziefer vertreiben konnte, floss ihr Atem nicht mehr so leicht. Schließlich sagte sie: »Also gut. Was willst du wissen?«

»War Saako ein Freund Speerschleuderers?«

Sie schüttelte den Kopf. »Nein, keine Freunde. Speerschleuderer hatte Saako irgendwann um einen Gefallen gebeten. Das war alles.«

»Was für einen Gefallen?«

»Er sollte ihm helfen, etwas zu den Turits zu tragen. Zweimal.«

»Weißt du, worum es sich dabei handelte?«, fragte Steinroller streng.

Eulenkind schüttelte den Kopf. Diesmal blickte sie ihn mit ehrlichen Augen an. »Nein, das hat Saako mir nicht erzählt. Er meinte, als Frau müsste ich nicht alles wissen.«

Steinroller dachte kurz nach. Was Eulenkind sagte, klang glaubhaft. Angesichts der großen Mengen Fleisch, die Speerschleuderer bei den Turits versteckt hatte, musste er mehrere Helfer gehabt haben. Naiv, wie Saako war, hatte er vielleicht nicht einmal gewusst, woher die Bündel stammten, die er für Speerschleuderer auf den Berg schleppen musste. Dass aber Saako auch jener Mann war, den Taamu bei den Turits zusammen mit Speerschleuderer gesehen hatte, war eher unwahrscheinlich. Saako war nicht sehr groß, und Speerschleuderers geheimnisvoller Begleiter war allem Anschein nach von kräftiger Statur. Also musste es noch mindestens einen weiteren Jäger in der Sippe geben, der mit Speerschleuderer zusammengearbeitet hatte.

»Was hat dein Mann für seine Wanderungen zu den Turits bekommen«, fragte Steinroller weiter. »Fleisch? Oder Waffen?«

Eulenkind musste nicht lange überlegen. »Kein Fleisch, das wollte ihm Speerschleuderer nicht geben. Er erhielt aber eine neue Axt. Und viele Körner von der roten Blüte. Sie halfen Saako gegen die Schmerzen in seinem Rücken und machten ihn immer fröhlich.«

Das war es also.

Saako gehörte zu denen, die den Samen einer besonderen Pflanze begehrten, die nur im Bergland wuchs. Die schwarzen Körner waren gefährlich, jeder wusste es. Wer davon aß, lächelte nur noch, glaubte, hoch über der Welt zu schweben, und interessierte sich für seine Sippe so viel wie für einen Haufen Ameisen. Schon deshalb war die rote Blüte verboten. Wer aber mehr als einmal von den Körnern gekostet hatte, kam nie wieder von ihnen los.

Ein erfahrener Jäger wie Speerschleuderer kannte die Stellen, an denen die Pflanze zu finden war. Offensichtlich hatte er Saako als Fleischträger ausgenutzt und ihn mit schwarzen Körnern vollgestopft, solange er ihn brauchte. Jetzt war Saako ein lästiger Zeuge geworden.

Steinroller wandte sich noch einmal an Eulenkind. Er wollte wissen, wie Saako von dem bevorstehenden Treffen erfahren hatte.

»Gestern Abend lagen zwei gekreuzte Knochen vor unserem Zelt. Da wusste Saako, wohin er heute Nacht gehen musste«, antwortete Eulenkind.

Der Rest des Gespräches zeigte dem Kommissar schnell, dass Eulenkinds Wissen damit erschöpft war. Sie hatte weder Ahnung davon, dass Speerschleuderer sich auf der Flucht befand, noch kannte sie die Namen anderer Helfer. Speerschleuderer war immer ein Einzelgänger gewesen und deshalb in der Sippe nicht sehr beliebt. Doch jeder bewunderte ihn wegen seiner außergewöhnlichen Jagderfolge.

Steinroller und Otterfang verließen Eulenkind und machten sich auf den Weg zur Wildschweinsuhle. Sie glaubten beide nicht, dass es Speerschleuderer selbst gewesen war, der sich nachts ins Lager gewagt hatte. Aber ganz auszuschließen war es auch nicht.

Die Wildschweinsuhle war ein Wasserloch, der matschigste Platz weit und breit. Sie lag einen Steinwurf vom Fluss entfernt, ihr Schlamm war fast schwarz und die Wasseroberfläche undurchsichtig.

Als Steinroller und sein Assistent sich der übel riechenden Suhle näherten, sahen sie schon von Weitem, dass das Gras an ihrem Rand niedergetrampelt war. Sie betrachteten die Stelle genauer.

»Waren das Wildschweine?«, fragte der Kommissar.

Otterfang ging um das Wasserloch herum und untersuchte alle Spuren gewissenhaft. Dann kam er zurück. »Menschenabdrücke«, sagte er. »Wildschweine waren auf der anderen Seite. Eine Bache mit drei Jungen. Eines hat gehumpelt, ein anderes hatte Zahnschmerzen.«

Steinroller bückte sich und hob etwas auf. Es waren zwei Schilfblätter.

»Genau die Art Schilfblätter, mit denen Saako geknebelt wurde«, sagte er. »Hier wurde er auch gefesselt. Er wird sich ordentlich gewehrt haben, wie man am Gras sieht.«

»Dann müsste es ja auch Blutspuren geben«, meinte Otterfang und kniete sich auf den Boden, um das Gras weiter abzusuchen.

»Nicht unbedingt«, widersprach Steinroller. »Er wurde ja erst später zum roten Felsen getragen und dort erledigt.«

Plötzlich wurde Otterfang aufgeregt. Hastig kroch er hin und her, bis er schließlich über einer matschigen Stelle verharrte. »Kein Schwein trampelt so schön wie der Mensch«, sagte er zufrieden. »Du wirst nicht glauben, was ich entdeckt habe.«

Es waren Spuren von nackten Füßen sowie zwei saubere Handabdrücke. Jetzt klopfte auch Steinrollers Herz schneller, denn er begriff sofort, welche Bedeutung ihr Fund hatte.

Während die Fußspuren eher ein wildes Durcheinander darstellten, wie es sich beim Kampf Saakos mit seinem Mörder ergeben hatte, waren die tiefen Abdrücke der zwei unterschiedlich großen Hände klar zu erkennen. Sie lagen genau nebeneinander. Vermutlich hatten sich beide Männer beim Kämpfen kurz abgestützt. Der linke Abdruck stammte deutlich von Saako, denn diese Hand hatte nur vier Finger. Der rechte Abdruck dagegen war etwas größer, vor allem aber breit, sodass er fast quadratisch wirkte.

Kein Zweifel – es war die Hand des Mörders.

Der Kommissar betrachtete den Abdruck von allen Seiten. Dann wandte er sich an Otterfang. »Könnte es auch Speerschleuderers Hand sein? Vielleicht ist er doch zurückgekehrt.«

Otterfang schüttelte den Kopf. »Nein. Er und ich haben beim Steinerollen dieselben Findlinge benutzt. Seine Hände sind kaum kleiner als meine.«

»Das wollte ich hören«, sagte der Kommissar zufrieden. Er sah ungewöhnlich gut gelaunt aus. »Dann lass uns das Mammut reiten.« Es war ein Spruch, mit dem man sich in den Sippen Mut machte.

Steinroller begann, Otterfang seinen Plan zu erklären. Er wollte sämtliche Männer des Lagers an der Wildschweinsuhle antreten lassen, damit sie ihre Hände neben den Abdruck hielten und er die Größen vergleichen konnte. Otterfang sollte die Stelle bewachen, bis der Kommissar die Männer geholt hatte. Es war ein umfangreicher Plan, aber ein sicherer Weg, den Mörder vor den Augen aller Jäger schmählich zu entlarven.

Es dauerte eine Weile, bis Steinroller die Männer zusammenhatte. Die meisten waren gerade von ihrer morgendlichen Rentierjagd zurückgekehrt und wollten sich ausruhen, bevor sie erneut loszogen. Einige kauten noch auf den Fleischresten ihrer Mahlzeit herum. Nur Felsschmetterer war noch nicht von der Jagd zurück.

Murrend kamen die Jäger zur Wildschweinsuhle, alle wie gefordert ohne Waffen. Steinroller hatte ihnen nicht verraten, worum es ging. Doch da sie inzwischen von Saakos Tod erfahren hatten und entsetzt darüber waren, ahnten sie, dass Felsschmetterers Sohn ihnen wieder einmal als Kommissar gegenübertreten wollte.

Sie mussten sich hintereinander aufstellen, was ihnen schwerfiel. Normalerweise traten sie als Horde auf, in der jeder tat, was er wollte. Unter ihnen waren auch so vorzügliche Jäger wie Sturmläufer, Wolfzähmer, der knochige Krummzahn, der durch seinen Überbiss auffiel, und Löwenkopf samt seiner drei Brüder. Auch der Lendenschurzmacher Pilu war herbeigehumpelt.

Als Erster war Sturmläufer an der Reihe, ein mittelgroßer Jäger mit starken Muskeln. Steinroller bat ihn, niederzuknien und seine rechte Hand über den Abdruck zu halten, diesen jedoch nicht zu berühren. Sturmläufer tat, was der Kommissar angeordnet hatte, aber erwartungsgemäß passten Hand und Abdruck nicht im Mindesten zusammen.

»Der Nächste«, sagte Otterfang, der die ganze Sache überwachte.

Auch Krummzahn war nicht der Mörder. Seine Hand war narbenübersät und die Finger ebenso stark gebogen wie seine Zähne.

»Der Nächste.«

Die Männer hatten Pilu vorgelassen, weil er ihnen glaubhaft versichert hatte, dass er wegen seiner Beinverletzung nicht so lange stehen konnte. Langsam humpelte er auf Steinroller und Otterfang zu. Sein Blick war stolz, denn er genoss es, ausnahmsweise unter den Jägern sein zu dürfen. Untersetzt wie er war, ahnte man schon vorher, dass die kleine dralle Hand, die er nach dem Niederknien ausstreckte, kaum mit dem Abdruck übereinstimmen konnte.

Plötzlich waren hinter ihnen im Wald Geräusche zu

hören. Erst raschelte es, dann splitterten Äste. Alle drehten sich um. In diesem Moment brach ein gewaltiger Keiler aus dem Unterholz hervor, dessen Hauer furchterregend groß waren. Er hielt genau auf die Suhle zu.

Als die unbewaffneten Männer ihn sahen, sprangen sie instinktiv zur Seite. Nur Pilu blieb wie erstarrt neben dem Wasserloch stehen. Der Keiler hatte ihn fast erreicht, als Steinroller ihn im letzten Moment von hinten packte und wegzog.

Ein Stück hinter dem Keiler rannte Felsschmetterer aus dem Wald, mit dem Speer in der Hand. Sein Gesicht war schweißnass und rot, offenbar hatte er das Tier schon eine ganze Weile gehetzt. Für einen kurzen Moment blieb er stehen, überrascht von der Menschenansammlung. Der Keiler war währenddessen in das Wasserloch geflüchtet.

Doch wie jeder wusste, änderte ein Wildschwein seine Taktik schneller als der Jäger. Der Keiler schien zu bereuen, dass er seinen Verfolger am Leben gelassen hatte, denn noch bevor Felsschmetterer seinen Speer schleudern konnte, machte das riesige Tier in der Suhle eine Kehrtwendung. Es senkte den Kopf und stürmte wütend aus dem Wasser, direkt auf Felsschmetterer zu.

Dieser wagte einen zu schnellen Schritt seitwärts und rutschte auf dem Matschboden aus. Dabei fiel ihm sein Speer aus der Hand und rollte vor Pilus Füße. Beherzt zogen Wolfzähmer und Löwenkopf ihren Sippenältesten aus dem Schlamm und in Sicherheit, während der Keiler stehen blieb, irritiert darüber, dass sein Angriffsziel plötzlich verschwunden war.

Zitternd hob Pilu den Speer auf, um ihn an jemand anderen weiterzureichen. Doch da war niemand mehr. Alle hatten sich hinter die Bäume zurückgezogen.

Der Keiler blickte sich um und entdeckte zu seiner Freude den kleinen Lendenschurzmacher, der genau zwischen seine Hauer passte. Pilu sah die funkelnden Augen des Wildschweins, und der Keiler sah Pilus Angst. Sie schienen füreinander geschaffen zu sein.

Der Keiler nahm Anlauf.

»Streck ihm den Speer entgegen!«, brüllte Otterfang aus seinem Versteck hinter einer Birke. »Mitten ins Maul!«

Bebend vor Angst tat der Lendenschurzmacher, wie ihm gesagt wurde. Mit aller Kraft, zu der er fähig war, packte er den Speer und hielt ihn vor sich hin. Er lag in seinen Händen wie ein schwerer Stein und wollte immer wieder zu Boden sinken. Doch sein starker Wille, es allen zu zeigen und nur ein einziges Mal ein echter Jäger zu sein, richtete den Speer immer wieder für ihn auf.

Was dann geschah, ließ die Männer um ihn herum vor Spannung aufstöhnen.

Der Keiler sprang auf Pilu zu, das Maul halb offen. Schnell stieß Pilu den Speer nach vorne, mitten zwischen die Zähne des Tieres. Dann ließ er sich zur Seite fallen. Erst sah es so aus, als würde der Keiler mit dem Speer in seinem Schlund weiterlaufen können. Aber dann, nach wenigen Schritten, begann er zu straucheln. Von seinen Hauern tropfte Blut.

Als er tot umfiel, wollte der Jubel kein Ende nehmen. Die Ersten, die auf Pilu zukamen, waren Otterfang und Steinroller, weil sie am nächsten standen. Otterfang klopfte dem Lendenschurzmacher anerkennend auf die Schulter.

»Gut gemacht, Kleiner. Das war saubere Arbeit.«

»Ich habe dir zu danken«, sagte Pilu, immer noch blass um die Nase. Von der Anstrengung zitterten seine Finger.

Auch Steinroller gratulierte ihm begeistert. »Ein großartiger Stoß, Pilu. Wie konnte dir das so leicht gelingen?«

»Ich habe mir vorgestellt, ich müsste mit einer Nadel in ein Loch stechen«, sagte Pilu. »Wie beim Aufnähen meiner kleinen Hornspangen.«

Wenig später war er umringt von den anderen, die ihn unter Felsschmetterers Kommando auf einen Baumstumpf stellten und ihn mit Lob überschütteten. Felsschmetterer fand so lobende Worte, wie Pilu sie noch nie aus seinem Mund gehört hatte. Von größtem Jagdmut war die Rede, von Kampfeswillen und kluger Taktik. Jeder war sichtlich überrascht, dass ausgerechnet der Lendenschurzmacher dieses Wildschwein erlegt hatte, das Größte seit Sippengedenken.

»Ich will mich deshalb erkenntlich zeigen«, sagte Felsschmetterer großspurig. »Du hast einen Wunsch frei.«

Pilu war so gerührt, dass ihm zunächst kein dringender Wunsch in den Sinn kam. Doch als Felsschmetterer deshalb ärgerlich zu werden drohte, fiel ihm doch etwas ein. Schon lange hatte er davon geträumt, alle Männer und Frauen der Sippe mit neuen Lendenschurzen ausstatten zu dürfen. Bisher hatte er immer nur einzelne Stücke anfertigen oder alte flicken dürfen. Jetzt sollten es Schurze sein, die seinem Modegeschmack entsprachen und von denen die Familien noch in der nächsten Generation reden sollten.

Zu seiner Überraschung reagierte Felsschmetterer aufgeschlossen. Ihm gefiel der Gedanke, dass seine Sippe alle paar Jahre die Schurze wechselte. Jetzt, zum bevorstehenden Ende der Rentierjagd, war die Zeit reif dafür.

Mit einem harten Schlag auf Pilus empfindlichen Rücken erteilte er dem verblüfften Lendenschurzmacher den erhofften Großauftrag. Pilu wusste gar nicht, wie ihm geschah.

Danach wurde der tote Eber fortgetragen. Felsschmetterer persönlich führte die Prozession Richtung Lagerplatz an. Pilu folgte den Jägern mit einem verzückten Gesichtsausdruck, wie man ihn noch nie an ihm gesehen hatte.

Der Platz um die Wildschweinsuhle wurde wieder still. Nur Steinroller und Otterfang waren geblieben. Es schien ihnen, als wäre ein Sturm über die Suhle hinweggefegt und hätte danach eine große Leere zurückgelassen.

Traurig ging der Kommissar zu der Stelle, an der sich vorher die beiden Handabdrücke im Schlamm befunden hatten. Jetzt gab es dort nur noch die wilde Hufspur des Keilers zu sehen und sein Blut. Daneben war alles platt getrampelt.

Es war ein schwerer Rückschlag für Steinroller. Wäre sein Vater nicht wieder einmal mit einem seiner großen Auftritte dazwischengekommen, hätten sie Saakos Mörder längst überführt. Vielleicht hätten sie dabei auch eine neue Spur zu Speerschleuderer gefunden.

Jetzt blieb der Täter weiter eine Gefahr und hatte vermutlich nur Spott für sie übrig, statt vor seiner Entlarvung zu zittern.

Steinroller beschloss, sich nicht entmutigen zu lassen. Er wandte sich an Otterfang. »Gehen wir zurück«, sagte er. »Wir haben noch viel zu erledigen.«

Er wollte so schnell wie möglich mit seinem Vater den Fleischvorrat der Sippe kontrollieren. Außerdem musste er dringend eine Durchsuchung von Speerschleuderers verlassener Hütte vornehmen. Beides konnte neue Sonnenstrahlen in die Dunkelheit des Falles bringen.

Sie verließen den Schlammplatz. Otterfang ging voraus.

Plötzlich sah Steinroller am Rand der Suhle einen schmalen, dunklen Gegenstand unter den Bäumen liegen. Ohne dass sein Assistent etwas davon bemerkte, ging er hin, betrachtete den Fund nachdenklich und steckte ihn kurzerhand unter seinen Lendenschurz.

Über den Wäldern braute sich ein Gewitter zusammen. Auch wenn es noch weit entfernt war, spürte man, dass das Feuer aus dem Himmel jederzeit herbeifliegen konnte. Meistens war es willkommen, wenn es nicht gerade die eigene Behausung anzündete. Denn tief in jedem Waldbewohner schlummerte die Erinnerung daran, dass mit den Blitzen auch die ersten kleinen Flammen in das Leben ihrer Vorfahren gezüngelt waren. Brannte der Wald, hatte man auch Feuer. Der erste Braten, so erzählte man sich in den Sippen, war ein Reh, das Felsschmetterers Vor-Vor-Vor-Ahne zwischen brennenden Bäumen gefunden hatte, schön angekohlt und durch. Nachdem sie einmal davon gekostet hatten, wollte den Verwandten das rohe, madige Fleisch, das sie sonst vorgesetzt bekamen, nicht mehr schmecken. Oft war es Beute, die man mühsam den Wölfen abjagen musste, oder der Rest einer Löwenmahlzeit, die schon zu viel Sonne abbekommen hatte.

Felsschmetterers Vor-Vor-Vor-Onkel war es schließlich auch gewesen, der ein Feuer nach Hause trug und es dort mit Holz weiterfütterte. Solange es groß genug blieb, konnte man alles in die Glut werfen, was den Mägen Freude bereitete. Später entdeckte jemand Feuerstein und Birkenpech, um damit die Flamme zu entzünden.

Da gebratenes Fleisch länger frisch blieb und auch die ins Feuer geworfenen Nüsse gut auf Vorrat geschwärzt werden konnten, hatten die Männer plötzlich mehr Zeit zum Jagen. Für die Frauen blieb das Sammeln von Pilzen, Beeren, Wurzeln und Kräutern. Die Jäger hätten ihr Fleisch zwar lieber ohne Wurzeln verschlungen, doch Frauen etwas abschlagen zu wollen, war schwerer, als ein Nashorn lebend zu fangen. So blieb das Gemüse Teil der menschlichen Nahrung.

Auch in Felsschmetterers Lager war es alter Brauch, dass die Frauen während der Rentierjagd in den Wald zogen und ihren Teil zur Nahrungssuche beitrugen. Des Nachts hatten sie weitgehend Ruhe, da die Jäger von den zwei täglichen Jagdausflügen ziemlich erschöpft zurückkamen und bis zum frühen Morgen durchschnarchten.

Auch Weichhaar und Schwalbenschwinge gehörten zu den Sammlerinnen, die seit dem Vormittag in der Wildnis unterwegs waren. Die Anführerin der Sammelgruppen war Raja, genannt Wolke. Sie war schon alt. Ihr faltiges Gesicht ähnelte einer grimmigen Höhlenlöwin, und ihre ebenso faltige Brust versteckte sie hinter einem umgebundenen schmalen Mammutfell, das Pilu für sie nähen musste. Allen war bekannt, dass sie früher eine Gespielin Felsschmetterers gewesen war. Von ihm hatte sie offenbar auch den Befehlston übernommen.

Weichhaar war für die Beerengruppe eingeteilt worden, Schwalbenschwinge für die Pilze. Als Wolke an ihr vorbeikam, bat Weichhaar darum, ebenfalls zu den Pilzen zu dürfen. Schließlich hatte sie mit Schwalbenschwinge eine Menge zu besprechen. Außerdem hasste sie bei der Beerensuche die vielen Dornen, die in ihren Beinhaaren hängen blieben und ihren Lendenschurz mit Flecken übersäten, die man nie wieder herausbekam, egal, mit welchen Steinen man das Fell schrubbte.

Wolke reagierte wie erwartet unfreundlich. Sie konnte Steinroller nicht leiden und ließ das auch Weichhaar spüren. »Nur weil dein Mann heute eine Leiche gefunden hat, musst du nicht gleich einen Extraknochen erwarten«, sagte sie höhnisch.

Weichhaar griff zum Äußersten. Sie hatte keine Lust, mit Wolke zu diskutieren. »Steinroller und Felsschmetterer essen heute gemeinsam. Ich will sie mit Pilzen überraschen«, log sie. »Du weißt doch, wie sehr Felsschmetterer Pilze liebt.«

Das war noch untertrieben. Steinrollers Vater hatte sich sogar vom Schamanen Pilzmischungen zusammenstellen lassen, die seine Manneskraft stärkten und die immer für ihn greifbar sein mussten.

Wolke verzog unwillig das Gesicht, konnte aber nicht viel dagegen sagen.

»Dann geh«, antwortete sie, »aber bring mir vor lauter Geschwätz nicht nur kleine Pilze.«

Die Sammlerinnen zogen los. Der feuchte Wald war dicht und der Boden mit Moosen bedeckt. Dazwischen versteckten sich kurzstielige Pilze, die Köpflinge genannt wurden. Weichhaar und Schwalbenschwinge blieben dicht beieinander. Die Lederbeutel, in denen sie die Pilze sammeln konnten, hatten sie sich vor die Bäuche gehängt. Schwalbenschwinge, heute zum ersten Mal ohne Vogelflügel im Haar, sah ungewöhnlich blass aus. Kaum waren sie einen Moment allein, ließ sie ihrer Wut freien Lauf.

»Giftpilze würde ich ihm vorsetzen, dem alten Auerochsen«, zischte sie. »Ersticken müsste er daran!«

Weichhaar war klar, dass sie nur Felsschmetterer meinen konnte.

»Was ist gestern Abend passiert?«, fragte sie. »Wollte er den Wolfssprung von dir?«

Schwalbenschwinge schüttelte den Kopf. »Nein, das hat zum Glück Ranu verhindert. Er hat sich nach dem Tanzen tapfer neben mich gesetzt. Dafür will ihn Felsschmetterer jetzt wegschicken.«

»Wohin?«

»Er soll mit seiner Hirschgeweihflöte zu den Sippen hinter der Löwenschlucht wandern und ihnen in Felsschmetterers Auftrag vorspielen.«

Weichhaar war entsetzt. »Aber das würde seinen Tod bedeuten!«

Schwalbenschwinge nickte traurig. »Und meinen auch.«

Jeder wusste, dass bisher kaum jemand die Wanderung durch die Schlucht überlebt hatte. Auch die Gebiete neben der Schlucht waren gefährlich, weil es dort vor Löwen und Wölfen nur so wimmelte.

Felsschmetterers Plan war so bösartig wie sinnlos. Es schien ihm die sicherste Art zu sein, den jungen Flötisten endgültig loszuwerden. Auch wenn er Ranus Spiel auf dem Vierzehnender bis gestern bewundert hatte – wenn es um seine eigenen Bedürfnisse ging, war er erbarmungslos. Weichhaar musste daran denken, was ihr kluger Kommissar darüber gesagt hatte: Fleisch geht eben vor Kunst.

»Steinroller weiß schon Bescheid«, sagte sie beruhigend. »Er wird sich was einfallen lassen, um Ranu zu retten. Verlass dich drauf.«

Der starke Geruch von größeren Pilzen lenkte sie ab. Die anderen Frauen ihrer Gruppe waren nach rechts und links unter die Bäume ausgeschwärmt, sodass Weichhaar und Schwalbenschwinge jetzt allein weitergingen. Vor ihnen erhob sich eine Gruppe alter Buchen, in deren Mitte ein grauer Findling stand, groß wie ein kleines Mammut.

Sie mussten nicht lange suchen, um die ersten Schwarzpilze neben den Buchenstämmen aufzuspüren. Schnell sammelten sie ein, was sie finden konnten, bevor die anderen Frauen zurückkehrten.

Als Weichhaar neben dem Findling stand, entdeckte sie plötzlich eine kleine Öffnung am unteren Rand. Sie war nicht größer als eine Hand. Sie bückte sich und spähte hinein, um zu sehen, ob sich nicht ein Pilz darunter verbarg. Doch stattdessen sah sie etwas anderes. Sie griff hinein und holte einen kleinen schmutzigen Lederbeutel heraus, der mit Bast zugebunden war.

Als Schwalbenschwinge dazukam, öffneten sie ihn gemeinsam. Gespannt breiteten sie den Inhalt vor sich aus.

Es war ein Haufen schwarzer Körner, so viel, dass sie aufpassen mussten, ihn nicht über den Rand des Beutels rieseln zu lassen. Auch eine vertrocknete rote Blüte war dabei. Staunend wühlte Weichhaar mit den Fingern in den Körnern herum.

Sie wussten beide auf Anhieb, was es war. Schon als Kinder hatte man ihnen beigebracht, einen großen Bogen um den Samen der roten Blüte zu machen. Wer die rote Blüte frisst, den frisst sie selbst, hatte Weichhaars Mutter immer gesagt. Die Warnung war mehr als berechtigt. Sie hatten einen Nachbarn gehabt, der regelmäßig große Mengen zu sich nahm. Sein verklärter Blick und sein früher Tod waren Weichhaar für ewig im Gedächtnis geblieben.

Schwalbenschwinge deutete auf die Körner. »Was willst du damit machen?«, fragte sie.

»Wir nehmen sie mit und stecken sie in Felsschmetterers Pilzragout«, sagte Weichhaar mit ernstem Gesicht. Schwalbenschwinge schaute sie entsetzt an.

Im selben Moment prustete Weichhaar los. Auch Schwalbenschwinge fiel mit ein, obwohl ihr die Idee insgeheim gefallen hatte.

Als sie wieder ernst waren, schlug Weichhaar vor, dass sie die Körner einfach unter dem Stein lassen sollten. Wem immer sie gehörten – vielleicht dem Schamanen –, sie sollten besser nichts damit zu tun haben. Schwalbenschwinge war derselben Meinung.

Kaum hatten sie den Lederbeutel zugebunden und wieder unter dem Stein verschwinden lassen, stand plötzlich Wolke hinter ihnen. Ihre Gesichtsfalten schienen sich bei schlechter Laune schneller vermehren zu können als Mäuse.

»Wartet ihr, bis die Pilze gewachsen sind?«, fragte sie streng. »Oder ist euch ein Mammut auf die Füße getreten?«

Ohne Wolke eines Blickes zu würdigen, gingen Weichhaar und Schwalbenschwinge einfach an ihr vorbei. In stiller Eintracht, wie nur Frauen sie gegen andere Frauen zur Schau tragen konnten, taten sie so, als wäre Felsschmetterers ehemalige Geliebte gar nicht vorhanden. Schweigend gingen sie wieder zur Lichtung zurück und suchten weiter nach Pilzen.

Die riesigen Fliegen, die die Sammlerinnen schon bald umschwirrten, waren die Vorboten für das aufziehende Gewitter. Inzwischen war der Regen so stark, dass Raja die Frauen ins Lager zurückschickte, auch wenn es ihr schwerfiel.

Als Weichhaar mit nassen Haaren und klebendem Lendenschurz zu ihrer Höhle zurückging, sah sie gerade noch, wie Saakos Frau zusammen mit zwei Jägern die Leiche ihres

Mannes in der Felsspalte neben der Geröllhalde verschwinden ließ. Das war nicht weiter überraschend, denn wie erwartet wünschte Felsschmetterer bis zum Ende der Rentierjagd keine unerfreulichen Ereignisse. Saako sollte unsichtbar bleiben, bis die Jagd vorüber war.

Ein Stück hinter der Geröllhalde befand sich Speerschleuderers Zelt. Es war groß und mit der Rückseite an eine halbhohe Felswand gebaut, auf der mehrere Tannen wuchsen, die das Zelt mit ihren ausladenden Ästen zu beschützen schienen. An den Stangen, die das Dach hielten, hingen Geweihe von Hirschen und Elchen. So konnte jeder sehen, dass hier ein erfolgreicher Jäger hauste.

Im Vorübergehen bemerkte Weichhaar, dass sich die Zeltwand bewegte. Da sie wusste, dass Steinroller und Otterfang heute Speerschleuderers Behausung durchsuchen wollten, blieb sie stehen und rief: »Heho – seid ihr da drin?«

Als keine Antwort kam, trat sie durch den Vorhang ins Innere. Trotz des Dämmerlichtes sah sie mit einem Blick, dass sich niemand darin befand. Offenbar hatte nur der Wind das Seitenfell bewegt. Neugierig wie sie war, blieb sie dennoch einen Augenblick im Eingang stehen. Sie hatte schon immer sehen wollen, wie Speerschleuderer lebte. Vor drei Sommern war ihm aus verständlichen Gründen die Gefährtin weggelaufen. Er war mit ihr nicht viel anders umgegangen als mit den jungen Jägern, die er unablässig anbrüllte, bis sie ihn fürchteten.

Weichhaar glaubte fest daran, dass Frauen nicht wie Männer behandelt werden sollten. Schließlich waren sie von sanfterer Art und sahen auch anders aus als Männer. Es würde auch niemand auf den Gedanken kommen, Rehe mit wilden Auerochsen zu vergleichen.

Alles in Speerschleuderers Zelt war schwarz. Weichhaar mochte diese Farbe nicht, denn sie machte ihr Angst. Aber vielleicht bereitete gerade das dem Obersten Jäger der Sippe Freude – dass man Angst vor ihm hatte.

Auf einem schwarzen Findling, der Speerschleuderer als Sesselstein diente, sah Weichhaar ein paar Dinge aus seinem Besitz liegen. Sie kannte sie vom Sehen. Seine fast schwarze Klinge aus geschärftem Quarzit, eine Steinaxt mit ungewöhnlich langem Stiel aus Buchenholz und ein großes Stück Bernstein, das ihm Steinrollers Vater im vergangenen Sommer als Dank für die erfolgreiche Mammutjagd geschenkt hatte.

Plötzlich hörte Weichhaar ein Geräusch hinter sich. Noch bevor sie sich umdrehen konnte, hielt ihr eine schwielige Männerhand die Augen zu. Sie geriet in Panik und versuchte, sich zu befreien, doch ein harter Schlag auf den Kopf ließ ihre Sinne schwinden. Sie hörte noch, wie der Mann versuchte, ein heiseres Husten zu unterdrücken. Dann stürzte sie dem Hüttenboden entgegen und spürte nur noch, wie ihr Hinterkopf aufschlug.

Als sie wieder erwachte, blickte sie in Otterfangs große runde Augen und auf seinen Riesenschädel. Seine Arme hielten ihren Oberkörper aufgerichtet.

»Arme kleine Wildgans«, sagte er voller Mitgefühl. »Bist du hingefallen?«

Weichhaar kam langsam wieder zu sich. Dass er sie Wildgans genannt hatte, rührte sie sehr, denn wie sie sich sofort wieder erinnerte, hatte er einmal eine verletzte Wildgans gefunden und sie liebevoll durchgefüttert, bis sie schlachtreif gewesen war. Aber bis dahin hatte er dem Vogel mehr Liebe entgegengebracht, als man jemals von ihm erwartet hatte.

Sie befühlte ihre Haare, dort, wo der Schlag gelandet war. Zu bluten schien die Stelle am Kopf nicht, aber sie schmerzte.

»Ich ... Jemand hat mir etwas Hartes auf den Kopf gehauen«, sagte sie mühsam.

»Absichtlich?«, rief Otterfang entrüstet. Offenbar erinnerte ihn der Schlag auf den Kopf an seine persönliche Methode, Fischen nach dem Fangen den Garaus zu machen.

»Sag mir, wer es war, und ich schneide ihm die Flossen ab!« Er stutzte und blickte sich in der Hütte um. »Was machst du überhaupt hier?«

Sie erzählte es ihm. Während sie den Überfall beschrieb, fiel ihr auf, dass die Gegenstände, die vorher auf dem schwarzen Sesselstein gelegen hatten, jetzt verschwunden waren. Offenbar hatte der Mann sie mitgenommen. Als sie erwähnte, dass er gehustet hatte, während er hinter ihr stand, sagte Otterfang: »Du weißt doch, wie Speerschleuderer hustet. Es klingt, als wenn ein Wolf bellt.«

Weichhaar schüttelte den Kopf. »Nein. Er war es nicht.« Sie dachte einen Moment nach und fügte dann hinzu: »Dieser Mann wusste, dass ihr herkommen würdet. Vielleicht sollte er Speerschleuderer heimlich seine Sachen bringen.«

»Nicht schlecht für eine Frau«, meinte Otterfang anerkennend.

Wie sich herausstellte, hatte Steinroller ihn vorausgeschickt, damit er Speerschleuderers Zelt in Augenschein nahm. Gab es dort Dinge, die für den Mordfall von Bedeutung sein konnten? Gab es verräterische Spuren, aus denen man ablesen konnte, wo Speerschleuderer sich versteckt hielt?

Zur selben Zeit befand sich Steinroller mit Felsschmetterer und vier der besten Jäger beim Fleischvorrat, um zu kontrollieren, wie viel daraus gestohlen worden war. Als geschickter Taktiker hatte der Sippenälteste darauf bestanden, die Kontrolle im Beisein der anderen Männer durchzuführen. Nur solange er sich zusammen mit ihnen entrüsten konnte, würden seine eigenen Entwendungen aus dem Vorrat nicht weiter auffallen.

Otterfang war sichtlich stolz darauf, die Zeltdurchsuchung bei Speerschleuderer allein durchführen zu dürfen. Leider hatte er seit den frühen Morgenstunden nichts mehr gegessen, sodass sein Magen knurrte wie ein Höhlenbär. Auch Weichhaar konnte es hören.

»Kann ich dir ein bisschen helfen?«, fragte sie, um ihm die Arbeit zu erleichtern. »Ich habe meine Pinzette dabei.« Sie griff unter ihren feuchten Lendenschurz und holte ihre Erfindung hervor.

Otterfang nahm das kleine schmale Teil aus Vogelknochen in seine klobigen Finger und drehte es hin und her. Im Gegensatz zu seinem Chef schien er wenig damit anfangen zu können. »Sieht aus wie eine Gräte«, sagte er skeptisch. »Ich verlasse mich lieber auf Augen, Zunge und Füße.«

Um zu zeigen, dass er jetzt seine Spurensuche aufgenommen hatte, beförderte er den schweren Sesselstein mit einem kräftigen Fußtritt zur anderen Ecke des geräumigen Zeltes. Er schaute nach, ob etwas darunter lag – was nicht der Fall war –, und ging dann weiter zu einem Stapel schwarzer Steine, die Speerschleuderer neben dem Eingang aufgetürmt hatte.

Auch hier machte Otterfang es kurz. Er warf einen Blick hinter den Stapel und schnüffelte ein paarmal an den obersten Steinen. Damit war auch dieser Teil der Untersuchung für ihn beendet. Er wandte sich den Fellen zu, die von der Decke hingen. Mit einem kräftigen Ruck zog er zwei davon herunter, ein Wolfsfell und ein Löwenfell. Nachdem er sie eine Weile mit den Fingern befühlt hatte und einmal kurz in die Haare des Löwen gebissen hatte, um zu schmecken, wie lange er schon tot war und aus welcher Höhle er stammte, pfefferte er die Felle in die Ecke und ging zu einem abgehackten Stück Baumstamm, der am Boden lag. In der grauen Rinde waren Löcher angebracht, in die Speerschleuderer senkrecht die Stiele seiner Waffen gesteckt hatte, sodass er die drei Äxte und die drei Steinmesser jederzeit griffbereit hatte. Weichhaar, die vom Eingang des Zeltes zuschaute, fand diese Methode, Ordnung zu schaffen, sehr praktisch und hätte sie Speerschleuderer gar nicht zugetraut.

Doch Otterfang schien nicht viel dafür übrig zu haben. Er

nahm die Äxte eine nach der anderen heraus und leckte widerwillig am Schmutz, der an ihren Steinklingen klebte. Dabei murmelte er vor sich hin: »Löwenschlucht ... Sumpfwald ... Turitberge ... Wo soll er auch sonst gewesen sein?«

»Was machst du da?«, fragte Weichhaar aus dem Hintergrund.

»Ich prüfe, wo er seine Äxte zuletzt benutzt hat«, sagte Otterfang.

»Und?«

»Nicht viel Neues.« Er kam zu Weichhaar zurück. Offenbar war er sehr mit sich zufrieden. »Fertig«, erklärte er strahlend. »Zeltdurchsuchung beendet. Jetzt haben wir uns zwei große Salzbarsche verdient, denke ich.«

Weichhaar konnte es nicht glauben.

»Moment«, sagte sie. »Was ist mit den anderen Spuren?«

Otterfang sah sie irritiert an. »Was für Spuren meinst du?«

Sie erinnerte ihn an den Mann, von dem sie niedergeschlagen worden war. Konnte es nicht sein, dass er irgendwo Haare oder andere Spuren hinterlassen hatte? Und wo konnte er sich so schnell verstecken, als Weichhaar das Zelt betreten hatte?

»Ach, das meinst du«, sagte Otterfang, während er ins Freie trat. »Wo versteckt sich wohl ein Gründling vor dem Hecht? Hinter einem Stein.«

Weichhaar folgte ihm. Es hatte aufgehört zu regnen. »Das verstehe ich nicht«, sagte sie.

»Der Mann, der nicht Speerschleuderer war, hat hinter den Steinen am Eingang gesessen, als du kamst«, erklärte ihr Otterfang so beiläufig, als würden sie sich über Alltäglichkeiten unterhalten. »Seine nassen Füße haben Abdrücke hinterlassen. Haare hat er nicht verloren, die hätten meine Augen entdeckt. Gekommen ist er aus dem Tannenwald, wie du vielleicht an den Nadeln gesehen hast, die unter dem Waffenbaum lagen. Und nach dem Salzbarsch kann ich dir auch gerne noch mal die Sache mit dem Gründling erklären.«

Weichhaar wusste nicht, was sie sagen sollte. So viel hatte Otterfang noch nie an einem Stück geredet. Langsam begann sie zu begreifen, warum er der perfekte Assistent für Steinroller war. Einen besseren Spurensucher als ihn konnte man in der ganzen Sippe nicht finden. Dass er manchmal einfältige Sätze von sich gab, änderte nichts an seiner liebenswerten Art.

Sie wanderten am Tannenwald entlang, auf Weichhaars Höhle zu. Otterfang schien nachzudenken. Plötzlich blickte er Weichhaar von der Seite an und fragte fast schüchtern: »Würdest du gerne meinen Lieblingsplatz kennenlernen?«

Seine riesige Gestalt wirkte für einen Augenblick unbeholfen. Weichhaar wusste zu schätzen, dass er ihr so viel Vertrauen entgegenbrachte. »Gerne«, sagte sie, fast ein bisschen gerührt. »Wo ist das?«

»Am Fluss«, antwortete er. »Wo morgens die Mammuts vorbeiziehen.«

Nachdem er ihr das Versprechen abgenommen hatte, dass sie das Geheimnis für sich behielt, ging er voraus und bahnte ihr einen Weg durch ein Feld mannshoher Schachtelhalme. Ein Teil davon war kurzgeschnitten, weil die Frauen der Sippe die Gräser gegen Krätze benutzten. Am Fluss angekommen, wandte sich Otterfang einer Gruppe einzeln stehender Bäume zu. Vor dem ersten blieb er stehen und zeigte zur Baumkrone.

Weichhaars Augen wanderten nach oben. Fasziniert sah sie, dass sich dort in einer Astgabel ein gewaltiges Nest befand, so breit wie ihr Schlafplatz in der Höhle.

»Seeadler«, erklärte ihr Otterfang. »Sind weggeflogen und nicht wiedergekommen.«

»Und das ist dein Lieblingsplatz?«, fragte Weichhaar ungläubig.

Als Otterfang nickte, sah sie Stolz in seinen Augen. Hier war der Platz, an dem er weder der Sippe noch Felsschmetterer gehörte. »Dort oben ist man selbst ein Adler«, sagte er.

Sie musste auf seine Schulter klettern, um von dort aus den ersten starken Ast zu erreichen. Nur einmal schaute sie nach unten. Da sie nicht ängstlich war und schon als kleines Mädchen mit ihren Brüdern in den Bäumen herumgeklettert war, fand sie es amüsant, Otterfangs großen Kopf unter ihren Füßen auftauchen zu sehen.

Als sie das Seeadlernest erreichten und sich vorsichtig in seine Mitte rollen ließen, war es genau so, wie Otterfang versprochen hatte. Das Nest schwankte hin und her, aber es hielt. Sie saßen nebeneinander, mit angezogenen Beinen, über die der Wind hinwegstrich. Weichhaar fühlte sich wie ein geschlüpftes Vogelküken, auch wenn Otterfang neben ihr eher an einen großen gerupften Seeadler erinnerte. Der Blick auf die Ebene hinter dem Fluss war atemberaubend. Alles war ganz klein. In der Ferne zog eine wogende Herde Rentiere vorbei, auf der Flucht vor den bewaffneten Jägern. Noch nie in ihrem Leben hatte Weichhaar aus dieser Höhe auf die Erde geblickt. Durch die Bäume konnte sie die Zelte sehen und was in ihnen vorging. Raja und ihre erwachsene Tochter stritten sich gerade lautstark um einen Schweinefuß. Vor dem Nachbarzelt stand Eulenkind in einer Rauchwolke und zog hastig an einem Glimmstängel, obwohl die Zeit der Mücken doch vorbei war. Ein Stück weiter stellte sich der heisere Hornschnitzer an einen Baum und ...

Weichhaar schaute schnell weg. Zwei Armlängen über ihr flogen Krähen über das Seeadlernest hinweg.

»Und?«, fragte Otterfang stolz. »Was sagst du?«

»Ich kann nur schweigen«, antwortete Weichhaar und sog die würzige Baumluft ein, »und dir danken.«

Für einen Moment dachte sie darüber nach, was man wohl tun müsste, um Flügel zu erfinden, mit denen der Mensch fliegen konnte. Vielleicht würde Otterfang sie jetzt öfter hierher mitnehmen, damit sie den Krähen das Geheimnis der Flügel entlocken konnte.

Plötzlich hörten sie Männerstimmen unter sich. Auch Steinrollers Stimme war dabei.

»Sie kommen vom Fleischvorrat zurück«, raunte ihr Otterfang zu.

Als Weichhaar nach unten blickte, sah sie sechs Männer von der Felsgruppe hinter den Zelten kommen. Dort befand sich in einer tiefen Höhle, die selbst im Sommer noch an den Winter erinnerte, der einbehaltene Fleischvorrat der Sippe. Neben Felsschmetterer selbst und Steinroller waren auch vier Vertraute des Sippenältesten dabei – Löwenkopf, Wolfzähmer, Baumspringer und Feuerjäger.

Löwenkopf war wegen seiner wilden, aufwallenden Haare der Auffälligste unter den Männern. Er ging mit entschlossenen Schritten an Felsschmetterers Seite. Wolfzähmer, ebenfalls eine kräftige und stolze Gestalt, war deutlich zurückhaltender. Er unterhielt sich mit Steinroller. Baumspringer, groß und sehr stark, folgte mit Feuerjäger. Ihn kannte Weichhaar am wenigsten. Er hatte einen seltsam scheuen Blick, aber wenn er redete, wirkte er stets sehr rechthaberisch.

Felsschmetterer blieb direkt unter Weichhaar und Otterfang stehen. Sie machten sich in ihrem Nest so klein wie möglich, um nicht entdeckt zu werden. Es war nicht zu überhören, wie der Sippenälteste sich gerade ereiferte.

»Schämt euch, ihr Schlammspritzer!«, rief er. »Da wird vor unserer Nase die Hälfte des Fleischvorrats gestohlen, und ihr liegt lieber bei euren Weibern!«

Steinroller wagte zu widersprechen. »Hast du vergessen, dass niemand Zugang zu diesem Vorrat hat außer dir und dem Schamanen?«

»Davon will ich nichts hören«, sagte sein Vater. »Ein guter Jäger spürt, wenn sich der Löwe anschleicht.«

Feuerjäger wandte sich an Steinroller. »Und du bist sicher,

dass es Speerschleuderer war, der das Fleisch zu den Turits getragen hat?«

»Ganz sicher«, sagte der Kommissar. »Ich habe ihn mit eigenen Augen gesehen. Und dass er Taamu als lästigen Zeugen getötet hat, steht für mich auch fest.«

»Hört ihr das?«, fragte Felsschmetterer und blickte in die Runde. »Mein Sohn, der Kommissar, hat jetzt schon zwei Morde aufzuklären. Dabei müsste er Weichhaar dringend ein Junges machen und in der Fledermaushöhle weitermalen. Und was macht ihr? Dumme Gesichter.«

Wolfzähmer schien diese Kritik zu überhören. Er wandte sich an Steinroller. »Was glaubst du, wer Saako getötet hat? Ist Speerschleuderer wieder zurückgekommen?«

»Nein«, sagte Steinroller. »Das glaube ich nicht. Wir suchen nach einem zweiten Jäger. Er musste Saako umbringen, weil er zu viel wusste.«

»Jemand, der noch unter uns ist?«, fragte Löwenkopf.

Der Kommissar nickte. »Ein Freund von Speerschleuderer. Dafür glauben wir Beweise zu haben.«

»Speerschleuderer hatte keine Freunde«, bemerkte Feuerjäger. »Das weiß doch jeder.«

Baumspringer sah ihn mit zusammengekniffenen Augen an. Die beiden schienen nicht viel Sympathie füreinander zu empfinden. »Bis auf dich«, sagte er. »Soviel ich weiß, hat ihn keiner so oft auf der Jagd begleitet wie du.«

»Er hat meine Jagdmethode geschätzt«, gab Feuerjäger zurück. Bissig fügte er hinzu: »Du warst ja zu ungeschickt dafür.«

Weichhaar sah von oben, wie Steinroller die vier Männer intensiv betrachtete. Sie wusste genau, was er sich dabei fragte – ob nicht einer von ihnen Speerschleuderers Begleiter gewesen sein konnte. Groß gewachsen und von kräftiger Statur waren sie alle.

Felsschmetterer glaubte, das Gespräch wieder an sich ziehen zu müssen.

»Hört auf zu streiten!«, befahl er. »Nur wer handelt, kriegt die Beute. Ich werde selbst bei Gelegenheit zu den Turits wandern, um das Fleisch aus dem Gletscher zurückzuholen.«

Er vermied den Blickkontakt mit seinem Sohn. Steinroller musste sofort daran denken, dass sein Vater bei dieser Gelegenheit sicher noch einmal bei der jungen Neandertalerin vorbeischauen wollte.

»Und was Speerschleuderer betrifft – die Jagd auf ihn ist frei! Wer ihn mir bringt, lieber tot als lebendig, bekommt ...«, Felsschmetterer dachte kurz über eine passende Belohnung nach, »... so viel Biberknochen und Rentierfelle, dass er sich jetzt schon auf den Winter freuen kann.«

Steinroller entging nicht, dass sein Vater listig vermieden hatte, zur Belohnung Fleisch zu versprechen, denn das wäre wieder von seinen Vorräten abgegangen. Das war sogar verständlich. Denn die Sippe würde Felsschmetterer nur so lange folgen, wie er ihr Nahrung bieten konnte.

Als Kommissar glaubte Steinroller, ebenfalls noch ein Schlusswort sprechen zu müssen. Er wandte sich an die vier Jäger. »Mein Assistent und ich wissen inzwischen, an welchen Orten Speerschleuderer sich aufgehalten hat«, erklärte er. »Wir werden nach der Rentierjagd eine Suchhorde zusammenstellen, die ihn aufspüren wird.«

Sein Vater rülpste laut. »So sei es«, sagte er. »Und jetzt wollen wir uns über das Wildschwein hermachen, bevor die Fliegen es ganz gefressen haben.«

Die Männer brachen Richtung Lager auf. Steinroller ging neben seinem Vater her. Es war das erste Mal, dass Felsschmetterer duldete, seinen Sohn gleichauf neben sich zu haben.

Weichhaar wäre fast aus dem Nest gefallen, als sie ihrem Mann von oben hinterherschaute.

Plötzlich spürte sie Otterfangs große Hand auf ihrem

Arm. Behutsam zog er sie zur Mitte des Nestes zurück. Mit einer Empfindsamkeit, die sie ihm gar nicht zugetraut hätte, sagte er: »Du kannst stolz auf ihn sein. Er weiß immer, was er sagen muss.«

Weichhaar musste lächeln.

»Vor allem weiß er immer, was er zu tun hat«, antwortete sie.

»Da sind wir nun wieder beim Hecht«, sagte Otterfang und ließ eine graue Seeadlerfeder aus dem Nest segeln. »Ein guter Hecht sieht alles, jeden kleinen Fisch. Und wenn er lange genug gewartet hat, stößt er zu.«

Am nächsten Tag stand Steinrollers Schwiegermutter vor der Höhle.

Es traf ihn völlig unvorbereitet. Als er nach dem Aufstehen den ledernen Vorhang nach oben schlug, um nach dem Wetter zu sehen, blickte er plötzlich auf zwei Bündel, aus denen gefleckte Felle und zwei Handtaschen aus Wisentohr hervorschauten. Ein Mensch war nicht zu sehen.

Erschrocken kam er in die Höhle zurück. »Hast du bei Pilu Felle bestellt?«, fragte er Weichhaar.

»Nein«, sagte sie lächelnd. »Sicher ist gerade meine Mutter gekommen.«

Es war der leichte Ton in ihrer Stimme, der Steinroller aufregte. In seiner Familie hatten immer noch die Männer das Sagen. Auch wenn er selbst viel nachgiebiger war als sein Vater, wollte er doch vorher wissen, wer seine Höhle betrat. Vor allem jetzt, mitten in seiner Arbeit als Kommissar.

»Das gefällt mir nicht«, sagte er missgelaunt. »Du würdest auch nicht wollen, dass plötzlich eine Elchkuh hereintrampelt, ohne dass du sie kommen siehst.«

Als er Weichhaars Blick folgte und sich umdrehte, war die Elchkuh bereits da. Zweifellos war ihr nicht entgangen, was Steinroller gerade gesagt hatte. Sie hieß Lihu und wurde sinnigerweise Rehauge genannt, weil ihre großen braunen Augen jedem als Erstes auffielen. Ansonsten sah sie aus wie Weichhaar, nur insgesamt von üppigerer Natur – volle Haare, leicht wulstige Augenbrauen, eine breite Nase und erstaunlich aufrechte Brüste unter ihrem Schulterfell aus Regen abweisenden Biberhaaren. Ihre Stimme war voller Energie.

Sie streckte Weichhaar einen Strauß Brennnesseln entgegen, den sie draußen gepflückt hatte, und sagte strahlend: »Hier – die haben uns doch immer so geschmeckt. Sie sollen dich an deine Kindheit erinnern!«

»Was für eine Überraschung!«, rief Weichhaar aus, scheinbar erfreut über so viel Mutterliebe. Steinroller konnte aber förmlich sehen, wie sich ihr Mund kräuselte bei dem Gedanken an die zahllosen juckenden Stellen, die sie in ihrer Kindheit auf der Zunge gehabt hatte.

Rehauge blickte in seine Richtung, hob ihre Augenbrauen und sagte in ironischem Ton: »Elchfutter.«

»Heho«, sagte Steinroller so höflich wie möglich, aber auch peinlich berührt.

Es gab nur wenige Sippen, in denen die Mütter der Frauen für das weitere Leben ihrer Töchter Bedeutung hatten. Seine Sippe hatte nicht dazugehört. Man nannte eine Schwiegerfrau einfach »Mutter aus der Familie der Frau«, und damit hatte man bereits genug über sie gesprochen. In anderen Sippen bezeichnete man sie auch lachend als Schwiegerkröte, weil ältere Krötenweibchen sich gerne auf die kleineren jungen setzten und damit zeigten, wem der Teich wirklich gehörte.

Weichhaar zeigte staunend auf die beiden Bündel, die ihre Mutter hereingeschleppt hatte.

»Wie konntest du damit von so weit her kommen?«, fragte

sie. Und an Steinroller gewandt ergänzte sie: »Mutter lebt schließlich am Großen Sumpf. Das ist eine Tagesreise entfernt.«

Steinroller erinnerte sich, dass Weichhaar ihm erzählt hatte, ihre Mutter habe vor vielen Sommern ihren Mann verlassen und sich mit einem Elfenbeinschnitzer zusammengetan. Auch dass sie ebenfalls Erfinderin war, wusste er.

Rehauge holte ein seltsames Gestell von draußen. Es war eine Trage, aus mehreren Stöcken zusammengebunden und erst kürzlich von ihr erdacht. Sie konnte sich das Gestell auf den Rücken binden und darauf bequem zwei Bündel schleppen.

»Ich hatte es satt, immer alles auf der Schulter tragen zu müssen«, sagte sie, »das machen wir Frauen schon viel zu lange.« Sie zwinkerte ihrer Tochter zu. »Man kann es übrigens auch gut benutzen, wenn man mal ein Junges hat. Oder seid ihr nicht fruchtbar?«

»Wo darf ich deinen Schlafplatz aufschlagen?«, fragte Steinroller schnell, denn er hatte nicht die Absicht, mit Rehauge über seine Wolfssprünge zu diskutieren. Bisher schien ihm die Bezeichnung Schwiegerkröte die treffendste für sie zu sein. Er hoffte sehr, dass sie sein liebevolles Verhältnis zu Weichhaar nicht vergiften würde.

Rehauge sah sich in der Höhle um. Offenbar war sie nicht zimperlich, wenn es um ihre eigene Bequemlichkeit ging. »Wenn du einen Sesselstein zur Seite rücken würdest, könnte ich bequem vor dem Eingang liegen«, schlug sie vor. »Ich brauche immer frische Luft.«

Das war der ungünstigste Platz, den Steinroller sich denken konnte, denn jetzt stand der Sesselstein direkt vor seinem Nachtlager, aber er ging ihrem Wunsch nach. Zusammen mit Weichhaar schob er den Stein beiseite. Rehauge begann im Hintergrund, kritisch die restliche Einrichtung der Höhle in Augenschein zu nehmen.

»Du könntest ruhig ein bisschen freundlicher sein«, raunte ihm Weichhaar zu. »Ich glaube, sie mag dich. Und es ist ja nicht für lange.«

Steinroller war unklar, woran Weichhaar erkannt haben wollte, dass ihre Mutter ihn mochte.

»An ihrem Blick«, flüsterte sie. »Du solltest mal erleben, wenn sie unzufrieden ist.«

Steinroller sah, wie Rehauge sich an den Steinfächern in der Höhlennische zu schaffen machte, auf denen er seine persönlichen Dinge lagerte – den Schaber aus Feuerstein, mit dem man sich Ungeziefer oder härteren Schmutz von der Haut kratzen konnte, Fußleder gegen dorniges Gelände, seine beiden Lendenschurze und ein dickes Fell für den Winter. Daneben stand der Speer, den sein Vater ihm schon als Kind geschenkt hatte.

»Du besitzt ja nur einen Speer«, rief ihm die Schwiegerkröte zu. »Hast du denn keine Waffensammlung wie andere Männer?«

Steinroller sah genervt zu Weichhaar und verdrehte die Augen, während er zurückrief: »Nur eine kleine. Ich gehe nicht so oft auf die Jagd.«

»Steinroller ist doch Höhlenmaler«, setzte Weichhaar erklärend hinterher. »Und Kommissar.«

Rehauge kam zurück. »Das mit der Höhlenmalerei wusste ich«, sagte sie. »Aber was ist ein Kom...«

Ihre Tochter erklärte es ihr. Augenblicklich veränderte Rehauge ihr Verhalten gegenüber Steinroller. Bewundernd bat sie ihn, ihr die Sache mit den beiden Morden zu erklären. Dass Jäger sich gegenseitig mit der Keule totschlugen, kam auch in ihrem Lager vor. Aber noch nie hatte es jemand heimlich getan. An ihrem Blick konnte der Kommissar erkennen, dass Rehauge die grausamen Mordfälle höchst aufregend fand.

Zufrieden, dass sie wenigstens seine Arbeit würdigte, versuchte er, ihr seine Ansichten als Kommissar darzulegen.

»In jedem Kopf steckt etwas Gutes und etwas Böses«, begann er. »Im Grunde sind wir Waldtiere, wie alle anderen Fellwesen auch. Nur dass wir auf zwei Beinen laufen.«

»Woher weißt du, dass das Böse im Kopf sitzt?«, fragte Rehauge.

»Weil es woanders gar keinen Platz hätte«, antwortete Steinroller geduldig. »Es sitzt im Kopf und wartet, bis das Gute nicht aufpasst. Wie ein feindlicher Jäger, der seine Axt benutzt, sobald der andere abgelenkt ist.«

»Sag ihr auch, was du als Kommissar machen musst, damit das Böse seine Macht verliert«, drängte ihn Weichhaar. Sie liebte es, wenn ihr kluger Mann solche Sätze von sich gab. Die anderen Männer der Sippe hätten zu diesem Thema nur kurz gegrunzt.

»Man muss dem Guten Lob geben, damit es wächst«, sagte Steinroller. »Und das Böse muss bestraft werden, damit es seine Waffen streckt.«

Rehauge war offensichtlich beeindruckt und schnalzte kurz mit der Zunge, was bei Steinzeitleuten einem anerkennenden Schulterklopfen gleichkam. Das hielt sie jedoch nicht davon ab, sofort wieder auf ihre eigenen Bedürfnisse zurückzukommen und Steinrollers Gleichnis dafür zu missbrauchen.

»Weil du gerade von Platz sprichst«, sagte sie. »Es wäre nett, wenn ihr mir ein eigenes Steinfach geben würdet. Ich sollte endlich mal auspacken.«

Sie bekam die komplette obere Hälfte. Steinroller musste zusehen, wie seine Habseligkeiten in einem Loch in der Felswand verschwanden. Eigentlich war es dafür da, Beeren und Pilze frisch zu halten. Er fragte sich, was Frauen dazu brachte, sich so zu verändern, sobald sie mit ihren Müttern zusammen waren. An den nächtlichen Feuern der Sippen klagten auch andere Männer darüber.

Nachdem Rehauge ihre Bündel ausgepackt und ihre Tochter mit einer der Handtaschen aus Wisentohr bestochen hatte, begann sie schnell, sich heimisch zu fühlen. Immer wieder erteilte sie dem jungen Paar kleine Ratschläge. Für Steinroller hatte sie getrocknete grüne Farbe aus Sumpfgras dabei, als hätte sie geahnt, dass ihm sein Grün nach dem letzten Höhlenbild ausgegangen war. Mit dem Wissen der erfahrenen Sammlerin erklärte sie ihm, welche Pflanzen die kräftigsten Farben hervorbrachten. So kamen die beiden wenigstens ins Gespräch.

Weichhaar ging vor den Höhleneingang, entfachte draußen die Glut der Feuerstelle und warf drei Stück Mammutfleisch hinein, das sie in Blätter gewickelt hatte, damit es nicht so streng schmeckte. Als sie zurückkam, war sie erfreut, denn Steinroller und ihre Mutter unterhielten sich angeregt über die Turits. Rehauge war schon mehrfach mit ihrem Elfenbeinschnitzer dort gewesen. Sie schwärmte von den weißen Bergen und von der strengen Pflanzenesserin, die dort lebte. Steinroller verschwieg ihr, dass er sie kennengelernt hatte. Warum alles noch schlimmer machen?

Plötzlich hob Rehauge mitten im Gespräch den Kopf und schnüffelte in die Luft. Die Nüstern ihrer Sippe waren groß und empfindsam.

»Ist das Mammutfleisch?«, fragte sie.

Steinroller nickte. »Vor wenigen Tagen erlegt«, erklärte er ihr stolz, denn Mammut gab es nicht alle Tage.

»Für mich bitte nicht in der Blattkruste«, sagte Rehauge. »Ich esse Fleisch nur mit einer Fingerspitze Schafkraut.«

»Eine gute Idee«, sagte Weichhaar höflich. Doch Steinroller sah an ihrem Blick, dass auch sie sich bereits Gedanken darüber machte, wie lange dieser Besuch gut gehen konnte. Sie drehte sich zu Steinroller um. Als würde sie zu einem Kind sprechen, erklärte sie ihm: »Du musst wissen, Rehauge versteht mehr von Pflanzen als jeder Schamane.« Üblicherweise nannte sie ihre Mutter beim Namen. Mutter zu sagen wäre unhöflich gewesen.

»O ja!«, bestätigte Rehauge. Es schien, als hätte Weichhaar

genau die Stelle auf dem Vogelei angepickt, an der ein ganzes Küken zum Vorschein kam, wie man in der Sippe sagte. »Schon bei Sonnenaufgang bin ich unterwegs, um Kräuter zu sammeln. Ich liebe das frühe Aufstehen! Habt ihr schon die Blätter der blauen Sumpfdistel probiert?«

Sie setzte ihre Ratgeberei fort, bis sie nach draußen gingen und zum Essen auf den niedrigen Findlingen Platz nahmen. Steinroller hatte sie kreisförmig um das Feuer gelegt, damit es gemütlicher war. Doch von Gemütlichkeit konnte längst keine Rede mehr sein. Auch hier draußen drehte sich das Gespräch nur um Essbares. Ihm schien, als hätte er ständig das Gezwitscher eines Spatzennestes neben seinen Ohren.

Nachdem er sein Fleisch aufgegessen hatte, erhob er sich abrupt und gab vor, noch in der Fledermaushöhle arbeiten zu müssen. Jetzt kam ihm sein stiller Rückzugsort gerade recht. Weichhaar warf ihm einen flehenden Blick zu, doch er fand, dass sie jetzt ruhig eine Weile leiden sollte.

Als er durch den Wald auf die Höhle zuging, in der Hand eine brennende Fackel, hörte er leise Flötenklänge. Am Höhleneingang saß Ranu und blies traurig in seinen Vierzehnender. Es war eine Freude, zu sehen, wie geschwind seine Finger dabei alle Löcher im braunen Horn drücken konnten. Er war noch sehr jung, mit langen dunkelblonden Haaren und Augen, in denen Begeisterung funkeln konnte. Steinroller verstand, dass Schwalbenschwinge in ihn verliebt war. Heute waren Ranus Augen allerdings traurig, denn er wusste, was ihm bevorstand.

Als er Steinroller kommen sah, legte er die Flöte beiseite und sagte: »Ich hatte gehofft, dass ich dich hier treffe.«

Sie gingen in die Höhle. Steinroller steckte die Fackel in einen Felsspalt und fragte: »Wann sollst du zur Löwenschlucht aufbrechen?« Das flackernde Licht tauchte seine Malerei in rötliche Streifen.

»Nachdem dein Vater mir ein Geschenk für die Nachbarsippe mitgegeben hat«, antwortete Ranu.

»Du sollst mit einem Gegengeschenk zurückkommen, nehme ich an?«

»Ja.«

Das war typisch für seinen Vater, dachte Steinroller grimmig. Er rechnete fest damit, dass Ranu die Wanderung durch die Löwenschlucht nicht überleben würde. Falls aber doch, wollte er wenigstens ein Friedenszeichen von der anderen Sippe erhalten haben. So würde sich die Unternehmung in jedem Fall für ihn lohnen.

Ranu war fasziniert von Steinrollers Höhlenmalerei. Er lehnte sich in der Mitte der Höhle an die Felswand und betrachtete von dort, was die Jagdszene mit dem Mammut und den Jägern zu erzählen hatte. Als Musiker schien er sofort zu verstehen, welche Lebendigkeit die Bilder ausstrahlten.

»Es ist, als ob sie alle leben«, sagte er. »Man denkt, das Rentier müsste gleich aus der Höhle rennen.«

»Wie bei deiner Musik«, antwortete Steinroller. »Wenn du die Vogelstimmen flötest, sehe ich auch die Vögel im Baum.«

Angesichts Ranus Begeisterung für die Bilder kam ihm plötzlich eine Idee. Vielleicht könnte er Ranu die Angst vor der Löwenschlucht nehmen, indem er für ihn einen freundlichen Löwen malte. Das würde die echten Löwen zwar nicht friedlicher machen, aber Ranu gelassener. Alles war nur eine Frage des Standpunktes. Wie sagte man in seiner Sippe? Man kann die Riesennuss essen oder mit ihr werfen.

»Wusstest du, dass man mit Bildern Zauber bewirken kann?«, fragte er Ranu. »Wenn wir gemeinsam einen lachenden Löwen malen, werden die bösen Löwen keine Macht mehr über dich haben.«

Ranu strahlte. »Das würde mir gefallen«, sagte er. »Was soll ich tun?«

Steinroller ließ ihn die Farbe Ocker anrühren und entzündete eine zweite Fackel. Dann suchte er sich eine passende Stelle an der Höhlenwand aus. Dort begann er, mit einem Stück Holzkohle die Umrisse eines stehenden Löwen aufzutragen. Ein lachendes Tiermaul hatte er zwar noch nie gemalt, aber es gelang ihm erstaunlich gut. Dann reichte ihm Ranu den flachen Stein, in dessen Vertiefung sich die flüssige Ockerfarbe befand. Während er mit den Fingern den Löwenkörper bemalte, dachte Steinroller, dass es eine gute Idee war, Kunst als Zauber anzupreisen. Wenn es den Menschen half, sich ihre Wünsche besser vorzustellen, würde er seine Höhle vielleicht endlich einmal voll kriegen.

Wie schnell der Zauber wirkte, sah er an Ranu. Kaum war das Bild fertig, schaute der junge Musiker immer wieder verzückt den lachenden Löwen an. Er schien ihm Kraft zu geben, denn jetzt, da er wusste, dass ihm auf seinem Weg nichts passieren konnte, war er bereit, die Sache schnell hinter sich zu bringen.

Doch Steinroller hatte eine weitere Überraschung für ihn. Er kannte einen Weg, mit dem man die Löwenschlucht umgehen konnte. Taamu hatte ihn in das Geheimnis eingeweiht. Oberhalb der Löwenschlucht befand sich ein versteckter Zugang, der fast senkrecht in eine Höhle führte. Sie verlief unterhalb der Löwenschlucht, war etwa doppelt so lang wie diese und endete an einem kleinen See auf der anderen Seite der Schlucht. Dort war man auf sicherem Gebiet.

Dennoch blieb die Reise gefährlich, denn leicht konnten Wölfe oder Luchse in der Höhle Zuflucht gesucht haben und Ranu bedrohen.

Erleichtert, dass ihm wenigstens die Schlucht erspart blieb, fragte Ranu: »Welche Waffen soll ich mitnehmen?«

»Nur so viel, wie du bequem tragen kannst«, antwortete Steinroller. »Und vergiss nicht, ein Glimmfeuer und Fackeln mitzunehmen. Sie werden dir das Leben retten, wenn es darauf ankommt.«

Dankbar nahm Ranu seine Geweihflöte, verabschiedete

sich von Steinroller und ging quer über eine Wiese auf Schwalbenschwinges Zelt zu. Ihr Vater hatte es in die uralten Äste einer dicken, weitverzweigten Buche hineingebaut. Steinroller sah noch, wie Ranu gut gelaunt die Flügel einer Singdrossel unter seinem Lendenschurz hervorzog, die er seiner Geliebten zum Abschied ins Haar stecken wollte. Mit gemischten Gefühlen schaute der Kommissar ihm nach. Dann löschte er seine Fackeln und verließ ebenfalls die Höhle.

Sein nächstes Ziel war Otterfangs Behausung. Er entdeckte den riesigen Körper seines Assistenten flach ausgestreckt am Flussufer, wo Otterfang gerade dabei war, mit der Hand Flusskrebse zu fangen. Die nicht gerade kleinen Krebse nahmen sich in seiner Pranke wie winzige Asseln aus.

Als er seinen Chef kommen sah, stand Otterfang auf und warf die Krebse in einen Flechtbeutel aus verknüpften Schilfblättern, den er zur besseren Haltbarkeit der Beute ins Wasser hing.

»Was macht die Schwiegerkröte?«, fragte er, als Steinroller vor ihm stand. »Nur Flöhe müssen angenehmer sein.«

»Ich bitte um mehr Respekt«, sagte Steinroller schneidend. »Weichhaars Mutter ist eine Bereicherung für unsere Höhle.«

»Ich verstehe. Deshalb hast du auch angefangen, umzuräumen.«

»Beobachtest du uns heimlich?«, fragte Steinroller spitz. Es ärgerte ihn, dass Otterfang ihn dabei ertappt hatte, wie er nahezu widerstandslos seiner Schwiegermutter gefällig gewesen war.

»Nein«, antwortete Otterfang. »Ich war nur da, um dir etwas zu berichten. Da kam euer Besuch. Ich stand am Feuer, aber ihr habt mich nicht gesehen.«

Gegen seinen Willen reagierte Steinroller gereizt. Auch der stärkste Mann konnte durch familiäre Widrigkeiten nervlich strapaziert sein. »Ein guter Assistent spürt, wann er seinem Chef Nachrichten überbringen kann«, sagte er und schob das Thema Schwiegermutter beiseite. Stattdessen versuchte er, einen besonders strengen Gesichtsausdruck aufzusetzen.

»Ich höre.«

Otterfang berichtete, wie er Weichhaar bewusstlos auf dem Boden entdeckt hatte, welche Gegenstände aus Speerschleuderers Zelt fehlten und was er an Spuren gefunden oder nicht gefunden hatte. »Aber das wird sie dir ja erzählt haben«, endete er.

Steinroller schwieg betroffen. Dann schüttelte er den Kopf. »Nein, das hat sie nicht. Und ich frage mich, warum.«

Otterfang versuchte, ihn zu trösten. »Ich verstehe ja nichts von Frauen«, meinte er vorsichtig. »Aber es ist sicher wie bei den Fröschen. Die quaken auch erst, wenn die Luft rein ist.«

»Von Frauen verstehst du wirklich nichts«, sagte Steinroller. »Schon gar nicht von meiner.«

Gemeinsam überlegten sie, wer als Vertrauter und Begleiter Speerschleuderers überhaupt infrage kam. Seit gestern hatte Steinroller das Gefühl, dass es jemand sein musste, der zum engeren Kreis der Männer um seinen Vater gehörte. Auch Speerschleuderer hatte das Vertrauen des Sippenältesten genossen und schmählich missbraucht.

Sie gingen die Namen der Männer durch.

Da war Löwenkopf, ein Jäger, der berühmt dafür war, dass er vor allem an sich selbst dachte. Er besaß die Fähigkeit, ein Mammut während des Laufens vom Schwanz her zu besteigen, um ihm von oben mit dem Speer den Todesstoß zu versetzen. Böse Zungen behaupteten zwar, dass er mit dieser Jagdmethode dazu beitragen würde, die Mammuts genauso schnell aussterben zu lassen wie die Neandertaler. Doch Steinrollers Vater fand, dass solche Kunststücke weder dem Mammut noch dem Jäger schadeten. Für Löwenkopf als Täter sprach also seine Rücksichtslosigkeit, gegen ihn aber die Tatsache, dass er so gut wie nie mit Speerschleuderer zusammen auf die Jagd gegangen war.

Bei Wolfzähmer lag die Sache anders. Er war ein merkwürdiger Mann, der die Sippe zweiteilte. Die einen mochten seine ruhige Art, die anderen fürchteten sich vor seinen seltsamen Wutausbrüchen. Sie kamen überraschend, verschwanden aber auch so schnell wie ein Fuchs nach dem Knochenklau. Vor vielen Monden hatte er Felsschmetterer das Leben gerettet, indem er sich mit dem Speer vor ein wütendes Nashorn geworfen hatte. Das Besondere an Wolfzähmer war, dass er als Erster versuchen wollte, zwei junge Wölfe für die Jagd vorzubereiten. Sie lebten in einer tiefen Grube hinter seinem Zelt. In manchen Nächten war ihr Geheul furchterregend. Drei der Kinder Wolfzähmers hatten bereits Finger verloren – zum Glück nur die Mädchen –, weil sie zu tief in die Grube gegriffen hatten. Manchmal schlug Wolfzähmer seine Frau. Aber das taten andere auch, vor allem, wenn sie sich mit ihren Weibern um die nahrhaften Wisenteingeweide stritten.

Feuerjäger dagegen war noch ohne Familie. Er und Speerschleuderer hatten sich gut verstanden. Speerschleuderer hatte ihn oft mit zur Ziegenjagd genommen, denn Feuerjäger war bekannt dafür, dass er mit seinem Glimmfeuer kleine Wälder und Wiesen in Flammen setzen konnte, ohne dass sich das Feuer weiter ausbreitete. Die Ziegen, die vor den Flammen flohen, waren seine Beute. Er konnte meckern wie eine Ziege und stank auch so. Angeblich wälzte er sich zur Tarnung im Mist seiner Beutetiere.

Blieb noch Baumspringer. Auch er kam für Steinroller als Verdächtiger infrage. Er gehörte nicht gerade zu den Klügsten und war schon mehrfach als Dieb aufgefallen. Zweimal hatte er seinen Nachbarn Gerätschaften aus Mammutknochen gestohlen, ein anderes Mal hatte er die sieghafte Keule eines alten Jägers entwendet, mit der dieser einst den größten Höhlenbär aller Zeiten erschlagen hatte. Dennoch wurde Baumspringer geschätzt, weil er – gerade wegen seiner Dummheit, wie Steinroller vermutete – die Fähigkeit besaß, sich aus Baumwipfeln auf große Beute wie Auerochsen oder Nashörner fallen zu lassen und ihnen so den Garaus zu machen. Das gefiel Felsschmetterer.

Steinroller beschloss, vor allem Feuerjäger und Baumspringer im Auge zu behalten. Beiden traute er zu, ihre eigenen Interessen weit über die der Sippen zu stellen. Als er Otterfang seine Überlegungen mitteilte, reagierte sein Assistent irritiert.

»Wie soll ich etwas im Auge behalten, was so groß ist?«, fragte Otterfang. »Mehr als eine Fliege passt nicht hinein.«

»Es ist doch nur ein Bild«, sagte Steinroller. »Unsere Worte malen Bilder, und unsere Ohren machen einen Sinn daraus.«

»Meine Ohren sind zufrieden, wenn sie Geräusche unterscheiden können«, antwortete Otterfang. »Und Bilder gehören an die Höhlenwand.«

Steinroller spürte, dass er so nicht weiterkam. Er versuchte es anders.

»Was macht ein Jäger, wenn er auf ein Rudel Tiere trifft?«

Otterfang überlegte. »Er trennt ein oder zwei Tiere von der Herde und bleibt ihnen auf der Spur.«

Der Kommissar nickte. »Richtig. Deshalb tun wir das Gleiche. Wir beobachten Feuerjäger und Baumspringer, so oft es geht.«

»Darf es auch aus der Luft sein?«, fragte Otterfang in harmlosem Ton.

»Ich verstehe die Frage nicht«, sagte Steinroller. »Da du kein Vogel bist, wäre mir lieber, du lauschst gelegentlich an ihren Hütten.«

Ein kleines, geheimnisvolles Lächeln umspielte Otterfangs großen Mund.

Steinroller bekam nichts davon mit. Er schaute gerade zum Himmel, um an der Sonne zu sehen, wie spät es war.

»Tja, dann will ich mal wieder«, sagte er schließlich. »Man soll ja liebe Höhlengäste nicht warten lassen.«

Er ließ Otterfang stehen und ging durch den Tannenwald zurück nach Hause. Unter einem Baum sah er Schwalbenschwinge und Ranu stehen, die so mit sich beschäftigt waren, dass sie ihn gar nicht bemerkten. Verliebt leckten sie sich gegenseitig die Lippen, dass es nur so schmatzte. Steinroller mochte nicht daran denken, dass sie sich heute vielleicht zum letzten Mal in ihrem Leben sahen.

Als er sich seiner Wohnhöhle näherte, begann er zu spüren, wie eine kribbelige Unruhe in ihm aufstieg. So war es auch gewesen, wenn er als Kind in der Hütte seines Vaters antreten musste oder irgendein anderer Ärger bevorstand.

Er hatte sich vorgenommen, offene Jägersprache mit Weichhaar zu sprechen. Dass sie ihm den Überfall in Speerschleuderers Hütte verschwiegen hatte, verletzte seinen Stolz. Es half nichts – heute würde es zu einem gewaltigen Himmelskrach kommen, wie man in seiner Sippe den Ehestreit nannte. Und es war ihm egal, dass seine Schwiegermutter dabei war.

Er nahm allen Mut zusammen, betrat die Höhle – und blieb entsetzt stehen.

Die Höhle hatte sich verändert. In ihrer Mitte stand jetzt ein großer Stein, kniehoch und flach. Das Schlimmste aber war Weichhaars vertrocknete Echse, so lang wie zwei Füße, die jetzt zum bloßen Anschauen auf einem Felsvorsprung stand. Er hatte das abscheuliche Tier nach dem Einzug eigenhändig ins Freie befördert.

Sprachlos stand Steinroller da. Strahlend kamen Weichhaar und Rehauge auf ihn zu. Keine von ihnen schien zu spüren, wie unpassend ihre Fröhlichkeit war.

»Und? Was sagst du?«, fragte Weichhaar gut gelaunt. »Rehauge hat mir geholfen, die Höhle wohnlich zu machen.«

Steinroller konnte sich nicht erinnern, dass sie vorher unwohnlich gewesen war. Er schnappte nach Luft. »Ich ...«

Jetzt mischte sich auch seine Schwiegermutter ein. Sie machte ein unschuldiges Gesicht. »Ich weiß, dass du Weichhaars kleine Echse nicht magst«, sagte sie lächelnd. »Aber das Tier hat sie seit ihrer Kindheit begleitet.«

Der Kommissar versuchte es erneut. »Vielleicht könnten wir …«

Diesmal fiel ihm Weichhaar ins Wort. »Und wir haben etwas erfunden.«

Steinroller gab auf. Er glaubte zu spüren, dass es taktisch besser war, sich zunächst aufgeschlossen zu geben, bevor er mit seinem Himmelskrach begann. Gleich zwei Erfinderinnen im Haus zu haben, war eine heikle Angelegenheit. Erfahrungsgemäß wollten sie ständig gelobt werden.

»Interessant«, sagte er. »Und was wäre das – eure Erfindung?«

»Gleich zwei Dinge«, erklärte ihm seine Schwiegermutter. »Das erste ist der flache Stein. Er ist ganz glatt. Wir haben ihn auf der Geröllhalde gefunden. Man kann Dinge darauf abstellen.«

»Wie praktisch«, sagte Steinroller höflich. Bisher hatte er alles auf dem Höhlenboden abgestellt und nichts dabei vermisst.

»Unsere zweite Erfindung ist ein Spiel«, sagte Weichhaar begeistert. »Mit Kieseln. Warte, ich hole es dir.« Sie verschwand in den hinteren Teil der Höhle und kramte dort neben ihrem Schlafplatz herum.

Der Kommissar war enttäuscht. Der flache Findling in der Mitte der Höhle machte ja noch Sinn. Doch das Spielen mit kleinen Steinen war eine uralte Tradition in den Sippen. Man warf die Steinchen in die Luft, und wer sie am schnellsten aufheben konnte, hatte gewonnen. Oder man musste in ein kleines Mauseloch treffen. Der Gewinner bekam die Maus und durfte sie am abendlichen Feuer braten, ohne mit den anderen teilen zu müssen.

Weichhaar kehrte mit zwei Händen voller Kiesel zurück.

Die einen waren mit unterschiedlichen Farben bemalt, die anderen waren grau und etwas größer. Außerdem hatte sie einen Lederbeutel dabei.

»Komm mit«, sagte sie. »An unseren Flachstein.«

Weichhaar ließ Steinroller und ihre Mutter vor dem neuen Möbelstück Platz nehmen. Geheimnisvoll lächelnd verteilte sie die grauen Kiesel auf der Steinplatte, und zwar so, dass sie im Kreis lagen. Dann öffnete sie den Lederbeutel und holte vier winzige, gleich große Hamsterknochen heraus, die in verschiedenen Farben angemalt waren.

»Was soll das sein?«, fragte Steinroller. »Und hast du dafür etwa meine Farben benutzt?«

Weichhaar nickte stolz. Sie schien die Frage gar nicht als Kritik zu verstehen. Stattdessen erklärte sie ihm, wie das Spiel ablief.

»Jeder bekommt einen bunten Kiesel«, sagte sie. »Dann greift man in den Beutel mit den Knochen und holt einen heraus. Ist es der rote, darf man seinen Kiesel viermal über den Kreis setzen. Ist es der grüne, dann nur dreimal, weiß zweimal, schwarz einmal ...«

Wie sich herausstellte, durfte man auch die Kiesel der anderen von der Platte jagen, wenn man auf sie stieß. Das erschien Steinroller am interessantesten.

»Wie nennst du das Spiel?«, fragte Steinroller.

»Jäger ärgere dich nicht«, sagte Weichhaar stolz.

Verzweifelt dachte der Kommissar darüber nach, wie er jetzt, angesichts von Weichhaars Begeisterung für ihr neues Spiel, mit seinem Himmelskrach anfangen sollte. Vielleicht musste er einfach die stinkende Echse aus der Höhle werfen und sich so Gehör verschaffen. Doch noch bevor er sich entscheiden konnte, wandte sich seine Schwiegermutter an ihn.

»Warum spielen wir nicht eine kleine Jagdrunde?«, fragte sie. »Ich finde, das hat Weichhaar verdient.«

»Eine gute Idee«, sagte Steinroller widerwillig.

Sie setzten sich vor die Platte, und Weichhaar verteilte begeistert ihre Steinchen. Steinroller war der Erste, der in den Beutel greifen durfte. Er zog einen roten Knochen heraus und konnte sofort auf die Jagd gehen.

Wie sich schnell herausstellte, war Rehauge eine temperamentvolle Spielerin, während Weichhaar geduldig agierte. Und als Steinroller eine Runde nach der anderen gewann, begann ihm die Sache Spaß zu machen.

Es wurde bereits dunkel, als Rehauge enttäuscht ihre Kiesel beiseiteschob. Sie hatte schon wieder verloren. »Man sollte nie gegen einen Kommissar spielen«, sagte sie müde. Sie schaute Steinroller fragend an. »Wie machst du das nur?«

»Intuition«, sagte Steinroller. »Intuition und Jagdhunger.« Gedankenverloren schob er sich den kleinen roten Hamsterknochen in den Mund und biss ein Stück davon ab.

Otterfang war beim ersten Vogelgezwitscher auf sein Seeadlernest geklettert. Neben ihm lag der Durchblickstein, den Weichhaar ihm bei den Turits anvertraut hatte. Jetzt konnte er ihn gut gebrauchen.

Das Lager sah aus wie jeden Morgen. Frauen und Kinder liefen lärmend durch den Wald und gruben mit Stöcken nach Essbarem. Die Jäger saßen vor ihren Zelten und rieben das alte Blut von den Speeren und Keulen. Es war der letzte Tag der Rentierjagd. Alles musste sauber sein.

Otterfang beobachtete das Treiben wie sonst die Fische im Fluss. Sein Platz unter dem Himmel war ein verlässliches Versteck. Zwischendurch verzehrte er getrocknete Kaulquappen.

Die Zelte von Feuerjäger und Baumspringer lagen dicht

beieinander. Das von Feuerjäger war deutlich kleiner, denn er hatte noch keine Frau. Da er sich hauptsächlich von der Ziegenjagd ernährte, bestand das Dach seines Zeltes aus blassen Ziegenfellen, die dem Ganzen etwas Armseliges gaben. Felsschmetterer, der ein Liebhaber schwerer Häute wie Mammut oder Wollnashorn war, pflegte seiner Sippe stets eine alte Regel der Sippe einzuprägen: »Baust du schnell, nimm Ziegenfell, wer besser baut, nimmt Mammuthaut.«

Baumspringer dagegen besaß ein Zelt, das stark erweitert worden war, da er und seine Gefährtin mehrere Junge aufzuziehen hatten.

Otterfang hielt sich den Durchblickstein vor sein rechtes Auge, kniff das linke zu und nahm zum wiederholten Mal die beiden Behausungen in Augenschein. Es verblüffte ihn immer wieder, wie riesig ihm jetzt alles vorkam. Vor Begeisterung über dieses Wunder hatte er inzwischen alles Mögliche ausprobiert. Er hatte sich seinen rechten Zeh vergrößert, der Krähe auf dem Nachbarbaum ins Nest geschaut und einen Schmetterling so riesig wie eine Wildgans werden lassen. Schade war nur, dass die Dinge hinterher nicht so blieben, wie man sie gesehen hatte.

Der Durchblickstein machte aus dem Eingang von Baumspringers Zelt ein gewaltiges Loch. Davor stand plötzlich nicht nur Baumspringer, sondern auch ein weiterer Mann. Erst konnte Otterfang nicht erkennen, wer es war. Doch nachdem er den Stein etwas in der Hand gedreht hatte, stellte er fest, dass es Felsschmetterer persönlich war, der Baumspringer zur Jagd abholte. Mit den Speeren in der Hand gingen die beiden Männer los und verschwanden im Wald.

Otterfang dachte nach. Wie konnte Baumspringer ein böser Mensch sein, wenn ihm der Sippenälteste die Ehre gab, ihn mit auf die Jagd zu nehmen? Andererseits irritierte ihn dieses Vertrauen. Jeder wusste, dass Baumspringer schon oft gestohlen hatte. Auch Felsschmetterer wusste es.

Konnte es sein, dass sich ein so mächtiger Mann wie er einfach darüber hinwegsetzte, solange ihm Baumspringer von Nutzen war? Es war schon eine merkwürdige Sache mit den Sippenältesten und ihren seltsamen Entscheidungen.

Langsam schwenkte Otterfang seinen Durchblickstein zu Feuerjägers Zelt hinüber, doch niemand war zu sehen. Offenbar gehörte der Jäger heute nicht zu Felsschmetterers Jagdgesellschaft.

Otterfang wollte den Vergrößerungsstein gerade wieder absetzen, weil ihm schwindelig wurde und er nicht aus dem Nest fallen wollte, als sich vor dem Zelt etwas bewegte. Es war Feuerjäger. Vorsichtig steckte er seinen Kopf nach draußen und schaute kurz nach rechts und links, als wollte er prüfen, ob ihn auch niemand sah. Dann kam er heraus. Wie immer trug er seinen abgewetzten Schurz aus dunklem Fell, das vor müffelndem Ziegendreck nur so starrte. In der Hand hielt er seine Waffe.

Otterfang stutzte. Feuerjäger hielt eine Axt mit besonders langem Stiel in der Hand, wie nur einer von ihnen sie besessen hatte – Speerschleuderer.

Aufgeregt setzte Otterfang den Stein ab. Er erinnerte sich an Weichhaars Beschreibung, die diese Axt in Speerschleuderers Hütte gesehen hatte, bevor sie mit einem ordentlichen Schlag in den Schlaf befördert worden war. Danach war die Waffe verschwunden gewesen.

Otterfang begriff, dass Feuerjäger der Mann sein musste, den sie suchten. Er wurde so aufgeregt, dass das ganze Nest unter ihm schwankte. Hastig schob er sich die letzten Kaulquappen in den Mund und dachte nach. Es war so viel geschehen, und er drohte den Überblick zu verlieren. Warum war er nicht am Fluss geblieben und hatte gemütlich nach seinen Ködern geschaut?

Der Kommissar hatte behauptet, dass der Unbekannte in Speerschleuderers Auftrag Saako getötet hatte. Wenn Feuerjäger nun der Unbekannte war und sich mit dieser Axt auf den Weg zu Speerschleuderers Versteck machen wollte, dann müsste man ihm doch nur folgen und hatte beide ...

Otterfang erschauderte. Er sah, dass aus seiner Haut plötzlich wieder ein Rupfbalg geworden war, als sei er mit Eis in Berührung gekommen.

Er hielt sich den Durchblickstein erneut vor die Augen. Feuerjäger war gerade dabei, den Zelteingang mit Fell zu verhängen, wie man es nur tat, wenn man seine Behausung für einige Zeit verließ. Otterfang kämpfte ein letztes Mal mit sich, ob er Feuerjäger folgen oder lieber seinen Chef über die Flucht informieren sollte. Doch dann siegte sein Mut. Gestern noch hatte er Weichhaar von der Jagdklugheit der Hechte vorgeschwärmt. Er durfte nicht zulassen, dass man ihn irgendwann einen Gründling nannte.

Schnell stieg er vom Baum.

Der Jäger hatte den schmalen Pfad eingeschlagen, der durch den Auwald am Fluss führte. Da Otterfangs Beine lang genug waren, dauerte es nicht lange, bis er den dunklen Lendenschurz wieder vor sich sah. Wie erwartet bewegte sich Feuerjäger ebenso leichtfüßig wie das Wild, das er sonst jagte. Geräuschlos lief er über den Waldboden, ohne dass nur ein Ästchen knackte. Behände sprang er über umgefallene Baumstämme.

Leider war Otterfang weniger behände. Unter seinem Gewicht knackten nicht nur kleine Zweige, sondern ganze Baumwurzeln, die quer über den Pfad verliefen. Obwohl er genügend Abstand zu Feuerjäger hielt, musste er ständig befürchten, entdeckt zu werden. Schließlich riss er zur besseren Tarnung eine halbhohe Fichte aus dem Boden und hielt sie vor sich. Es war mehr als unbequem, doch er sah keine andere Möglichkeit.

Sobald Feuerjäger stehen blieb und sich umschaute, verharrte Otterfang als Fichte. Auch wenn die Nadeln dabei schmerzlich in sein Gesicht stachen, blieb er standhaft und konnte jeden Niesanfall rechtzeitig unterdrücken.

Feuerjäger steuerte auf eine Gruppe alter Buchen zu und schien dort Rast machen zu wollen. Er legte die langstielige Axt ins Gras und umrundete mit kritischem Blick den grauen Findling, der sich inmitten der Bäume erhob. Dann geschah etwas Seltsames. Er schritt auch die Umgebung des Steins ab, rüttelte an einzelnen Bäumen und blickte prüfend in ihre Kronen. Schließlich blieb er vor einem uralten Lebensbaum stehen, dessen Nadeln wie eine grüne Mauer wirkten. Er nahm seine Axt in die Hand, kletterte geschickt auf die untere Verzweigung des Stammes und verschwand dann für eine Weile im Geäst des Baumriesen. Als er wieder zum Vorschein kam, benötigte Otterfang ein paar Wimpernschläge, bis er begriff, dass Feuerjäger ohne die Axt zurückgekehrt war. Offensichtlich hatte er sie im Baum versteckt.

Als die Gelegenheit günstig war, schlug Otterfang sich schnell in die Büsche neben dem Fluss, wo er bessere Deckung hatte. Nach wenigen Schritten stand er am Ufer. Er kletterte auf einen toten Baumstamm, der im Ufersand lag. Von dort aus konnte er Feuerjäger gut sehen. Er zog wieder den Vergrößerungsstein hervor und schaute hindurch.

Feuerjäger kniete vor dem Findling. Otterfangs Augen konnten seine Hände einfangen. Erst betasteten die Finger eine Öffnung am unteren Rand des Steins, dann zogen sie einen kleinen Lederbeutel aus dem Loch hervor. Feuerjäger legte den Beutel auf den Findling und schlug das Leder vorsichtig zu Seite.

Otterfang drohte einen Augenkrampf zu kriegen. Blinzelnd wie eine Haselmaus schaute er weiter durch den Kristall. Er sah schwarze Körner und etwas Rotes, das wie eine vertrocknete Blume aussah.

Schwarze Körner? Plötzlich begriff er, was Feuerjäger da gerade mit verzücktem Blick in den Händen hielt: Es waren die schwarzen Körner der roten Blüte. Und es war verboten, sie zu besitzen. Durch die Vergrößerung schien es Otterfang, als hielte er selbst gerade die gefährlichen Körner in der Hand.

Vor Schreck rutschte er von dem nassen Baumstamm ab, auf dem er stand, und fiel ins Wasser. Als er wieder hochklettern wollte, begann der Stamm, sich aus dem Ufersand zu lösen und in den Fluss zu rutschen. Erbarmungslos schob er den strampelnden Otterfang mit. Da dieser wie alle Fischer nicht schwimmen konnte, blieb ihm nichts anderes übrig, als sich mit einer Hand am Baum festzuklammern. Mit der anderen rettete er schnell den Durchblickstein, indem er ihn unter seinen Schurz klemmte.

Im Nu war der Baumstamm zur Flussmitte getrieben. Hier war die Strömung so stark, dass Otterfang spürte, wie unter Wasser kleine Steine gegen seine strampelnden Beine schlugen. Während er die Arme so fest wie möglich um den Baumstamm schlang, hoffte er inständig, bei der rasenden Fahrt nicht gegen einen Felsen zu prallen. Er wollte nicht enden wie ein toter Fisch, der mit dem Bauch nach oben im Wasser trieb.

Als der Fluss eine scharfe Biegung machte, verstärkte sich die Strömung noch. Otterfang schluckte Wasser und musste husten. Da er einen ungewöhnlich großen Brustkorb besaß und die Stimmbänder der Steinzeit nicht sehr filigran waren, ähnelte sein Husten dem stoßartigen Brüllen eines Hirsches. Er versuchte, sich ein Stück höher auf den Baumstamm zu ziehen und so den Kopf aus den Wellen zu halten. Es gelang ihm auch. Aber das Husten wollte nicht aufhören.

Kaum war der Baumstamm die Flussbiegung mitgeschwommen, teilten sich plötzlich am Ufer die Bäume und etwas Graues, Wolliges kam zum Vorschein. Otterfang sah es und ahnte, was gleich geschehen würde. Schnell biss er sich in die linke Hand, um nicht mehr husten zu müssen.

Bedrohlich langsam trat ein gewaltiges Mammut aus

dem Wald. Es musste steinalt sein. Mit aufgestellten Ohren, den Rüssel hin- und herschwenkend, lauschte es, woher die menschlichen Geräusche gekommen waren. Da es trotz seines Alters immer noch gute Augen besaß, dauerte es nicht lange, bis es Otterfangs Kopf neben dem schwimmenden Baum entdeckte.

Das Mammut setzte sich in Bewegung. Im Nu hatte es das Flussufer erreicht.

Otterfang sah, dass in seinem Rücken ein abgebrochener Speer steckte, was seine Wut auf Menschen erklärte. Da der Riese anfangs noch im Wasser stehen konnte, streckte er einfach seinen Rüssel aus, um den Baumstamm aus der Flussmitte abfangen zu können. Verzweifelt versuchte Otterfang, sein Gewicht zu verlagern, damit der Stamm mehr zur gegenüberliegenden Seite trieb. Es gelang ihm nicht, im Gegenteil. Der Baum hatte sich so gedreht, dass er jetzt auf einen großen Stein zutrieb, der aus dem Wasser ragte. Dahinter lauerte mit bösen Augen das Mammut. Über seinen grauen Wollpelz perlte die Gischt.

Otterfang hielt die Luft an, streckte seine langen Beine unter dem Baumstamm aus und wartete, bis er den Felsen unter Wasser spürte. Der Schmerz des Aufpralls drohte ihn zu zerreißen. Dennoch stieß er sich im selben Moment mit aller Kraft davon ab.

Der Baumstamm drehte sich und driftete tatsächlich vom Mammut weg. Dem Koloss blieb nichts anderes übrig, als sich weiter zur Flussmitte hin zu bewegen, wenn er Otterfang noch erwischen wollte. Er machte einen Schritt vorwärts – und musste plötzlich schwimmen, denn hier war der Fluss tief und voller Strudel.

Im selben Moment trieb Otterfang auch schon eine Armlänge vom Rüssel entfernt am Mammut vorbei. Die vielen Narben in seinem Fell verrieten, wie oft das alte Tier in seinem Leben Sieger geblieben war.

»Heho, Mammut – Pech gehabt!«, rief Otterfang triumphierend. Da der Fluss an dieser Stelle stark abfiel, hatte sich das Tempo des Baumstamms noch einmal erhöht. Erleichtert sah er, wie das Mammut hinter ihm immer kleiner wurde. Zufrieden stellte er sich vor, wie es sich jetzt ärgerte. Der Schmerz in seinen Füßen schien ihm ein kleiner Preis dafür zu sein, dass er die gefährliche Begegnung lebend überstanden hatte.

Nach ein paar weiteren Flussbiegungen begann der schwimmende Baumstamm plötzlich, langsamer zu werden. Fast gemütlich trieb er am Ufer entlang. Noch war es zu tief, um abzusteigen. Doch das klare Wasser ließ Otterfang zu seiner Überraschung mehrere Stellen entdecken, an denen grünliche Riesenkrebse im Schilf herumkrochen, die er schon lange nicht mehr im Fluss gesehen hatte.

Als wenig später das Lager in Sicht kam, wusste er, dass er es geschafft hatte. Hier kannte er jede Strömung und jede Furt. Er wartete, bis der Baumstamm sich in der Flussmitte ein letztes Mal gedreht hatte und dann auf eine Sandbank zutrieb. Als der richtige Moment gekommen war, ließ er los, strampelte ein paar Mal mit den Beinen und spürte schließlich wieder Sand unter den Füßen.

Als er triefend nass auf Steinrollers Höhle zustolperte, waren Steinroller und Weichhaar gerade in ein kleines Ehegespräch verwickelt. Sie standen draußen am Feuer, während Rehauge drinnen mit einem buschigen Hyänenschwanz Staub wischte.

»So geht es nicht weiter«, sagte Steinroller halblaut. »Sie ist wie ein Kuckuck in unserem Nest.«

»Nur weil sie ein bisschen sauber macht?«, fragte Weichhaar. »In unserer Familie hilft man sich eben gegenseitig.«

»Deshalb muss sie doch nicht gleich bei uns wohnen«, meinte Steinroller. »Warum bauen wir ihr nicht ein hübsches Zelt drüben im Wald?«

Das Funkeln in Weichhaars Augen war unübersehbar. »Du willst sie auslagern?«, fragte sie ungläubig. »Meine Mutter?« Ihre Stimme erinnerte an das bedrohliche Knurren der Hyäne, dessen Schwanz gerade zum Putzen missbraucht wurde.

Steinroller hob abwehrend die Hände. »Es war ja nur ein Vorschlag. Habe ich mich bisher nicht zuvorkommend um Rehauge gekümmert?«

»Du hast sie nicht mal beim Steinspiel gewinnen lassen«, fauchte Weichhaar. »Das ist so zuvorkommend wie das Benehmen eines Stachelschweins.«

Plötzlich sah Steinroller den tropfenden Otterfang hinter dem Feuer stehen. Es war genau die Unterbrechung, auf die er jetzt gehofft hatte. Schnell wandte er sich von Weichhaar ab und ging auf seinen Assistenten zu. »Otterfang! Was ist passiert?«

Otterfang kam einen Schritt näher. »Ich habe ... Feuerjäger im Auge behalten ... wie du es wolltest«, sagte er stotternd, noch ganz durcheinander von seiner aufregenden Flussfahrt. »Aber es mussten auch noch Speerschleuderers Axt, ein Findling, schwarze Körner und ein Mammut mit hinein ...«

Der Kommissar spürte, dass sein Assistent etwas Ungewöhnliches erlebt haben musste, wenn er so sprach. Normalerweise war Otterfang die Ruhe selbst. Jetzt aber wirkte er, als sei er gerade von einem Mammut gejagt worden, wie man in der Sippe sagte.

Weichhaar warf rasch ein paar trockene Äste ins Feuer, damit Otterfang sich aufwärmen konnte. Der begann zu erzählen. Er tat es hektisch, weil er spürte, dass sie sich beeilen mussten, wenn sie Feuerjäger noch rechtzeitig fangen wollten. Weichhaar entfuhr ein kleiner Schreckensschrei, als Otterfang seine Begegnung mit dem Mammut schilderte. Steinroller stellte ein paar kurze Fragen, ansonsten hörte er nur aufmerksam zu. Sein Gehirn begann bereits, einen Plan zu entwerfen. Eigentlich hätte er jetzt ein Dutzend Männer aus der Sippe gebraucht, um Feuerjäger aufzuspüren, doch das konnte er vergessen. Noch waren alle bei der Jagd.

Als Otterfang geendet hatte, rannte Steinroller wortlos in die Höhle und holte seinen Speer. Er hatte ihn schon lange nicht mehr benutzt, aber diesmal würde er ihn wohl brauchen. Auch Rentiersehne nahm er mit. Als er zurückkam, fragte er: »Findest du die Stelle wieder, an der du Feuerjäger verlassen hast?«

»Ich hoffe«, sagte Otterfang, musste aber intensiv nachdenken. »Es war Richtung Morgensonne, hinter dem Auwald und nach den Mondwiesen ...« Er brach ab und schüttelte verzweifelt den Kopf. »Nein. Hinter dem Auwald, vorbei am Sumpf und dann scharf Richtung Mittagsonne ...«

»Wie sollen wir die Stelle finden, wenn du es nicht mehr weißt?«, fragte Steinroller voller Unruhe. »Denk nach!« Jetzt standen sie vor der Lösung des Falles, und Otterfang stotterte herum wie ein Kind.

Plötzlich schaltete sich Weichhaar ein. »Vielleicht kann ich euch helfen«, sagte sie. »Ich weiß, wo der Findling steht.«

»Du?«

»Ja«, sagte sie. »Schwalbenschwinge und ich haben ihn gestern beim Pilzsuchen entdeckt. Wir haben dort sogar Rast gemacht.«

Für einen kurzen Augenblick hatte Steinroller das Gefühl, dass Weichhaar seinem Blick auswich, aber vielleicht war es nur, weil sie immer noch über seine Kritik an ihrer Mutter verärgert war.

Sie machten sich sofort auf den Weg. Anfangs humpelte Otterfang noch, aber bald hatte er die wunde Stelle an seinem Fuß vergessen und schritt kräftig aus. Steinroller überließ ihm seinen Speer, weil Otterfang ein geschickter Werfer war. Er selbst trug einen Steinkeil, den er noch schnell mitgenommen hatte. Unter seinem Lendenschurz war für alle Fälle Weichhaars Taschenmesser versteckt.

Nachdem sie den Auwald hinter sich gelassen hatten,

führte Weichhaar sie Richtung Morgensonne. Plötzlich erinnerte sich auch Otterfang wieder, welchen Weg Feuerjäger genommen hatte. Im Steinzeittrab liefen sie weiter. Steinroller und Weichhaar beherrschten diese Gangart vorzüglich, indem sie leichtfüßig wie Rehe vorwärtsfederten. Otterfangs schwerer Körper erinnerte eher an ein Nashorn, doch was er nicht in den Beinen hatte, machte er zum Glück mit seinen Sinnen wett. Er hörte alles und schien sogar durch Baumstämme hindurchsehen zu können.

Sie waren nicht mehr weit vom Findling entfernt, als Otterfang ihnen plötzlich ein Zeichen gab. Irgendwo vor sich hatte er ein leises Geräusch gehört. Sie verließen den Pfad und machten sich schnell zwischen hohen Farnen unsichtbar. Nachdem der Kommissar seine gute Nase in den Wind gehalten und geschnuppert hatte, glaubte auch er, sicher zu sein, dass sich Feuerjäger direkt vor ihnen befand. Es war nicht zu überriechen – durch die Büsche wehte ihm der starke Geruch von Ziegenmist entgegen, Feuerjägers Duftmarke.

Dann sahen sie ihn kommen. Ahnungslos lief er quer über eine Mooswiese auf sie zu. Da er die lange Axt beim Findling versteckt hatte, trug er nur ein Steinmesser in der Hand. Der Lederbeutel mit den schwarzen Körnern war an seinem Lendenschurz festgebunden.

Lautlos, nur mit den Fingern, beschrieb der Kommissar Otterfang, wie er Feuerjäger einkreisen wollte. Weichhaar sollte in Deckung bleiben.

Nachdem die beiden Männer davongeschlichen waren, sah Weichhaar aus ihrem Farnversteck, wie der Jäger immer näher auf sie zu kam. Schließlich trennten sie nur noch wenige Schritte voneinander. Mit weiblicher Ungeduld glaubte sie plötzlich, irgendetwas sei schiefgelaufen. Ihr kam der Gedanke, dass es Steinroller die Arbeit erleichtern würde, wenn sie Feuerjäger für einen kurzen Augenblick ablenkte. Umso besser konnte der Kommissar sich von hinten auf ihn stürzen. Als der Jäger nahe genug heran war, trat sie mutig aus den Farnen hervor und ging lächelnd auf ihn zu.

»Heho, Feuerjäger.«

Der Jäger blieb verblüfft stehen. Dann schaute er sich instinktiv um. Unglücklicherweise trat im selben Moment Otterfang aus seinem Versteck und hob bereits den Speer.

Feuerjäger begriff, dass das Ganze eine Falle war, und warf sich zur Seite. Der Speer flog ins Leere und blieb vor einer Tanne im Boden stecken. Um die Situation zu retten, sprang Steinroller jetzt mit einem gewaltigen Sprung vor Feuerjägers Füße und schnitt ihm so den Weg ab. Feuerjäger ließ seine Hand mit dem Steinmesser hervorschnellen und versuchte, Steinroller damit in den Bauch zu treffen. Der Kommissar konnte zwar den Stoß mit seinem Faustkeil abwehren, verlor dabei aber die Waffe. Alles ging so schnell, dass Otterfang ungläubig auf das Geschehen glotzte und dabei den Augenblick verpasste, in dem er hätte eingreifen müssen. Er wirkte wie ein großer Fisch, den man gerade aus dem Wasser an die Luft geholt hatte.

Feuerjäger nutzte die Gelegenheit, riss den Speer aus dem Boden und hielt ihn so vor sich hin, dass Steinroller und Otterfang vor ihm zurückweichen mussten. Irgendwo zwischen den Männern kroch plötzlich auch Weichhaar auf dem Boden herum, war dann aber wieder verschwunden.

Weil man als Kommissar nie aufgeben durfte, rief Steinroller so selbstbewusst wie möglich: »Mach keinen Fehler, Feuerjäger! Weit wirst du nicht kommen. Wir werden dich jagen, bis wir dich gefunden haben.«

Der Jäger lachte höhnisch und stach mit dem Speer nach dem Kommissar. Es war klar, was er von Steinroller und Otterfang als Kämpfer hielt.

»So, wie du Speerschleuderer bisher nicht gefunden hast?«, rief er zurück.

Steinroller versuchte es auf andere Art. Bei seinem Vater hatte er gelernt, dass es ganz praktisch war, Menschen zu irritieren, um sie ins Wanken zu bringen.

»Wir wissen, was du im Beutel an deinem Schurz trägst«, sagte er. »Glaub mir – die schwarzen Körner werden dir kein Glück bringen.«

Die Überraschung gelang. Feuerjäger starrte ihn mit offenem Mund an, bevor er fähig war, etwas zu sagen. »Woher wisst ihr das?«, fragte er mit zitternder Stimme.

Im selben Moment legte sich etwas von hinten an seinen Hals. Es war die scharfe Klinge von Steinrollers Taschenmesser, das Weichhaar nach dem Kampf auf dem Boden gefunden hatte.

Noch bevor Feuerjäger reagieren konnte, hörte er hinter seinem Rücken Weichhaar sagen: »Du lässt besser den Speer fallen! Oder willst du die Klinge des Taschenmessers kennenlernen?«

Feuerjäger gehorchte. Da er nicht wusste, was ein Taschenmesser alles konnte, war er lieber vorsichtig. Immer noch schockiert, dass Steinroller sein Geheimnis kannte, warf er sich auf den Boden und blieb dort wie ein toter Käfer liegen, bis Otterfang ihn mit der Rentiersehne fesselte.

Steinroller bedankte sich bei Weichhaar für die Rettung. Ihre Erfindung hatte heute zum ersten Mal seine Aufgabe erfüllt. Doch er ersparte ihr auch nicht den Vorwurf, dass sie die schwierige Situation erst verursacht hatte. Weichhaar widersprach nicht. Sie fühlte sich zwar ungerecht behandelt, aber ihr schlechtes Gewissen darüber, dass sie Steinroller nichts von den schwarzen Körnern erzählt hatte, glich die Sache wieder aus. Von ihrer Mutter hatte sie gelernt, dass es nach dieser Methode am besten zwischen Männern und Frauen funktionierte.

Sie machten sich auf den Rückweg. Otterfang zog seinen Gefangenen, der mehr einem verschnürten Bündel glich, einfach an den Haaren hinter sich her, so wie man es mit jeder Jagdbeute machte. Feuerjägers Beine schleiften dabei auf dem Boden. Weichhaar trug den wertvollen Beutel mit den schwarzen Körnern und Steinroller den Speer.

Während sie durch den Wald zurück ins Lager gingen, übte der Kommissar Jagdkritik. »Auch wenn alles gut gegangen ist«, sagte er. »Unsere Festnahmen lassen noch zu wünschen übrig.«

Otterfang zog sein Bündel mit einem Ruck über eine Baumwurzel hinweg. »Wie meinst du das?«, fragte er höflich. »Wir haben den Hasen fest an der Keule. Das ist die Hauptsache.«

»Ich will keine Hasenjagd, sondern die Kunst des Hirschtreibens«, erklärte ihm Steinroller. »Aufspüren, einkreisen und schnapp.«

Otterfang dachte kurz nach. »Schnapp ist mir bekannt«, sagte er. »Ich weiß nicht, was einkreisen ist. Aber wenn man damit einen Mörder fangen kann, soll es mir recht sein.«

Stöhnend blickte er auf seinen Gefangenen. »Himmel und Wolken, ist der Bursche schwer!«

Er blieb stehen, ließ sein langes Bündel auf den Waldboden fallen und trocknete die verschwitzten Hände an einem alten Haufen Mammutmist. Schnuppernd stellte er fest, dass es vom selben Tier stammen musste, das ihn im Fluss geärgert hatte. Schnell zog er Feuerjäger wieder an den Haaren hoch und schleifte ihn weiter. Auch Steinroller hatte den Dung entdeckt. Besorgt drehte er sich zu seinem Assistenten um und rief: »Beeilen wir uns, bevor dein wildes Mammut zurückkommt.«

Für den Rest des Weges ließen sie ihre Blicke unentwegt über den Waldrand schweifen. Doch weder war eine verdächtige Bewegung zwischen den Bäumen zu erkennen, noch knackten irgendwo Äste. Dennoch blieben sie angespannt, bis sie das Lager erreicht hatten.

Dort angekommen, brachten sie den Gefangenen zum Fluss.

Der Kommissar hatte sich überlegt, wo sie ihn am besten befragen konnten. Da er vermutlich der Mörder von Saako war, erschien es Steinroller eine gute Idee, ihn auf den Felsen zu setzen, auf dem man Saako tot aufgefunden hatte. Hier konnte Feuerjäger am besten über seine Schuld nachdenken.

Seltsamerweise war das Flussufer hinter den Zelten menschenleer. Nicht einmal spielende Kinder waren zu sehen. Nur Pilus zahmes Warzenschwein wühlte sich mit der Schnauze durch den rötlichen Uferschlamm und fraß genüsslich Muscheln. Erst als Weichhaar eine schwarze Rauchfahne am Lagerrand aufsteigen sah, fiel ihnen ein, dass der Schamane heute neue Glücksbringer an die Sippe verteilte. Meist waren es spitze Rabenknochen, die man um den Hals tragen sollte, hässliche kleine Teile, die einem ständig die Haut aufritzten.

»Makamu wird zürnen, dass wir nicht dabei sind«, seufzte Weichhaar. »Wo er uns sowieso schon ans Leder will.«

»Das wird er nicht mehr wagen«, antwortete Steinroller. Sein Vater hatte den Schamanen bereits zur Nacktschnecke gemacht, weil dieser nicht den zweiten Mord prophezeit hatte. Was war ein Schamane wert, wenn er keine präzisen Voraussagen machte?

Otterfang schob Feuerjäger auf den Flussfelsen und prüfte nach, ob die Fesseln richtig saßen. Der Felsen war immer noch rot gefärbt von Saakos Blut. Einer spontanen Idee folgend drehte Steinroller seinen Gefangenen so, dass er in die Sonne blinzeln musste. Selbst Steppenwisente liefen nicht gerne gegen die Sonne und wurden schneller unsicher.

Seit seiner Festnahme war noch kein Wort über Feuerjägers Lippen gekommen. Mit starrem Blick schaute er an Otterfangs Speer vorbei auf die Zelte, als könnte er von dort Hilfe erwarten.

Steinroller spürte, dass Weichhaar jetzt besser gehen

sollte. Eine Ausfragung war Männersache, und Feuerjäger konnte hart wie ein Brocken Quarzit sein. Da es sich um seinen ersten Fall handelte, wollte Steinroller auch lieber unbeobachtet bleiben, falls ihm dabei taktische Fehler unterliefen. Als hätte Weichhaar gerade seine Gedanken lesen können, sagte sie unvermittelt: »Soll ich euch lieber allein lassen?«

»Eine gute Idee«, sagte Steinroller. »Ich muss mich konzentrieren können. Man hat sich schnell verhört.«

In alter Tradition der Sippe stellte sie sich vor Steinroller auf die Zehenspitzen und berührte mit beiden Händen seine Lauscher. »Ich drücke euch die Ohren!«, sagte sie. Dann drehte sie sich um und rannte mit dem Lederbeutel in der Hand auf das Lager zu, wo sie zwischen den ersten Behausungen verschwand.

Der Kommissar drehte sich blitzschnell zum Felsen um. Seine erste Frage kam so plötzlich und so schneidend, dass Feuerjäger erschrak.

»Hast du Saako getötet?«

Der Jäger schüttelte den Kopf. »Nein ... Wir waren oft zusammen auf der Jagd ... Auch wenn wir sehr unterschiedlich waren, haben wir uns immer gut verstanden ...«

»Erstens glaube ich dir nicht, und zweitens will ich kurze Antworten. So, wie du einen Speer von dir schleuderst.«

»Ja«, sagte Feuerjäger. Er war sichtlich irritiert von Steinrollers Vehemenz.

»Also – warum hast du ihn getötet?«, fragte der Kommissar. »Hast du es im Auftrag Speerschleuderers getan?«

»Warum denkst du das? Ich hätte Saako niemals etwas angetan!«

»Kannst du das beweisen?«

Feuerjäger zögerte einen Augenblick, dann nickte er. »Ja, das kann ich. Es gibt jemanden, mit dem ich auf der Jagd war, während Saako starb. Aber er wird mich umbringen, wenn ich seinen Namen verrate.«

»Womöglich wirst du erst recht sterben, wenn du ihn nicht verrätst«, antwortete Steinroller und setzte das gnadenloseste Gesicht auf, zu dem er fähig war. »Also?«

Feuerjäger schien Otterfangs Speer auf seiner Brust mehr zu fürchten als die Keule in der Ferne. Stockend erzählte er, dass er gestern vor Sonnenaufgang in den Wald gegangen war, um ein Wildschwein zu jagen. Als er es aufgestöbert hatte, kreuzte plötzlich Steinrollers Vater seinen Weg und nahm kurzerhand selbst die Verfolgung des Keilers auf. Mit ihm würde er bei seiner Sippe Eindruck machen. Feuerjäger schickte er ins Lager zurück und befahl ihm, über den Vorfall zu schweigen.

Der Kommissar dachte nach. Die Geschichte sah seinem Vater ähnlich. Es wäre viel zu gefährlich für Feuerjäger gewesen, mit dem Finger auf Felsschmetterer zu zeigen, wenn alles erlogen war. Und dass der Sippenälteste den Keiler bis zur Wildschweinsuhle getrieben hatte, war schließlich von allen miterlebt worden.

Wenn Feuerjäger aber nicht Saakos Mörder war, was hatte ihn dann dazu gebracht, heimlich Speerschleuderers Zelt leer zu räumen?

Der Kommissar versuchte es erneut mit seiner Überraschungstaktik. Er stellte seine Fragen schnell und wendig.

»Hast du Speerschleuderers Zelt leer geräumt, weil er es von dir verlangte?«

Feuerjäger schüttelte den Kopf. »Ich habe Speerschleuderer nicht mehr gesehen, seit er auf der Flucht ist.«

»Aber du warst doch in seinem Zelt und hast Weichhaar auf den Kopf geschlagen?«

Auch diesmal wagte Feuerjäger nicht, lange Widerstand zu leisten. Offenbar erschreckte es ihn, dass der Kommissar so viel über ihn wusste.

»Hast du deine Augen überall?«, fragte er irritiert.

»So ziemlich«, sagte Steinroller. »Also?«

»Ich … habe ein paar Dinge mitgenommen. Nachdem du

erwähnt hattest, dass ihr das Zelt durchsuchen wollt. Es tat mir um Speerschleuderers Axt leid, die ich immer bewundert habe.«

»So, die Axt ... Aber Weichhaar tat dir nicht leid?«, fragte Steinroller sarkastisch.

»Bitte vergib mir!«, bat Feuerjäger. »Ich bekam Angst, dass sie dir alles erzählen würde.«

»Spar dir deine Erklärungen«, fuhr ihn der Kommissar an. »Ich werde die langstielige Axt aus dem Baum holen und sie meinem Vater geben. Er wird entscheiden, was damit geschieht.«

Jetzt verlor Feuerjäger endgültig die Fassung. »Woher kannst du wissen, wo ich die Axt versteckt habe?«

»Weil ich in dich hineinsehen kann«, antwortete Steinroller geheimnisvoll. Die meisten Sippenmitglieder fürchteten übersinnliche Kräfte, wie der Schamane sie immer für seine Zwecke einsetzte. »Daher konnten wir auch den Beutel mit den schwarzen Körnern finden, den du im Wald versteckt hattest.«

Der Jäger begann zu zittern. Er schüttelte heftig den Kopf. »Nein! Nicht ich habe sie versteckt, sondern Speerschleuderer. Einmal, nach dem letzten Schnee, habe ich auf der Jagd beobachtet, wie er das Versteck unter dem Stein angelegt hat ... Jetzt wollte ich die schwarzen Körner in der Benutzthütte gegen Waffen eintauschen. Die alte Frau hätte mir viel dafür gegeben.«

Das war es also. Er wollte einen Vorteil aus dem Verschwinden von Speerschleuderer schlagen, den er vermutlich schon immer um seinen Besitz beneidet hatte.

»Was weißt du noch über Speerschleuderer?«, fragte der Kommissar. »Wenn du es nicht warst – wer könnte Saako dann in Speerschleuderers Auftrag das Lebensfeuer ausgeblasen haben?«

Feuerjäger schwieg. Er schien hin und her gerissen zu sein, ob er einen Verdacht äußern sollte oder nicht. Zweimal öffnete er den Mund, als wollte er endlich sprechen, doch dann kam nichts hervor als der Geruch von Ziegenfleisch. Steinroller spürte, dass er seinen Druck auf Feuerjäger erhöhen musste. Hinter ihnen kamen spielende Kinder auf den Fluss zugelaufen. Lärmend balgten sie sich um eine Riesennuss. Er hoffte inständig, dass sie sich noch eine Weile fernhalten würden.

Mit entschlossenem Gesichtsausdruck wandte er sich wieder an seinen Gefangenen. »Dein Schweigen ist gefährlich, Feuerjäger«, drohte er. »Ich werde dich vor die Versammlung der Jäger bringen, wenn du mir noch länger etwas verheimlichst. Du weißt, was das bedeutet. Sie werden ihre Klingen an dir schärfen.«

Feuerjäger holte tief Luft, als hätte er eine Glut anzufachen. Dann ließ er endlich heraus, was er wusste.

»Der Jäger, den du suchst, tut alles, was Speerschleuderer von ihm verlangt. Er tut es, weil er dafür von Speerschleuderer die schwarzen Körner bekommt, die er so dringend braucht wie Wasser und Nahrung.«

»So wie auch Saako die schwarzen Körner gebraucht hat, um zufrieden zu sein?«

Feuerjäger nickte. »Ja. Saako hat mir alles erzählt.«

Steinroller begann langsam zu begreifen. Hinterhältig hatte Speerschleuderer die beiden Jäger an die schwarzen Körner gewöhnt. Er fütterte sie damit wie die Turits ihre zahmen Ziegen mit Gras. Als stille Helfer taten sie dafür alles, was er von ihnen verlangte. Da er wusste, wo die rote Blume wuchs, konnte er leicht ein Versteck anlegen, aus dem er die Körner regelmäßig holte. Saako war ihm jetzt gefährlich geworden und musste sterben. Es war sehr praktisch für Speerschleuderer, dass er noch einen zweiten Jäger hatte, der ihm gehorchte. Ihm befahl er, Saakos Hals aufzuschlitzen.

Plötzlich war alles durchsichtig wie Quellwasser. Mit Speerschleuderers Fleischdiebstahl hatte es begonnen. Dann war ihm Taamu auf die Schliche gekommen und hatte sterben müssen. Blieb schließlich noch Saako, der zu viel wusste.

Die spielenden Kinder rannten lachend durch das flache Uferwasser. Nackt, wie sie aus ihren Müttern gekrochen waren, tobten sie um den Felsen herum und jagten sich gegenseitig die braune Riesennuss ab.

Der Kommissar blickte Feuerjäger fest an. »Sag mir den Namen. Wer ist der zweite Jäger, auf den Speerschleuderer sich so verlassen kann? Du hast viel falsch gemacht, seit die Sonne zweimal aufgegangen ist. Jetzt kannst du alles wieder gutmachen.«

Doch Feuerjäger hörte gar nicht mehr zu. Mit furchtsamem Blick sah er, wie die Riesennuss der Kinder auf ihn zuflog. Weder Steinroller noch Otterfang sahen sie kommen.

»Nein!«, schrie Feuerjäger.

Da er von oben bis unten stramm gefesselt war, hatte er keine Chance, auszuweichen. Als die Nuss ihn mit aller Wucht traf, kippte er einfach nach hinten und fiel ins Wasser, dorthin, wo der Fluss besonders tief und tückisch war. Es dauerte keine drei Gluckser, bis er versank und auf dem steinigen Grund von der Strömung flussabwärts getrieben wurde.

»In die Fluten!«, rief Steinroller seinem Assistenten zu.

Der kleine Junge, der die Nuss geworfen hatte, blieb einen Moment stehen. Als er sah, wie Steinroller und Otterfang ins Wasser rannten, um nach Feuerjäger zu suchen, war er froh, dass es sonst keinen Ärger gab. Schnell lief er hinter den anderen Kindern her und verschwand zwischen den Uferbäumen.

Sie suchten eine ganze Weile. Otterfang stocherte mit seinem Speer im tiefen Wasser herum, als wollte er Schildkröten aufscheuchen. Der Kommissar hielt flussabwärts die Augen auf. Aber da aus einem Stein kein Fisch werden kann, wie man sagte, konnte Feuerjäger nicht überlebt haben. Sie waren sich zwar einig, dass es mit ihm nicht gerade den Besten der Sippe getroffen hatte, doch einen solchen Tod hatten sie ihm nicht gewünscht. Steinroller bereute, den Felsen für die Ausfragung gewählt zu haben. Aber nun war es einmal passiert. Wenigstens hatte Feuerjäger ihnen noch rechzeitig einen wertvollen Hinweis geben können.

Nachdenklich ging der Kommissar ins Lager zurück. Otterfang, der wie ein müder Jäger den Speer über die Schulter gelegt hatte, lief mit gesenktem Kopf neben ihm her.

»Riesennüsse müssten verboten werden«, sagte er. Wie die meisten machte er in solchen Fällen der Nuss den Vorwurf, nicht der Hand, die sie geworfen hatte.

»Ja«, pflichtete ihm der Kommissar düster bei. »Und Mord auch.«

Seit Menschengedenken war man daran gewöhnt, dass sich jeder neue Tag ein Opfer aussuchte, dem er einen bösen Streich spielen konnte. Dass Feuerjäger ertrunken war, erschien allen bedauerlich. Aber ob jemand zu viel Wasser geschluckt hatte oder von einem Nashorn aufgespießt worden war, machte keinen großen Unterschied. Solange man hoffen konnte, dass die bösen Kräfte damit wieder besänftigt waren, konnte das Leben weitergehen.

Tatsächlich sorgte der nächste Tag für gute Stimmung. Das Ergebnis der Jagd konnte sich sehen lassen. Die wogenden Rentierherden hatten reichlich Beute ergeben. Unter Felsschmetterers Aufsicht versammelten sich die Männer vor ihrer Jagdstrecke, die aus einem Haufen wild übereinander geworfener Tiere bestand. Felsschmetterer nutzte die Gelegenheit, auf das oberste Rentier zu klettern und von dort auf seine Leute hinunterzublicken. Auch eine kleine Rede war wieder fällig. Hinter ihm stiegen hohe Rauchfahnen vor den Zelten auf, denn die Frauen der Jäger heizten bereits ihre Feuer für den bevorstehenden Braten.

»Jäger!«, rief Felsschmetterer. »Wir haben es geschafft. Unsere Beute kann sich sehen lassen, auch wenn einige mickrige Tiere dabei sind, an denen nicht mehr als Haut und Knochen sind. Damit so was nicht mehr vorkommt, bleiben diese bei den Jägern, die sie erlegt haben.«

Leises Murren ging durch die Runde der Männer. Jeder hätte gerne vom Ganzen Anteil gehabt. Doch wieder einmal wagte keiner, etwas dagegen zu sagen. Felsschmetterer fuhr fort:

»Dennoch haben wir Grund, zufrieden zu sein. Es ist genügend Fleisch da, um unsere Vorräte wieder aufzufüllen. Speerschleuderers hinterhältiger Diebstahl wird nicht uns das Leben kosten, sondern ihn. So wahr ich hier stehe!«

Die Männer applaudierten, indem sie ihr lautes »Wa-wa-wa!« riefen. Steinroller stand im Hintergrund und beobachtete, wer von den Männern sich dabei auffällig verhielt. Löwenkopf und Wolfzähmer machten neutrale Gesichter, an denen man nichts ablesen konnte. Andere Jäger zeigten entweder zu viel oder zu wenig Begeisterung für Felsschmetterers Worte. So hatte jeder seine eigene Art, mit einem Mächtigen umzugehen.

Doch der Sippenälteste war noch nicht fertig.

»Heute ist also ein Freudentag«, rief er aus. »Genau richtig, um mal wieder den Lendenschurz zu wechseln.« Er streckte beschwichtigend die Hände aus. »Ich weiß, ihr hängt an euren alten Fetzen und sie an euch. Aber was hilft der beste Dreck, wenn er nicht mehr schön aussieht?«

Die Männer lachten. Das war eine Sprache, die ihnen gefiel.

»Und deshalb«, fuhr Felsschmetterer fort, »habe ich neue Felle in Auftrag gegeben. Bist du bereit, Lendenschurzmacher?«

Pilu wurde vor Aufregung rot. Er stand neben Steinroller am Fuß des Rentierhügels. Als er merkte, wie sich alle Augen erwartungsvoll auf ihn richteten, krabbelte er über mehrere Geweihe hinweg nach oben und ergriff zwangsläufig das Wort.

»Ich danke für dein Vertrauen, Felsschmetterer«, sagte er. »Ja, ich bin bereit. Nachdem ich Tag und Nacht gearbeitet habe, um euch neu einzukleiden, werde ich die Lendenschurze heute persönlich ausliefern.«

»Ausliefern?«, fragte Felsschmetterer irritiert. »Warum bringst du sie nicht her und jeder nimmt sich einen?«

Der Lendenschurzmacher lächelte geheimnisvoll. »Weil ich eine kleine Überraschung für euch habe. Ich schlage vor, wir treffen uns wieder, nachdem sich alle umgezogen haben.«

Felsschmetterer verzog unzufrieden den Mund. »Ich mag keine Überraschungen. Aber meinetwegen ...« Er blickte in die Runde seiner Jäger. »Ihr habt es gehört. Wir sehen uns, wenn die Sonne am höchsten steht.«

Nachdem sich die Versammlung aufgelöst hatte, kehrte auch Steinroller in seine Höhle zurück. Weichhaar brannte schon darauf, alle Jagdneuigkeiten zu hören. Rehauge lag draußen neben der Höhle unter einem Haselnussstrauch und machte ein Schläfchen. Ihr Schnarchen war weithin zu hören. Steinroller überlegte gerade, ob dies nicht die passende Gelegenheit wäre, Weichhaar schnell zu einem Wolfssprung zu verführen, auf den er wegen seiner Schwiegermutter so lange hatte verzichten müssen, als er Pilus Stimme rufen hörte.

»Heho – seid ihr da?«

Sie traten aus der Höhle. Der Lendenschurzmacher stand strahlend da und hatte zwei Bündel dabei. Seine Pakete waren liebevoll umwickelt mit den dunklen Blättern des Riesenrhabarbers. Sie sahen schon von außen so aus, als würden sie etwas sehr Wertvolles enthalten.

Er überreichte sie ihnen. »Ihr sollt als Erste die neuen Schurze bekommen. Mein Dank für eure Hilfe in den Bergen.«

»Wir wissen die Ehre zu schätzen«, sagte Steinroller förmlich, während Weichhaar ihrer Modebegeisterung freien Lauf ließ. Sie nahm ihr Paket aus Pilus Hand und befühlte es neugierig. »Ich bin aufgeregt wie ein Bär vor dem Honigloch«, sagte sie gespannt. »Kannst du es nicht verraten?«

Pilu hob stolz den Kopf und sagte lächelnd: »Ich sage nur – flussgespültes Lammfell mit Moschusimprägnierung!«

»O nein!«, rief Weichhaar aus. »Ich liebe Moschus!«

Steinroller wusste nur, dass Männer manchmal nach Moschus rochen, aber er sagte nichts. In Modefragen überließ er Weichhaar das Feld. Ihm war nur wichtig, dass sein neuer Lendenschurz ordentlich saß und an entscheidenden Stellen nicht kratzte.

Nachdem Pilu sich verabschiedet hatte, um seine Auslieferung in der Nachbarschaft fortzusetzen, begannen sie sofort, ihr Bündel auszupacken. Staunend hielten sie die neuen Lendenschurze vor sich hin. Dann zogen sie sie vorsichtig an.

Als die Sonne senkrecht über dem Lager stand, verließen Steinroller und Weichhaar ihre Höhle, um zum Versammlungsplatz zu gehen. Die aufgetürmte Strecke der erlegten Rentiere war immer noch nicht abgetragen, denn alle Jäger waren mit ihren neuen Schurzen beschäftigt gewesen. Statt Felsschmetterer stand jetzt Pilu auf dem obersten Ren und blickte stolz wie ein Künstler auf sein Werk herab.

Wie auf ein Zeichen traten die Lagerbewohner auf den Platz.

Es war ein Anblick, den es so noch nie gegeben hatte. Alle Lendenschurze waren gleich, nämlich grün, gefärbt mit dem Gras der Sumpfwiesen und so knapp geschnitten, dass die meisten Oberschenkel mehr Licht erblickten als jemals vorher.

Ungläubig gingen die Männer und Frauen der Sippe aufeinander zu und bestaunten sich gegenseitig – der grüne Otterfang den grünen Steinroller, die grüne Schwalbenschwinge ihre ebenso grüne Freundin Weichhaar.

Plötzlich stand Felsschmetterer auf dem Platz. Sein Kopf war dunkelrot, und seine Bewegungen verhehlten nicht, wie zornig er war. Ihm hatte Pilu einen Lendenschurz und ein breites Stirnband aus zotteligem Hirschfell verpasst, beides ebenfalls grün gefärbt.

Er marschierte auf den Rentierhügel zu. Dort baute er sich auf und brüllte: »Pilu!«

Zitternd krabbelte der kleine Lendenschurzmacher zu ihm herab. Er trug grünes Hermelinfell.

»Was hast du dir dabei gedacht?«, fragte Felsschmetterer drohend.

Pilu versuchte, sich zu verteidigen. »Ich ... Ich dachte, Grün könnte die Farbe unserer Sippe werden ... Die Farbe der Jagd ...«

Irgendjemand unter den Leuten kicherte. Das machte Felsschmetterer nur noch wilder. Jetzt war er nicht mehr aufzuhalten.

»Es ist die Farbe der Frösche, du kurzbeiniger Schlammspringer!«, schrie er. »Du hast einen Teich voller Frösche aus unserer stolzen Sippe gemacht!«

Tapfer versuchte Pilu, ihm das Neue an seiner Idee zu erklären. »Tragen nicht auch die anderen im Wald immer gleiche Farben? Der Bär ist braun, der Löwe ist gelb. Wir fürchten sie, weil wir ihre Farben kennen ...«

»Aber sie tragen kein Fell, das zu eng ist!«, brüllte Felsschmetterer, immer noch außer sich vor Wut. »Mein Schurz ist so schmal, dass mir die Baumelbällchen heraushängen!«

»Es ist die Mode!«, verteidigte Pilu sich verzweifelt. »Knapp geschnitten macht jung, wie man oft sagt ...«

»Ich werde dir auch gleich was knapp schneiden!«,

schnaubte Felsschmetterer. »Das ist nun dein Dank für meinen Großauftrag!«

Pilu glaubte, alles Wissen aus seinem Kopf herauslassen zu müssen, das er als Lendenschurzschneider jemals gesammelt hatte. Seine Stimme überschlug sich fast, so angestrengt argumentierte er. »Die Geschichte des Lendenschurzes ist voller Missverständnisse«, rief er aus. »Nehmt nur die unansehnlichen Hüllen unserer Vorfahren. Feigenblätter und Vogelfedern! Hätte euch das gefallen?«

Voller Spott rief Baumspringer dazwischen: »Damals hatten die Frauen wenigstens einen nackten Arsch!«

Alle lachten. Erregt drehte Pilu sich zu ihm und antwortete: »Ja, und die Kälte hätte dir das Einzige abgefroren, was bei dir noch kleiner ist als dein Gehirn!«

Der Platz tobte. Pilu schöpfte wieder Hoffnung und unternahm einen weiteren Versuch, die anderen für seine farbigen Schurze zu gewinnen. »Worin unterscheiden wir uns denn von den Neandertalern?«, rief er mit heller Stimme. »Durch unsere Klugheit und durch unser Geschick, werdet ihr sagen. Ich aber behaupte: Durch unsere Mode ...!«

Der Sippenälteste unterbrach ihn, indem er ein Stück abgetrenntes Rentiergeweih nach ihm warf und ihn so laut anbrüllte, dass der Boden erzitterte. »Es reicht!«

Pilu verstummte gehorsam. Felsschmetterer riss sich das grüne Stirnband vom Kopf und warf es vor sich auf den Boden. »Hier! Sammle deine Froschfetzen ein und komm mir vorerst nicht mehr unter die Augen!«

Dann wandte er sich noch einmal an alle. Er hatte sich etwas Boshaftes ausgedacht, mit dem er den Lendenschurzmacher demütigen konnte.

»Die Versammlung ist damit beendet! Die Felle werden an Pilu zurückgegeben, damit dieser daraus grüne Zeltdächer anfertigen kann.«

Steinroller sah, wie dem armen Pilu Tränen in die Augen stiegen. Er hatte davon geträumt, unsterblich zu werden.

Nun endete seine Mode als Schutz vor Sonne, Regen und Schnee. Felsschmetterer drehte sich um und stapfte vom Platz, ohne jemanden eines Blickes zu würdigen. Steinroller kannte diese Reaktion seines Vaters. So wütend war er nur, wenn er um seinen Ruf als strenger Anführer der Sippe bangte. Er befürchtete, dass Pilu ihn lächerlich gemacht hatte. In gewisser Weise war es ja auch so, nur dass Pilu es gut gemeint hatte.

Kaum war Felsschmetterer gegangen, löste sich die Stimmung, und alle amüsierten sich übereinander. »Machen wir den Froschtanz!«, rief Löwenkopfs Frau und stampfte mit den Beinen. Nach derber Steinzeitart zog man sich gegenseitig am Fell und lachte grunzend. Der Platz war grün, so dicht standen die Jäger mit ihren Frauen aneinander. Endlich hatten sie einmal eine schöne Abwechslung.

Pilu konnte nicht viel Mitgefühl von ihnen erwarten. Bitter enttäuscht verzog er sich hinter den Hügel der erlegten Rentiere und schlich mit gesenktem Kopf davon.

Der Kommissar, Weichhaar und Otterfang gingen gemeinsam zu den Zelten zurück. Keiner von ihnen wollte zu denen gehören, die hinterher alles besser wussten.

»Schade«, sagte Otterfang. »Grün wäre praktisch gewesen. Wusstet ihr, dass Seeschnecken grüne Flecke machen?«

»Nein«, sagte Weichhaar. »Aber das Grün hätte gut zu meiner neuen Handtasche gepasst.«

Der Kommissar sah aus den Augenwinkeln, wie Pilu in seiner Hütte verschwand und sofort den Fellvorhang hinter sich fallen ließ. Er ging unbeirrt weiter, denn der kleine Lendenschurzmacher wollte jetzt sicher allein sein.

Nachdem Otterfang sich von ihnen verabschiedet hatte, weil er am Fluss dicke Köder für Aale ausgelegt hatte, schaute Weichhaar beim Weitergehen zu Steinroller hinüber. »Und was sagst du dazu?«, fragte sie.

»Einmal kommt jede Welle am Ufer an«, sagte Steinroller philosophisch.

Noch bevor Weichhaar ihn fragen konnte, was er damit meinte, wurden sie durch etwas anderes abgelenkt. Irgendwo vor ihnen am Waldrand hörten sie jemanden in schiefer Tonlage singen. Genau genommen war es ein schriller Singsang, laut und ziemlich wirr. Irritiert blieben sie stehen und lauschten.

Der Gesang kam aus ihrer Höhle. Und er klang verdächtig nach Rehauge.

Sie rannten los.

Weichhaars Mutter saß vor dem Feuer und jaulte wie eine Wölfin. Als sie Steinroller und Weichhaar erkannte, hörte sie auf und blickte die beiden entrückt an.

»Wo kommt ihr denn hergeschwebt?«, fragte sie lächelnd, während ihr Oberkörper leicht hin- und herschaukelte. Ihre Stimme klang, als wäre sie nicht auf dieser Welt. »Wollt ihr mit mir den Mondgesang üben?«

Weichhaar beugte sich über sie. »Was ist los? Geht es dir nicht gut?«

»Oh, ich fühle mich wunderbar«, antwortete ihre Mutter und lächelte sie seltsam an. »Schöner als heute habe ich das Licht um mich herum nie gesehen.«

»Willst du mir auch den Grund dafür sagen?«

Statt ihr eine Antwort zu geben, lachte Rehauge nur. Dann plötzlich begann sie in den Himmel zu starren und dabei rhythmisch zu summen. Es hörte sich seltsam an und machte Weichhaar Angst. Sorgenvoll blickte sie zu Steinroller. »Soll ich den Schamanen holen?«, fragte sie.

»Nein«, antwortete er. »Gegen singende Schwiegermütter haben selbst Schamanen kein Kraut.«

»Tu was«, bat Weichhaar. »Dann darfst du sie auch ungestraft Schwiegerkröte nennen.«

Ihr Vertrauen in seine Fähigkeit, für alles eine Lösung zu finden, war so grenzenlos wie die Wildnis draußen vor der Höhle. Steinroller kniete sich vor Rehauge und musterte aufmerksam ihre Gesichtszüge. Sicher, sie war in den vergangenen Tagen noch etwas kräftiger geworden, weil Weichhaar sie verwöhnte. Auch an Fleisch hatte sie wieder Freude – Fleisch aus seinen knappen Vorräten – und sah deshalb recht gesund aus. Dennoch hatte ihr der wachsende Appetit gestern Probleme bereitet. Voller Heißhunger hatte sie einen bärlauchgefüllten Lurch verspeist, der leider zu lange in der Sonne gelegen hatte.

»Ihre Augen sind etwas groß«, sagte er nachdenklich und zog die Lider der Dahindämmernden auseinander. Dann roch er an ihrem Atem und betrachtete ausgiebig ihre Lippen, die mit kleinen Pünktchen übersät waren. Fast konnte man meinen, Rehauge sei bereits tot.

»Ist es Gift?«, fragte Weichhaar sorgenvoll.

Steinroller erhob sich und schaute sie leicht spöttisch an. »Nein«, sagte er amüsiert. »Nicht, wenn man nur ein paar der schwarzen Körner zu sich nimmt.«

Wie von einer Hornisse gestochen, rannte Weichhaar zum Steinregal und öffnete den Lederbeutel, den sie gestern Feuerjäger abgenommen hatten. Er war nur halb verschlossen, und eine Handvoll Körner fehlte. Ihre Mutter hatte tatsächlich vom Samen der roten Blume genascht!

Steinroller begann zu lachen, wie er schon lange nicht mehr gelacht hatte, seit er Kommissar geworden war. Es befreite ihn, endlich einmal wieder er selbst und nicht nur Felsschmetterers Sohn sein zu dürfen. Auch Weichhaar fiel mit ein. Glucksend hielt sie sich am Sesselstein fest. Wie alle Töchter hatte sie ihre Mutter für ziemlich unfehlbar gehalten. Doch sie hätte wissen müssen, dass in ihrer Familie immer die Neugier siegte.

Rehauge war inzwischen sitzend eingeschlafen. Sie nahmen sie vorsichtig an Händen und Füßen und trugen sie unter ihren geliebten Haselnussstrauch, wo sie sofort weiterschlief.

Nach der Anstrengung des gestrigen Tages hätte es ein ruhiger Nachmittag für den Kommissar werden können.

Doch so erlösend das Lachen auch gewesen war – selbst die Zweisamkeit mit Weichhaar lenkte ihn nur mäßig von der Frage ab, wie es nun weitergehen sollte.

Ab jetzt konnte er wenigstens mit der Hilfe seines Vaters rechnen. Die Jäger waren zurück im Lager, und er durfte endlich eine Suchhorde zusammenstellen. Mit den besten Spürnasen der Sippe würde er Speerschleuderer ausfindig machen wie einen Dachs in seinem Bau. Doch vorher musste er Speerschleuderers zweiten Helfer finden ...

Plötzlich sah Steinroller etwas über den Höhlenboden laufen.

Aufgeregt wieselte Pilus kleines Warzenschwein zwischen seinen Beinen herum. Sinnigerweise hatte der Lendenschurzmacher ihm heute ein grünes Halsband umgebunden. Der Kommissar lockte es zu sich. »Komm her, bevor du meinem Vater in die Hände fällst!« Das Schweinchen hielt ihm schnuppernd die Nase entgegen. Doch da er nichts Essbares anzubieten hatte, rannte es sofort wieder weiter. Schnüffelnd durchstöberte es die Höhle.

»Pass auf, dass es nicht an unsere Vorräte geht!«, rief Weichhaar von draußen, während sie am Feuer stand. »Es wittert alles!«

Steinroller konnte nicht widerstehen. »Klingt wie deine Mutter«, rief er zurück. »Wenn nicht das grüne Halsband wäre ...«

Er sah Weichhaar mit ernstem Gesicht in die Höhle kommen. Jetzt war es geschehen. Diesmal hatte er mit seiner Bemerkung über Rehauge die Sehne überspannt. Doch als Weichhaar näher kam, entdeckte er, dass ihr Blick keine Verärgerung zeigte, sondern Nachdenklichkeit.

»Meinst du, das Schweinchen hat die schwarzen Körner gerochen?«, fragte sie.

»Schon möglich. Sie lieben ja auch den Geruch von Pilzen.«

Er stockte. Als Kind hatte ihn sein Vater oft auf die Wildschweinjagd mitgenommen. Ihm war alles beigebracht worden, was man über die Schwarzfelle wissen musste. Tagelang waren Felsschmetterer und er durch die Sümpfe gewatet, hatten die Futterstellen der Tiere durchsucht und sie mit ihren Lieblingsdüften angelockt. Selbst die klein gewachsenen, seltenen Schweine des Berglandes hatten sie ein paarmal aufgestöbert.

Plötzlich wusste Steinroller, was er jetzt zu tun hatte. Er hätte schon viel früher daran denken sollen.

Als Pilus Liebling gerade wieder zwischen seinen Beinen hindurchlaufen wollte, packte er das quiekende Schweinchen und klemmte es sich unter den Arm. Dann schnappte er sich seinen Speer und rannte aus der Höhle.

Verblüfft rief Weichhaar noch irgendetwas hinter ihm her.

Doch er hörte gar nicht mehr zu.

Er wusste nur, dass er einen Wettlauf gegen die untergehende Sonne gewinnen musste, wenn er Saakos Mörder heute noch schnappen wollte.

Wie erwartet hatte sich der kleine Lendenschurzmacher in seiner Hütte verkrochen und wollte niemanden sehen. Als Steinroller mit dem Warzenschwein auf dem Arm bei ihm eintrat, sah er Pilu auf dem Lager liegen. Er hatte ein zweites Fell über sich gezogen und lag darunter zusammengekrümmt wie ein Kind. Seinen geschmähten grünen Lendenschurz hatte er bereits gegen einen anderen gewechselt, so wie der Kommissar auch.

»Steh auf, Pilu. Ich brauche dich«, sagte Steinroller. »Dich und dein Schwein.«

Wie auf Befehl quiekte das Warzenschwein. Pilu schaute freudig überrascht, warf das Fell von sich und sprang auf.

»Ach, mein Kleines!«, rief er und nahm Steinroller das Schwein ab. »Haben die bösen Menschen dich erschreckt?« Er gab dem Tier einen Kuss auf die Stirn und wandte sich an den Kommissar. »Schickt dich dein Vater?«

Seine Enttäuschung über den Sippenältesten saß tief. Erst als Steinroller ihm versicherte, dass er als Kommissar hier war und nicht als Sohn von Felsschmetterer, war Pilu bereit, ihm zuzuhören. Steinroller erklärte ihm, worum es ging. Dann fragte er: »Glaubst du auch, dass Warzenschweine die schwarzen Körner erschnuppern können?«

»Oh, sie sind wild darauf!«, sagte Pilu. Und fügte aufsässig hinzu: »Genauso wild, wie dein Vater darauf ist, mich zu vernichten.«

Einen bockigen Lendenschurzmacher konnte Steinroller jetzt am allerwenigsten brauchen. Er war nur zu Pilu gekommen, weil er dachte, dass dieser das kleine Schwein bei der Suche nach weiteren schwarzen Körnern am besten anleiten konnte.

»Wenn du mir hilfst, den Mörder zu fangen, wird Felsschmetterer seine Meinung über dich ändern«, sagte Steinroller. »Also – bist du dabei?«

Pilu glaubte, jetzt gut verhandeln zu müssen. Er wollte nie wieder von der Sippe ausgelacht werden. »Unter drei Bedingungen«, sagte er mit wichtigem Gesicht. »Ich darf die grünen Felle umfärben und auch an andere Sippen abgeben. Ich bekomme einen Großauftrag für die Herstellung meines einzigartigen Haarsaftes und drittens ... «

Weiter kam er nicht. Die Vorstellung, dass jetzt alle Männer nach der aufdringlichen Flüssigkeit riechen sollten, die Pilu sich in die Haare strich, war für Steinroller unerträglich. Heute roch der Lendenschurzmacher wie ein ganzer Minzestrauch.

»Das Suchschwein ist hiermit konfisziert«, sagte er und kürzte das Gespräch ab. »Du bekommst es zurück, wenn der Fall gelöst ist.«

Pilu wurde aufgeregt. »Was ist das – konfisziert? Es wird doch nicht etwa geschlachtet?«

Steinroller konnte nicht widerstehen. »Nur, wenn es nicht ordentlich arbeitet«, sagte er. Es ärgerte ihn, dass er hier so viel Zeit vergeuden musste. Er schnappte sich das Band aus Rentiersehne, das von einem großen Pfosten aus Mammutknochen herunterhing und mit dem Pilu das Schwein immer ausführte. »Und du kannst weiterträumen.«

Bevor der Lendenschurzmacher noch irgendetwas sagen konnte, hatte Steinroller die Hütte verlassen. Das Schweinchen auf seinem Arm grunzte zufrieden. Es liebte, herumgetragen zu werden.

Die Sonne begann sich bereits zu neigen. Die Zeit war günstig. Steinroller wusste, dass sich jetzt alle Jäger auf dem großen Platz befanden, um die erlegten Rentiere zu portionieren. Bis Sonnenuntergang musste die Arbeit erledigt sein, weil danach jede Menge unerwünschte Hilfe zu befürchten war – vor allem von Hyänen und Wölfen.

Er ging fest davon aus, dass der Mann, den er suchte, ein Jäger aus dem engsten Kreis um seinen Vater war. So wie auch Feuerjäger dazugehört hatte. Nur mit diesen Männern hatte Speerschleuderer regelmäßig Umgang. Die meisten anderen Jäger im Lager waren Fallensteller, die mit Schlingen aus Haar kleineres Wild erbeuteten oder Schneegänse fingen. Nur für die Jagd auf Pferde und Rentiere taten sie sich zusammen. Es wäre unter Speerschleuderers Ehre gewesen, sich mit ihnen abzugeben.

Damit gab es drei Zelte, die Pilus Warzenschwein abschnüffeln musste – die von Löwenkopf, Wolfzähmer und Baumspringer. Wenn in einem von ihnen tatsächlich schwarze Körner versteckt waren, würde er sie finden.

Er begann mit Löwenkopf. Sein und Wolfzähmers Zelt standen dicht beieinander. Da sich auch die Familien der Jäger auf dem Lagerplatz aufhielten, um dem Abhäuten zuzusehen, war in beiden Behausungen niemand zu Hause.

Der Kommissar setzte das Schweinchen auf den Boden und band ihm die lange Sehne um das Halsband. Dann setzte er es vor Löwenkopfs geräumiges Zelt.

»Such!«, befahl er. Das Warzenschwein begriff sofort, was er wollte, und verschwand gehorsam nach innen. Seine Intelligenz schien größer zu sein als die mancher Jäger.

Wie in allen Zelten befanden sich auch in diesem ein paar lausige Schlafplätze und mehrere Lederbeutel. Das Suchschwein schob alles beiseite und schnüffelte darunter herum. Aus einem Ledersack fiel etwas Essbares. Das Schwein machte sich sofort schmatzend darüber her. Steinroller lief in das Zelt und nahm ihm das Gefundene ab. Es handelte sich um stinkende Fischreste und Pilze. Beides hatte Löwenkopfs Frau als Vorrat gehortet. Dahinter lag ein Päckchen der streng verbotenen Stängelschützer. Kein Wunder, dass Löwenkopf es bisher nur zu einem Kind gebracht hatte. Nachdem er von Felsschmetterer dafür gerügt worden war, hatte er seine mangelnde Fruchtbarkeit mit der schlechten Lage seines Zeltes entschuldigt.

Da das Schwein mit den Stängelschützern wenig anfangen konnte, war es sichtlich enttäuscht. Es hockte sich mitten in die Hütte, hinterließ einen kleinen Bach und marschierte danach mit hoch erhobenem Schwanz ins Freie zurück.

Steinroller schaute sich draußen um. Noch kam ihm keiner in die Quere. Da es zu Wolfzähmers Zelt nicht weit war, hatte er es mit ein paar Schritten erreicht. Das Suchschwein musste er dabei mühsam hinter sich herziehen, weil es die beiden grauen Wölfe roch, die in der tiefen Grube hinter dem Zelt saßen und böse knurrten. Sie waren noch jung. Ihr Fell war dreckig, weil sie meistens im Schlamm saßen. Wenn Wolfzähmer mit ihnen die Jagd einübte, brachte er sie auf eine Waldwiese, band ihnen mit Lederbändern die Hinterbeine zusammen und fütterte sie aus der Hand. Immerhin hatte er sie schon so weit, dass sie zu ihm kamen, wenn er mit seiner lauten Befehlsstimme nach ihnen rief.

Das Schwein, immer noch an der Leine, wollte gerade wieder zu Löwenkopfs Zelt zurücklaufen, als es plötzlich stehen blieb und schnuppernd die Nase in die Luft streckte. Es schien etwas Interessantes zu wittern. Hin- und hergerissen, ob es dem verlockenden Geruch folgen oder nicht lieber doch fliehen sollte, entschied es sich schließlich, zu bleiben. Vorsichtig lief es auf das Zelt zu. Steinroller schlug den Vorhang am Eingang zurück, damit es hineinmarschieren konnte. Doch das Schwein war genauso eigenwillig wie Pilu. Es zerrte an der Leine, bis Steinroller ihm nachgab. Aufgeregt schnüffelnd lief es zur Rückseite des Zeltes, an der drei große Steine aus der Erde ragten. Mit ihnen hatte Wolfzähmer die klobigen Holzstämme festgedrückt, die dem Zelt seinen Halt gaben. Darüber war Mammuthaut gespannt.

Hinter ihnen bellten die Wölfe und kratzten an der Grubenwand. Voller Vorfreude tropfte es von ihren Lefzen. Das Warzenschwein musste für sie dasselbe sein wie für Otterfang ein schöner Salzbarsch.

Wie wild begann das Schwein mit seiner Schnauze zwischen den Steinen herumzugraben. Schließlich nahm es auch noch die Vorderpfoten dazu. Da es die Arbeit dienstlich verrichtete, glaubte Steinroller, ihm helfen zu müssen. Er kniete nieder und wühlte selbst wie ein Schwein in der Erde, bis die Steine frei lagen und er sie hochheben konnte. Doch darunter war nichts zu finden außer Engerlingen und Regenwürmer. Sein Suchtier schaute ihm dabei zu, als wüsste es sowieso alles besser.

»Weitersuchen«, befahl er. Die Schweineäuglein schauten so listig, als hätte das Schwein eine gute Idee. Plötzlich biss es zweimal auf einen der erdverkrusteten Steine. Jaulend gab es schließlich den Versuch auf.

Doch Steinroller hatte verstanden. Er drehte den Kalksteinbrocken um und betrachtete die Unterseite. Nachdem er die Erde mit den Fingernägeln abgekratzt hatte, entdeckte er, dass der große Stein ein Loch hatte, das wiederum mit einem kleineren Stein verschlossen worden war. Er holte sein Taschenmesser hervor, klappte den Dorn heraus und entfernte den kleinen Stein. Gespannt griff er in die Öffnung – und hielt einen Beutel aus Ziegenhoden in der Hand. Jetzt war das Schwein kaum mehr zu bändigen. Immer wieder schnappte es danach. Steinroller stand auf und öffnete den Beutel, obwohl er längst wusste, was er darin finden würde.

Es war Wolfzähmers Vorrat an schwarzen Körnern. So nah an seinem Zelt hatte er sie leicht greifbar, wenn er sie brauchte. Vielleicht hatte ihm Speerschleuderer diesen Vorrat auch immer heimlich aufgefüllt, wenn gerade niemand zu Hause war.

Steinroller hätte vor Freude brüllen können. Saakos Mörder war gefunden. Denn dass Wolfzähmer der Mann war, der mit Speerschleuderer bei den Turits gewesen war – möglicherweise auch jetzt noch von diesem seine Befehle erhielt – , daran zweifelte der Kommissar nicht.

Plötzlich sprang das raffinierte Schwein senkrecht in die Höhe und schnappte erneut nach dem Beutel. Diesmal war es erfolgreicher. Noch bevor Steinroller etwas dagegen tun konnte, hatte das Tier seine Schnauze in die schwarzen Körner gesteckt und fiel schmatzend wieder zu Boden. Genüsslich fraß es die Körner auf.

Steinroller band das Schwein an einem Baum fest und begann, die Steine wieder so hinzulegen, wie er sie vorgefunden hatte. Den Ziegenhodenbeutel klemmte er sich unter den Lendenschurz. Dabei fiel etwas zu Boden, was er neulich an der Wildschweinsuhle gefunden und die ganze Zeit bei sich getragen hatte.

Es war ein seltsames dunkles Band aus Leder, das an einer Seite blank gescheuert war. Er drehte es hin und her, so wie er es in den vergangenen Tagen schon oft getan hatte. Hatte es Saakos Mörder verloren? Demnach müsste es Wolfzähmer gehören. Doch wozu war es gut?

Die Wölfe kläfften immer lauter. Steinroller redete beruhigend auf sie ein, damit sie endlich Ruhe gaben. Es wurde Zeit, dass er wieder von hier verschwand.

Dann sah er sie: mehrere Lederbänder auf dem Rand der Wolfsgrube. Mit ihnen band Wolfzähmer den Tieren die Hinterbeine fest, damit sie nicht weglaufen konnten, wenn er sie frei herumlaufen ließ. Die Bänder lagen ordentlich nebeneinander, sodass Steinroller sie in Ruhe betrachten konnte. Kein Zweifel – sie glichen jenem Band, das er gefunden hatte.

Mehr Beweise brauchte er nicht. Jetzt musste er handeln.

Doch bevor er Wolfzähmer festnehmen konnte, musste er Pilus Schwein loswerden. Es leckte sich immer noch genüsslich die Schnauze. Steinroller nahm es wieder auf den Arm und lief mit ihm zur Hütte des Lendenschurzmachers zurück. Es entging ihm nicht, dass das Schwein bereits einen seltsamen, entrückten Blick bekam. Offenbar wirkten die schwarzen Körner schneller als gedacht. Als er das Tierchen schließlich vor Pilus Hütte auf den Boden setzte und es hineinschickte, torkelte es und stieß fröhliche Laute aus, wie es das sonst nur tat, wenn der Lendenschurzmacher ihm in Honig getauchte Regenwürmer gab.

Er hörte noch, wie Pilu drinnen beim Anblick seines fröhlichen Lieblings entsetzt aufschrie. Als der Lendenschurzmacher kurz darauf erbost im Hütteneingang erschien, hatte sich Steinroller bereits verzogen. Etwas Rebellisches in ihm freute sich darüber, dass er und das aufgekratzte Schwein jetzt ein Geheimnis teilten.

Wie erwartet stand Wolfzähmer mit den anderen Jägern auf dem Lagerplatz und häutete Rentiere. Er sah wie gewohnt grimmig aus. Der größte Teil der Beute war bereits mit Faustkeilen aufgebrochen und in kleine Portionen zerteilt worden. Den Frauen wurden die Häute der Rens zugeworfen. Ihre Aufgabe war es, die Unterseite der Felle mit Steinschabern zu säubern.

Steinroller ging zu seinem Vater, der alles überwachte, und zog ihn zur Seite.

Felsschmetterer reagierte unwillig. »Wen hast du heute im Fluss versenkt?«, fragte er mit boshaftem Unterton. Es ärgerte ihn immer noch, dass Steinroller ihm Feuerjäger nicht zur Bestrafung überlassen hatte.

»Ich brauche deine Hilfe.«

»Muss das jetzt sein?«, fragte sein Vater. »Du hast gesehen, wie schnell sich jemand am Fleisch vergreift, wenn ich nicht aufpasse.«

»Ich weiß, wer Saakos Mörder ist«, sagte Steinroller. »Und wer Speerschleuderer geholfen hat, dich zu betrügen.«

Während er zuhörte, veränderte sich Felsschmetterers Gesichtsausdruck. Plötzlich schien er konzentriert und sprungbereit zu sein. Aus dem Bär war ein Löwe geworden. Steinroller wusste, dass es diese Eigenschaft seines Vaters war, die ihn schon so lange Sippenanführer hatte bleiben lassen. Jetzt hätte keine Fliege gewagt, sich auf ihn zu setzen. Die Enttäuschung über den Verräter war ihm anzusehen. Nach Speerschleuderer und Feuerjäger war dies schon der dritte Jäger aus seiner engsten Umgebung, der ihm in den Rücken gefallen war.

Steinroller schlug vor, Wolfzähmer gleich hier auf dem Lagerplatz festzunehmen. So hatten sie genügend Männer bei sich, um ihn überwältigen zu können.

»Was heißt festnehmen?«, fragte Felsschmetterer skeptisch. »Kann ich das nicht mit der Keule erledigen?«

»Die Keule kommt später«, beruhigte ihn Steinroller. »Erst müssen wir ihn sicher haben.«

Sie besprachen, wie die Festnahme ablaufen sollte. Steinroller hatte einen genauen Plan. Doch seinem Vater war jede Art von Theorie ein Gräuel. Er glaubte fest daran, dass die Weltordnung nur mit der Axt in der Hand herzustellen war.

»Plan hin oder her«, sagte er mit wilder Entschlossenheit, »wir müssen handeln! Ich könnte meine Axt so werfen, dass sie in seinem Bauch stecken bleibt. Danach kannst du ihn in Ruhe festnehmen.«

»Eine gute Idee«, sagte Steinroller. »Aber vielleicht kann man sie noch verbessern.«

Sie einigten sich auf eine mehr psychologische Variante. Felsschmetterer wollte sich wie zufällig neben den Mörder stellen und ihm dann plötzlich sein Steinmesser an die Kehle halten. Dann wollte er die anderen Jäger auffordern, sich auf Wolfzähmer zu stürzen.

Steinroller gab schließlich nach. Das Recht, eine begehrte Beute zu übernehmen, stand seinem Vater nach den Regeln der Sippe zu. Viel konnte dabei nicht schiefgehen, wenn er sich tatsächlich an den Plan hielt.

Sie kehrten zum Rentierplatz zurück. Wolfzähmer stand am Rand des Beutehügels und zerteilte gerade ein besonders stattliches Tier. Scheinbar gemütlich schlenderte Felsschmetterer auf ihn zu. Doch seine Augen sprachen eine andere Sprache. Da die Mimik der Steinzeitmenschen noch in ihren Anfängen steckte, ähnelte der Gesichtsausdruck des Sippenältesten einem wütenden Auerochsen, so sehr er sich auch anstrengte, wie ein Lamm auszusehen. Wolfzähmer dagegen – mit dem perfekten Instinkt des Jägers, der ein wütendes Tier schon von Weitem erkannte – spürte sofort, dass etwas nicht stimmte. Sein wachsamer Blick wechselte einmal kurz zwischen Felsschmetterer und Steinroller hin und her. Dann wusste er alles.

Seine Attacke kam schnell und unvermittelt. Mit aller Wucht wirbelte er den abgetrennten Hinterlauf eines Rentiers durch die Luft. Die drei Männer, die ihm am nächsten standen, fielen zu Boden. Da die meisten anderen Jäger etwas langsam im Kopf waren, brauchten sie einen Augenblick, um zu begreifen, was gerade vor sich ging. Wolfzähmer nutzte die Zeit, um zu fliehen. Mit einem gewaltigen Sprung setzte er über vier tote Rentiere hinweg und rannte in der Gegenrichtung vom Platz.

»Folgt ihm!«, brüllte Felsschmetterer seinen Männern zu. Doch weil sie auf dem glitschigen Berg der gehäuteten Rentiere standen, rutschten sie aus, als sie zu ihren Äxten griffen und loslaufen wollten. Dafür hatten die Frauen umso schneller erkannt, dass Wolfzähmer gefangen werden sollte. Keine von ihnen mochte ihn. Seine bösen Kommentare über sie waren stets beleidigend gewesen. Jetzt war der Augenblick der Rache gekommen. Geistesgegenwärtig nahmen sie ihre Steinschaber in die Hände und liefen los.

Sie waren flink. Einige der Jäger hatten Mühe, sie einzuholen. Wolfzähmer hatte inzwischen einigen Vorsprung, doch es war ihm noch nicht gelungen, sich im Wald unsichtbar zu machen. Immer wieder sahen die Jäger ihn vor sich zwischen den Bäumen auftauchen.

Auch Steinroller war ein guter Läufer. Leichtfüßig holte er seinen Vater ein, der sich ausdauernd, aber auch verbissen seinen Weg durch das Gehölz bahnte.

»Er läuft auf die Felswand zu!«, rief Steinroller. »Von dort kann er nicht mehr entkommen.«

Der Atem seines Vaters ging heftig. »Gerade dort wird er fliehen können«, schnaufte er. »Sein Vater war Feuersteinsucher. Wolfzähmer kann klettern wie ein Bergziegenbock.«

Eine der jüngeren Frauen, Kama, hatte es als Einzige geschafft, dicht zu Wolfzähmer aufzuschließen. Sie war flink und wendig wie ein Wiesel. Ihr schlanker Körper schien über den Boden zu fliegen, so geschickt setzte sie ihre Füße. Ein Stück hinter ihr lief Schwalbenschwinge, dann erst folgten die ersten Jäger, die nach und nach aufholten. Wolfzähmer schien zu bemerken, dass die beiden Frauen ihm Probleme bereiten konnten. Blitzartig riss er im Laufen einen lockeren Stein aus einem Felsblock und schleuderte ihn hinter sich, Kama direkt vor die Füße. Sie stolperte und fiel zu Boden. Wenig später stürzte Schwalbenschwinge über sie. Die Jäger mussten ausweichen. Durch die Verzögerung verloren sie wertvolle Zeit.

Als sie den Wald hinter sich gelassen hatten, erhob sich vor ihnen die steile Wand des Feuersteinfelsens. Alle starrten auf einen Punkt in der Wand, der sich bewegte. Tatsächlich hatte es Wolfzähmer bereits geschafft, das erste Stück des steilen Felsens zu erklimmen. In Windeseile zog er sich nach oben. Es schien, als würde er hier jede Handbreit Gestein kennen. Felsschmetterer brachte seine Männer in Stellung. Noch wäre Wolfzähmer durch die Speere der Jäger zu erreichen gewesen – doch nur zwei von ihnen hatten überhaupt Speere dabei. Da sie den Rentierhügel bearbeitet hatten, waren ihre Waffen heute Faustkeile und Äxte.

»Speere!«, brüllte Felsschmetterer den beiden Jägern zu. Sie ließen ihre Speere auf Wolfzähmer zufliegen. Doch keiner traf, da Wolfzähmer sich gerade noch rechtzeitig auf einen kleinen Felsvorsprung fallen ließ und dort in Deckung ging. Sobald er sah, dass ihn keine weiteren Speere bedrohten, kletterte er weiter aufwärts.

Wütend schleuderte Felsschmetterer seine Steinaxt in einen Baum. Auch Steinroller war enttäuscht. Insgeheim bereute er, auf seinen Vater gehört zu haben. Er hätte Wolfzähmer wie geplant mit einigen Männern einkreisen und gefangen nehmen sollen.

In diesem Moment geschah es.

Am oberen Rand der Wand erschien ein Mann. Er trug einen schwarzen Speer in der Hand. Ein Raunen ging durch die Reihen der Männer und Frauen, denn jeder erkannte, dass es Speerschleuderer war, der sich dort zeigte.

»Diese Hyäne!«, schnaubte Felsschmetterer. »Dass er es wagt!«

Speerschleuderer beugte sich über die Wand, als wollte er seinem Freund Wolfzähmer helfen. Doch dann hob er seinen Speer und warf ihn nach unten, genau auf den Kletternden zu. Mit einem hässlichen Geräusch, das bis zu Steinroller zu hören war, spaltete der Speer Wolfzähmers Schädel. Wie ein Stein löste sich der Körper von der Wand und schlug direkt vor Felsschmetterer auf.

Während die meisten entsetzt auf die Leiche starrten, beobachteten Steinroller und sein Vater gebannt, was Speerschleuderer jetzt tat. Da er wusste, dass ihm die Jäger unten nichts anhaben konnten, winkte er ihnen noch einmal kurz zu und verschwand danach in dem dichten Gebüsch, das oberhalb der Felswand wuchs.

»Er war die ganze Zeit hier!«, brüllte Felsschmetterer. »Vor unserer Nase!«

»Ja«, sagte Steinroller. »Vermutlich war dort oben sein Versteck. Und Wolfzähmer hat es gewusst. Er wollte zu Speerschleuderer fliehen und musste dafür sterben.«

Sein analytischer Verstand sagte ihm, dass Speerschleuderer und Wolfzähmer sich an diesem Ort immer wieder heimlich getroffen hatten. Hier hatte Wolfzähmer sicher auch den Befehl erhalten, Saako zu beseitigen – gegen einen Beutel verlockender schwarzer Körner.

Felsschmetterer wandte sich an die Männer und Frauen, die immer noch ratlos herumstanden. »Wolfzähmers Leiche bleibt liegen, wo sie ist«, rief er ihnen zu. »Er ist es nicht wert, wieder Mutter Erde zugeführt zu werden. Es reicht, dass er den Geiern schmeckt.«

Dann befahl er den Jägern, über die Seitenhänge die Wand zu erklimmen und oben nach Speerschleuderer zu suchen. Auch wenn sie ihn nicht sofort finden würden, hatten sie doch jetzt wenigstens seine Spur.

Nachdem Felsschmetterer alles geregelt hatte, war seine Wut auch schon wieder verflogen. Steinroller bewunderte seinen Vater dafür. Er sah, wie Felsschmetterer mit verdächtig strammem Gang auf Kama und Schwalbenschwinge zuging, die zwischen den Jägern standen.

»Ich wusste nicht, dass Frauen so tapfer sein können«, sagte er bewundernd zu Kama. »Du läufst schneller als einige meiner Männer. Ein Jammer, dass ich dich nicht mit zur Jagd nehmen kann.«

»Ich hätte nichts dagegen«, sagte Kama selbstbewusst. »Schwalbenschwinge und ich können sogar den Speer werfen.«

»So?«, fragte Felsschmetterer und schaute die beiden skeptisch an. Er war der Meinung, dass eine Sippe nie zu viel selbstbewusste Frauen hervorbringen sollte, um Ärger mit den Männern zu vermeiden. »Wir sollten es nicht gleich übertreiben.«

Dann saugte sich sein Blick an Schwalbenschwinge fest, deren verschwitztes Gesicht und verklebte Achselhaare ihn sehr reizten. Es war wie nach einer aufregenden Jagd, nach der er auch immer in Wallung geriet. »Auch du wirst meinen Dank spüren, Schwalbenschwinge. Sobald die Sonne verschwunden ist, erwarte ich dich in meiner Hütte.«

Steinroller sah die Angst in Schwalbenschwinges Augen und griff schnell ein.

»Das wird nicht gehen«, sagte er zu seinem Vater. »Weichhaar und ihre Mutter brauchen Schwalbenschwinge wegen einer neuen Erfindung.« Schnell fügte er noch hinzu: »Etwas, was dir Freude machen wird.«

Felsschmetterer blickte seinen Sohn unwillig an. »Schwalbenschwinge hätte mir Freude gemacht. Aber ich will dir heute nichts abschlagen, Besserwisser. Du warst gar nicht so schlecht, wie ich immer dachte.«

Damit drehte er sich um und stolzierte zum Lager zurück.

Schwalbenschwinge legte ihre Hand auf Steinrollers Arm. »Danke«, sagte sie erleichtert.

Doch Steinroller blickte noch immer seinem Vater hinterher. Wenn er richtig gehört hatte, war es gerade zum ersten

Mal geschehen, dass Felsschmetterer lobende Worte für seine Arbeit als Kommissar fand.

Er kannte diese Methode. Sie war gefährlicher als eine Drohung.

Wenn er nicht bald Speerschleuderer aufstöberte und seinem Vater erklären konnte, wie Taamu plattgemacht worden war, war er die längste Zeit Kommissar gewesen.

In Steinrollers Höhle war über Nacht ein Wunder geschehen. Er sah es sofort, als er morgens aufstand.

Rehauge saß auf dem Sesselstein und weinte. Das hatte auch Weichhaar noch nie erlebt, die daneben hockte und beruhigend auf ihre Mutter einredete. Sie hatte nicht einmal gewusst, dass Rehauge Tränen hervorbringen konnte. Solange Weichhaar denken konnte, war ihre Mutter voller Tatkraft und Zuversicht gewesen, so wie es sich für die Nachfahrin einer alten Erfinderfamilie gehörte.

Dass sie jetzt weinte, lag an den schrecklichen schwarzen Körnern. Ihr war schlecht, und sie bereute heftig, davon gegessen und sich blamiert zu haben.

»Du brauchst dich nicht zu schämen«, beruhigte Steinroller sie. »Pilus Schwein ist es genauso ergangen. Man kann gar nichts dagegen tun.«

»Trotzdem«, sagte seine Schwiegermutter. »Ich habe mich nicht gut bei euch benommen. Schließlich bin ich hier nur zu Gast.«

»Wir können ja noch mal neu anfangen«, meinte Steinroller versöhnlich.

Es erstaunte ihn, dass Rehauge Scham empfinden konnte. Allzu lange gab es dieses Gefühl noch nicht in den Sippen. Ein Schamane der Nachbarsippe war der Erste gewesen, der sich daran gestört hatte, dass Männer und Frauen in aller Öffentlichkeit den Wolfssprung ausführten. Von da an hatte sich die Schämerei ausgebreitet wie Pilze im Wald. Felsschmetterer schimpfte noch heute auf dieses überflüssige Gefühl.

»Hättest du Lust, dir meine Malerei anzusehen?«, fragte Steinroller. Ein freundlicheres Friedenszeichen konnte er seiner Schwiegermutter nicht geben.

»Gerne«, sagte Rehauge erleichtert, während sie sich mit einem Stück Schnupffell die Tränen abwischte. Doch nicht nur sie war ihm dankbar dafür. Auch an Weichhaars leuchtenden Augen konnte Steinroller erkennen, dass er gerade einen Volltreffer gelandet hatte.

Während sie ihr Frühstück aus Pflanzenflocken, Rentierstücken und Wurzeln verdrückten, schilderte Weichhaar voller Stolz Steinrollers Erfolge. Rehauge war beeindruckt.

Sie waren gerade dabei, sich von der Feuerstelle zu erheben, als Otterfang aus dem Wald auf sie zukam. Er hielt eine Speerspitze aus geschärftem, bräunlichem Stein in seiner Pranke.

»Heho«, sagte er höflich. »Ich hoffe, der Braten hat geschmeckt.«

»Danke«, sagte Weichhaar. »Wir hatten noch Reste vom Ren und Wurzelgemüse.«

»Noch besser sind Barsch und Wurzelgemüse«, meinte Otterfang. »Mit gestampften Wasserflöhen.«

»Ist das wahr?«, fragte Rehauge interessiert. »Was für ein interessantes Rezept!«

Steinroller ging rasch dazwischen. Er deutete auf die Speerspitze und fragte: »Woher hast du das?«

Es war ein dünner Feuerstein in Form eines Blattes. Seine Seiten waren so scharf, dass man ihn nicht berühren durfte.

»Dein Vater schickt mich«, antwortete Otterfang und übergab ihm den Blattspitzenstein. »Die Jäger haben ihn mitgebracht. Sie sagen, Speerschleuderer hat ihn verloren.«

»Was soll ich damit?«

»Dein Vater will wissen, woher der Stein stammt, aus dem die Spitze gemacht ist.«

Der Kommissar drehte die Speerspitze langsam in seinen Fingern. Der harte Flint, aus dem sie herausgeschlagen worden war, erschien ihm sehr ungewöhnlich. Eine so helle Farbe hatte er noch nie gesehen. »Sag ihm, ich werde darüber nachdenken«, meinte er. »Und bleib in der Nähe, falls ich dich noch brauche.«

»Keine Sorge, ich habe heute Waschtag«, sagte Otterfang beruhigend. »Meine Füße gehören wieder mal ins Wasser.«

Er schielte noch einmal kurz zu den Fleischstücken, die übrig geblieben waren und so lecker dufteten. Doch als er merkte, dass nichts für ihn abfiel, ging er schließlich wieder.

Rehauge hatte sich vom Feuer erhoben und war zu Steinroller gekommen. Neugierig betrachtete sie die Speerspitze in seiner Hand.

»Ich habe einen solchen Stein schon öfter gesehen«, sagte sie nachdenklich. »Die Männer in meiner Sippe benutzen ihn.«

Überrascht blickte Steinroller auf. »Kennst du auch die Stelle, an der die Steine geschlagen werden?«

Seine Schwiegermutter schüttelte den Kopf. »Nein. Aber es muss im Gebiet der Neandertaler sein. Mein Vater ist oft dort gewesen.«

»Könnte die Speerspitze vom Stinkmorchel-Steinbruch stammen?«

Es war der Ort, von dem die Kieselsteine stammten, die der tote Taamu im Mund gehabt hatte. Vielleicht hielt Speerschleuderer sich öfter dort auf. Das würde auch erklären, warum der Neandertaler damals so viel über Taamus Tod wusste. Und hatte nicht auch Pilu erwähnt, dass Speerschleuderer eine Winterhöhle besaß?

»Möglich«, antwortete Rehauge. »Ja – dort könnte es sein. Lass mir Zeit. Vielleicht fällt mir noch mehr ein.«

Plötzlich sehnte sich Steinroller nach seiner Malerei. Auch Rehauge schien sich auf den kleinen Ausflug zu freuen. Er holte die neuen Farben, die sie ihm als Geschenk mitgebracht hatte. Dann wanderten sie durch den Wald zur Fledermaushöhle. Weichhaar war ebenfalls mitgekommen.

Nachdem er die Fackeln angezündet hatte und die Höhlenbilder in warmes Licht getaucht waren, kam Rehauge aus dem Staunen nicht mehr heraus. Immer wieder betastete sie die Wände, als würden die Wisente und Mammuts dadurch zum Leben erweckt.

Voller Ehrfurcht blickte sie Steinroller an. »Du bist ein großer Künstler«, sagte sie bewundernd. »Es ist, als würden die Tiere vor mir stehen.«

»Das tun sie ja auch«, meinte Weichhaar. »Sogar für ewig.«

Steinroller schwieg. Nach der Anstrengung, die er als Kommissar hinter sich hatte, tat es ihm gut, wieder als Maler wahrgenommen zu werden.

Plötzlich trat seine Schwiegermutter einen Schritt zurück. »Es ist nur schade, dass alles so flach ist«, sagte sie. »Nimm nur die Wisente. Wenn man ihnen begegnet, sind sie doch eher rund. Ist es nicht so?«

Weichhaar befürchtete, dass ihre Mutter schon wieder nörgeln wollte. »Das ist doch unwichtig«, widersprach sie. »Solange man erkennt, was gemeint ist.«

»Nein, nein – Rehauge hat recht.«

Überrascht schaute Weichhaar zu Steinroller, der nachdenklich aussah. »Ich frage mich schon lange, ob es nicht eine andere Möglichkeit gibt, das Lebende festzuhalten«, sagte er.

»Wenn das so einfach wäre, würden wir nicht mehr sterben müssen«, meinte Weichhaar. »Das ist noch keinem gelungen.«

In Rehauge blühte sofort der Erfindergeist. »Man müsste etwas erschaffen, das innen stirbt und außen bleibt«, sagte sie. »So wie deine vertrocknete Lieblingsechse.«

»Willst du Menschen mit Gras ausstopfen?«, fragte Weichhaar. »Nur so würde ihre Hülle bleiben.«

Steinroller unterbrach ihr Streitgespräch. »Wartet. Ich will euch was zeigen.«

Er verschwand in den hinteren Teil der Höhle, wo Wasser aus den Felsritzen rieselte und sich in einer Rinne sammelte. Als er zurückkam, hielt er einen faustgroßen Klumpen Ton in der Hand. Er tropfte noch, weil Steinroller ihn in eine Pfütze gelegt hatte, damit er nicht austrocknete.

»Was ist das?«, fragte Weichhaar. »Eine Kugel?«

»Nein.« Steinroller hielt den Klumpen in die Höhe, damit die beiden ihn betrachten konnten. »Es ist Tonerde. Ich habe aus Mutter Erde einen Menschen gemacht.«

Weichhaar wollte ihren Augen nicht trauen. Es sah tatsächlich so aus, als würde auf Steinrollers Hand eine runde, zufriedene Frau sitzen. Sie hatte alles, was eine Frau brauchte – einen Kopf und Augen, große Brüste und einen abgerundeten Bauch. Selbst die Stelle, aus der die Kinder schlüpften, war vorhanden.

Rehauge fand als Erste ihre Worte wieder. »Es ist das Schönste, das ich je gesehen habe«, sagte sie fasziniert. »Selbst die gelben Wasserblumen im Sumpf sind nicht so schön.«

Auch Weichhaar war so gerührt von der Schönheit der kleinen Frau, dass sie Steinroller kurz die Lippen leckte, obwohl ihre Mutter dabei war. »Was willst du damit machen?«, fragte sie. »Sollen es auch andere sehen dürfen?«

Steinroller schüttelte den Kopf. »Nein. Wenn ihr glaubt, dass sie gut gelungen ist, werde ich sie trocknen lassen und ihr hier einen Platz suchen. Sie wird meine Bilder bewachen und uns Glück bringen.« Er schaute sich in der Höhle um. Dann reckte er sich und stellte die Lehmfigur auf einen Felsvorsprung, der sich genau gegenüber seinen Bildern befand.

»Das wird Mutter Erde gefallen«, sagte Rehauge zustimmend. »Ein Platz, von dem aus sie alles sehen kann.«

Plötzlich begannen die Fackeln in der Höhle zu flackern.

»Da ist jemand«, flüsterte Steinroller. Er hob die Hand, damit die beiden Frauen schwiegen und er besser lauschen konnte. Vom Eingang war heftiges Atmen zu hören. Der Kommissar öffnete sein Taschenmesser und begann, wie eine Kriechschlange nach vorne zu schleichen. Falls es Speerschleuderer sein sollte, der zurückgekommen war, würde seine Überlebenschance zwar nicht sehr groß sein. Doch er konnte die beiden Frauen nicht unbeschützt lassen.

Als er die letzte Biegung der Höhle hinter sich gelassen hatte und ihm das Sonnenlicht entgegenkam, sah er einen Mann an der Felswand lehnen. Er hustete erschöpft und versuchte vergeblich, zu sprechen. Seine Hände umklammerten ein Päckchen aus Blättern. Zu seinen Füßen lag ein großes Hirschgeweih.

Es war Ranu, der Flötenspieler.

Steinroller zog ihn nach draußen und legte ihn ins Gras. Er schien unverletzt zu sein. Da Ranu noch jung war, dauerte es nicht lange, bis seine Kräfte zurückkehrten. Inzwischen waren auch Weichhaar und Rehauge aus der Höhle gekommen.

»Es ist geschafft«, flüsterte Ranu lächelnd. »Ich bin zurück.«

Weichhaar und Rehauge rannten sofort los, um Schwalbenschwinge die frohe Botschaft zu überbringen. Steinroller richtete Ranu auf und lief mit ihm herum, bis er wieder sprechen konnte.

Nach und nach erfuhr der Kommissar, was Ranu erlebt hatte.

Er war tatsächlich bei der Nachbarsippe hinter der Löwenschlucht gewesen, so wie Felsschmetterer es verlangt hatte. Das Blätterpäckchen in seiner Hand war das Gegengeschenk der Nachbarn.

»Hast du die Höhle gefunden, die ich dir beschrieben hatte?«, fragte Steinroller.

Ranu nickte. »Ja. Ohne sie wäre ich längst tot. Die Löwen und Hyänen in der Schlucht sind so viele wie Fliegen.«

»Hast du unterwegs kämpfen müssen?«

»Nein«, entgegnete Ranu, immer noch nach Luft schnappend. »Aber ich bin nur knapp Speerschleuderer entkommen. Er hat mich gesehen und wollte mich töten. Ich weiß nicht, warum. Ich habe ihm nie etwas getan.«

Steinroller erklärte es ihm. Offenbar wollte Speerschleuderer verhindern, dass Ranu zu Hause berichtete, wo sie aufeinandergetroffen waren. Wenn der junge Flötenspieler nicht eine Aushöhlung in einer alten Eiche gefunden hätte, in der er sich zusammengekauert hatte verstecken können, wäre er nicht mehr am Leben.

»Wo bist du Speerschleuderer begegnet?«, fragte der Kommissar. »Kannst du mir sagen, wie es dort aussah?«

Ranu tat es, so gut er konnte. Obwohl er kein Jäger war, der sich jeden gewanderten Pfad für immer einprägen musste, wusste er noch, dass er an einem Lager der Neandertaler vorbeigekommen war. Weiter östlich hatten sich hohe Felsenhaufen aus den Birkenwäldern erhoben. Steinroller begriff sofort, wo Ranu gewesen war.

»Die Felsbrocken gehören zum Stinkmorchel-Steinbruch. Also doch!«

Offenbar besaß Speerschleuderer dort einen Unterschlupf. Vielleicht hatte Taamu ihn damals in diesem Versteck überrascht, als er Speerschleuderer von den Turits gefolgt war. Auch das Tal der Stieglitze, wo Taamu ermordet worden war, befand sich ganz in der Nähe.

Noch bevor Steinroller überlegen konnte, welche Schritte er jetzt unternehmen musste, sah er seinen Vater auf sich zustapfen. Es war, als hätte Felsschmetterer gerochen, dass es Neuigkeiten gab. Vielleicht hatte ihm auch jemand berichtet, dass Ranu zurück war – und zwar lebend.

Der Blick, den Felsschmetterer dem jungen Flötenspieler zuwarf, war nicht gerade freundlich.

»Ich sehe, du hast deine Aufgabe erfüllt«, sagte er kühl. »Oder hast du mich betrogen?«

Ranu überreichte dem Sippenältesten das Blätterpaket, das er von den Nachbarn erhalten hatte. »Dieses Geschenk ist der Beweis, dass ich die Wahrheit sage«, antwortete er mit aufrechter Haltung. Steinrollers Blick ermunterte ihn, sich nicht zu beugen. »Die Nachbarn lassen dir ausrichten, dass sie dich um mein Flötenspiel beneiden.«

Felsschmetterer stieß ein unwilliges Geräusch aus. Er schien mit sich zu kämpfen, ob er Ranu mit einer anderen Methode vernichten oder nachgiebig sein sollte. Schließlich fuhr er mit der Hand durch die Luft, als würde er verärgert eine Fliege verjagen, und sagte: »Du kannst gehen. Ich erwarte von dir, dass du nach dem nächsten Schnee auf einem Elchgeweih spielen kannst und Schwalbenschwinge ein Junges gemacht hast.«

Ein Strahlen wollte über Ranus Gesicht ziehen, doch er unterdrückte es vorsichtshalber. Stattdessen griff er schnell nach seiner Vierzehnenderflöte und humpelte zum Lager zurück. Von dort kam ihm bereits Schwalbenschwinge entgegen. Sie rannte, als würde Gefahr bestehen, dass Ranu wieder weglaufen würde.

Als Felsschmetterer sah, wie die beiden sich umarmten, drehte er sich schlecht gelaunt weg. »Was ist jetzt? Hast du herausgefunden, woher Speerschleuderer seine Steinspitze hat? Er muss sich an Orten rumtreiben, die wir nicht kennen.«

»Ich weiß, wo du ihn finden wirst«, nickte Steinroller. »Im Stinkmorchel-Steinbruch.«

»Bei den Flachköpfen?«, fragte sein Vater überrascht.

Steinroller berichtete ihm, was Rehauge über den Steinbruch wusste und was Ranu erlebt hatte. Beides überzeugte Felsschmetterer. Außerdem hatten zwei seiner Jäger neue Fußspuren von Speerschleuderer entdeckt.

»Was wirst du jetzt tun?«, fragte Steinroller.

Sein Vater sah entschlossen aus. »Ich werde mich mit zehn Männern auf die Suche machen. Wir müssen schneller handeln, als Speerschleuderer denken kann.«

Steinroller spürte, dass Felsschmetterer ihn endlich ernst nahm. Deshalb wagte er auch, noch etwas anzusprechen.

»Du solltest dem Lendenschurzmacher vergeben«, sagte er. »Wir konnten Wolfzähmer nur entlarven, weil uns Pilus Schwein geholfen hat.«

Sein Vater kämpfte erneut mit sich. Zweimal an einem Tag großzügig zu sein, war sonst nicht seine Art. Schließlich knurrte er: »Pah! Von mir aus. Sag ihm, sein Schwein hat mehr Verstand als er.«

Nachdem Felsschmetterer voller Kampfeslust zu seinen Jägern hinübergestapft war, die unter der Buche auf ihn warteten, ging Steinroller nach Hause. Seine Gedanken kreisten nicht mehr um Speerschleuderer. Ihn würde man früher oder später fangen.

Jetzt wollte er nur noch eines wissen: Wie starb Taamu? Warum Speerschleuderer ihn ermordet hatte, war nun klar. Aber durch welche Kraft der Erde hatte man den armen Taamu auf Handbreite zerquetscht?

Als Steinroller in seine Höhle kam, ging er als Erstes zu seinem Steinfach. Er holte das Vogelnest heraus, das der Neandertaler ihnen damals zugeworfen hatte. Den toten Stieglitz hatte er längst den Wildkatzen überlassen, doch das dünne Holzplättchen lag noch im Nest. Es hatte ihm sagen sollen, dass Taamu im Stieglitztal plattgemacht worden war.

Draußen erklang übermütiges Kichern. Weichhaar und Rehauge kehrten zurück. Sie hatten bei Schwalbenschwinge mit gegärtem Honigsaft anstoßen müssen. Als sie gut gelaunt die Höhle betraten, überfiel Steinroller seine Schwiegermutter sofort mit einer Frage.

»Was weißt du über das Stieglitztal?«, wollte er wissen.

Weichhaar lachte albern. Sie drehte sich zu ihrer Mutter um. »Ist er nicht süß? Er plant einen Familienausflug ...«

»Mir ist es ernst«, sagte Steinroller.

»Oh, es ist ein schönes Tal«, schwärmte Rehauge. »Es ist grün, mit vielen Bäumen, die Früchte tragen, und mit so vielen Stieglitzen, dass man ihren Gesang noch auf dem Spitzen Berg hören kann. Es gibt sogar einen See, mit den größten Schildkröten, die ich je gesehen habe.«

»Bist du oft da gewesen?«, fragte Weichhaar. »Und warum hast du nie davon erzählt?«

»Ich war einmal mit deinem Vater dort. Aber es war ein Besuch, der im Streit endete. Wir haben nie wieder darüber gesprochen.«

»Streit mit wem?«, hakte Steinroller nach. »Mit Weichhaars Vater? Oder gibt es dort ein Lager?«

Rehauge schüttelte den Kopf. »Weder das eine noch das andere. Es ist schwer, dort zu siedeln. Die Herden der Rens sind zu weit entfernt. Und der Winter im Stieglitztal ist noch härter als anderswo.« Sie wandte sich an ihre Tochter. »Nur einer hat es geschafft, dort zu leben. Axtmacher, mein Vetter.«

Weichhaar bekam große Augen. »Onkel Axtmacher? Der Erfinder?«

»Ja«, sagte Rehauge. »Der Erfinder der Steinschleuder. Leider eine Erfindung, die bisher niemand haben wollte.«

»Worüber habt ihr gestritten?«, wollte Weichhaar wissen.

»Eine alte Familiengeschichte«, sagte Rehauge. »Im Geröll vergraben und vergessen. Aber seit damals haben dein Vater und ich nie wieder über Axtmacher geredet.«

Der Kommissar begriff, dass Rehauge über den einzigen Menschen sprach, der jeden einzelnen Stein im Stieglitztal zu kennen schien. Wenn Axtmacher tatsächlich seit so vielen Sommern dort lebte, musste er Speerschleuderer irgendwann begegnet sein. Vielleicht sogar Taamu.

Er versuchte, seine Gedanken in Worte zu fassen. »Wir

glauben, dass Speerschleuderer sein Versteck im Stinkmorchel-Steinbruch hat. Andererseits ist auch das Stieglitztal nicht weit entfernt. Falls dein Vetter Axtmacher also Speerschleuderer kennen sollte ...«

Er brach ab, weil er sah, dass Rehauge bleich geworden war. Sie hörte ihm gar nicht mehr richtig zu. Auch Weichhaar bemerkte die Veränderung an ihrer Mutter. Sorgenvoll erkundigte sie sich: »Was ist? Haben dich die Fragen aufgeregt?«

Rehauge hatte Mühe, sich wieder zu fassen. »Nein«, sagte sie. Ihre Blässe war erschreckend. »Mir ist nur etwas eingefallen. Axtmacher und Speerschleuderer kennen sich gut. Sie hatten dieselbe Amme, nachdem sie aus ihren Müttern geschlüpft waren.«

»Himmel und Wolken!«, stöhnte Weichhaar.

Steinroller ließ die beiden Frauen stehen und rannte ins Lager zurück. Als er zur Hütte seines Vaters kam, fand er dort nur die alte, zahnlose Kuna vor, die Felsschmetterers Hütte sauber hielt. Sie sagte ihm, dass sein Vater mit den zehn Jägern längst unterwegs war. Steinroller war klar, dass er die Männer nicht mehr einholen konnte.

Doch das änderte nichts an seinem Plan. Er war fest entschlossen, Axtmacher im Stieglitztal zu befragen. Wenn er die zehn Jäger bei sich gehabt hätte, wäre ihm wohler gewesen. Jetzt musste es auch ohne sie gehen.

Er rannte zum Fluss hinunter, um Otterfang zu benachrichtigen.

Sein Assistent stand am Ufer, den Speer in der Hand, und zielte auf eine Gruppe Fische, die unter ihm in der Strömung stand. Als er seinen Namen rufen hörte, drehte er sich um. »Falls du einen Fisch willst, solltest du mich erst werfen lassen«, rief er dem Kommissar zu. »Oder möchte deine Schwiegerkröte Wasserflöhe?«

»Keines von beiden«, sagte Steinroller. »Mach dich bereit. Es geht ins Tal der Stieglitze.«

Otterfang spürte den Ernst der Lage, schließlich waren Steinrollers Sorgenfalten auf der gewölbten Stirn nicht zu übersehen. Alarmiert kam er auf den Kommissar zu.

»Brauche ich den Speer?«, fragte er vorsichtig.

Steinroller nickte. »Den mit der Blattspitze«, antwortete er. »Doppelt geschliffen.«

Erschrocken fragte Otterfang: »So gefährlich wird es?«

»Gefährlich wäre noch untertrieben«, antwortete Steinroller düster.

Dass sie Rehauge zu Hause gelassen hatten, erwies sich als richtig. Der Weg zum Stieglitztal hatte es in sich und war für empfindliche Schwiegermütter nicht geeignet. Steinroller hatte für die erste Strecke den Pfad flussabwärts gewählt. Er war zwar ein Umweg, doch hier kamen sie schneller voran als über die Felsberge. Weichhaar hatte darauf bestanden, dabei zu sein. Sie kannte Onkel Axtmacher zwar nicht persönlich, aber ihre Mutter hatte ihr ein geschnitztes Wisenthorn mitgegeben. Mit ihm konnte sie sich als Mitglied der Familie ausweisen.

Steinroller hatte ihr und Otterfang nicht verheimlicht, wie gefährlich sie ab jetzt lebten. Schon bald würden sie in die Gegend der Neandertaler kommen. Hier konnten sie jederzeit auf Speerschleuderer treffen, falls Felsschmetterer ihn noch nicht gefangen hatte.

Nachdem sie eine Weile schweigend dem Fluss gefolgt waren, sagte Otterfang plötzlich: »Ich denke auch oft ans Erfinden.«

»Du?«, fragte Steinroller überrascht.

Otterfang nickte. »Es müsste etwas sein, das die Fische fängt, während ich gemütlich am Ufer sitze«, sagte er.

»Vorher erfinde ich etwas, das Mörder fängt, während ich gemütlich in der Höhle sitze«, antwortete Steinroller spöttisch.

»Ihr werdet sehen«, sagte Weichhaar ernsthaft. »Für Onkel Axtmacher ist nichts unmöglich.«

Sie wussten alle, dass ihre Gespräche nur dazu da waren, von der Gefahr abzulenken, in die sie sich gerade begaben. Es war genau wie auf ihrer Wanderung zu den Turits.

Neben ihnen rauschte der Fluss. Otterfang, der vorausging, blickte neidisch zu den Wildenten, die auf dem Wasser schwammen. Im Nu waren sie vorbeigetrieben und befanden sich schon weit vor ihnen. Jetzt erschien ihm die Erinnerung an seine Baumstammreise gar nicht mehr so schrecklich.

»Rechts abbiegen«, rief Steinroller plötzlich. »Dann zweimal scharf links.« Da er als Maler immer auf der Suche nach geeigneten Höhlen war, kannte er viele Abkürzungen. Diese war besonders raffiniert. Sie führte durch ein leeres Flussbett. An einigen Bäumen hingen getrocknete Schlangen.

»Sind das Warnungen?«, fragte Weichhaar erschrocken.

»Im Gegenteil«, erklärte ihr Steinroller. »Neandertalzeichen. Sicherer Weg, alle Schlangen tot.«

»Viel zu kompliziert«, sagte Otterfang kopfschüttelnd. »Kein Wunder, dass sie aussterben.«

Nachdem sie dem Flussbett eine Weile gefolgt waren, verließen sie es wieder und wanderten über einen Felsrücken, der wie ein Steg an zwei kleinen Schluchten vorbeiführte. In ihnen lagen die bleichen Knochen von Wildpferden. Jetzt konnte das Lager der Neandertaler nicht mehr weit sein. Steinroller hoffte, in ihm auch auf den Mann zu treffen, der ihm die Nachricht von Taamus Tod überbracht hatte.

Vorsichtig kletterten sie zu der Mulde hinunter, die sich am Ende des Felsrückens befand. Dahinter war der Eingang zu einer kleinen Höhle. Obwohl sie wussten, dass die Neandertaler ihnen nichts tun würden, näherten sie sich vorsichtig. Als sie die Mulde betraten, sahen sie, dass das Feuer vor der Höhle erloschen war. Jeder von ihnen wusste, was das bedeutete: Die Bewohner des Lagers hatten entweder längst ihren letzten Seufzer getan oder waren weitergezogen. In diesem Fall gab es leider noch eine Möglichkeit: Speerschleuderer, der die Neandertaler verachtete, konnte sie auch aufgespießt haben.

Fast gleichzeitig griffen Steinroller und Otterfang nach ihren Äxten. Otterfang hielt außerdem seinen Speer wurfbereit. Weichhaar blieb hinter einem Findling in Deckung.

»Höhlendurchsuchung!«, flüsterte der Kommissar. Seite an Seite stürmten sie in die Höhle.

Sie war noch kleiner und niedriger, als Steinroller gedacht hatte, aber schließlich waren die Bewohner ja auch für ihre kurzen Beine bekannt. Im schummrigen Licht konnte er sehen, dass außer Knochenresten am Boden und einem zerbrochenen Speer einfachster Machart nicht viel darin zu finden war. Es roch modrig.

Otterfang zeigte auf etwas, das in der Mitte der Höhle auf einem Stein lag. »Was soll das sein?«

»Ein vertrockneter Vogelkopf«, sagte Steinroller. »In seinem Schnabel steckt wieder mal eine Nachricht.«

»Was bedeutet sie?«, fragte Otterfang.

Steinroller hob den Vogelkopf hoch. Die beiden Dinge, die quer im Schnabel steckten, waren eine tote Riesenfliege und eine Blüte der Mittagsblume. »Wir wollen nicht sterben wie die Fliegen und wandern weiter nach Süden«, übersetzte er.

Otterfang betrachtete die seltsame Sammlung mit skeptischem Blick. »Ich werde nicht schlau aus denen«, meinte er. »Warum wollen sie uns bloß immer was mitteilen?«

»Weil sie hoffen, dass wir doch noch zuhören«, sagte er nachdenklich. Otterfang blickte ihn irritiert an.

Ohne seinen Satz weiter zu kommentieren, ließ Steinroller den Vogelkopf dort liegen, wo er war, und ging nach draußen zu Weichhaar. Sie stand vor einem Baum, an dem mehrere hellbraune Springbockfelle hingen und einsam im Wind flatterten. Als er zu ihr trat, fragte sie: »Und was soll das heißen?«

»Selbstbedienung«, sagte Steinroller. »Jeder, der mag, darf die Felle einpacken. Die Flachköpfe haben beim Umzug nicht alles mitnehmen können.«

Weichhaar fand, dass es schade um die schönen Felle war. Sie machte ein Bündel daraus und gab sie an Otterfang weiter. Der band sie sich auf den Rücken und sah damit aus wie eine dicke Schildkröte.

Sie wanderten weiter. Es wurde heiß, weil sie schon bald den Wald verlassen mussten und jetzt ohne den Schutz der hohen Bäume waren. Als vor ihnen eine Erhebung in der Landschaft auftauchte, deren höchster Punkt so spitz wie Pilus Nadel war, blieb Steinroller erleichtert stehen. »Da ist er«, sagte er. »Der Spitze Berg. Links davon ist der Stinkmorchel-Steinbruch. Dann muss dahinter das Stieglitztal sein.«

»Warum ist der Berg so grau?«, fragte Weichhaar.

»Geröll und Sand«, antwortete Steinroller. »Auf dieser Seite Geröll, auf der anderen Sand.« Sein Vater hatte ihm oft genug beschrieben, wie rutschig der Spitze Berg war. Der Weg im Tal um ihn herum war allerdings auch keine Einladung zum gemütlichen Wandern. Man musste mehrere kleine Schluchten überwinden, um auf die andere Seite zu gelangen.

»Und deshalb«, erklärte er Weichhaar und Otterfang, »werden wir auf den Hängen des Berges weiterziehen.«

Otterfang verzog das Gesicht, als hätte man ihm gerade etwas Schmerzhaftes zugefügt.

»Du hättest lieber einen Ziegenbock als Assistent nehmen sollen«, maulte er. »Hat dir die Kletterei bei den Turits nicht gereicht?«

»Meckern kannst du jedenfalls besser als eine Ziege«, antwortete der Kommissar. »Du kennst doch mein Motto: Das Leben ist ein Auf und Ab.«

Weichhaar dagegen betrachtete den Spitzen Berg genauer. Sie schien schon wieder etwas auszutüfteln. »Gut, dass wir die Felle dabei haben«, sagte sie geheimnisvoll. »Wir werden sie bald brauchen.«

Steinroller konnte sich nicht vorstellen, was sie beim Klettern mit den Fellen sollten. Kalt würde es hier nicht werden. Doch er wusste, dass es überflüssig war, länger darüber zu diskutieren. Er spürte nur, dass die Nähe zu Onkel Axtmacher anspornend auf Weichhaar wirkte.

Sie begannen den Anstieg. Wie Steinroller vorausgesagt hatte, mussten sie über Unmengen von Geröll klettern. Hin und wieder flüchteten Bergziegen vor den halb nackten Gestalten. Als sie sich endlich auf halber Höhe befanden, machten sie sich auf, um den Berg herum zur anderen Seite zu gehen, wo die Steine immer kleiner wurden, bis sie nur noch Kieselsteingröße hatten. Immer wieder schaute der Kommissar nach unten, um sicher zu sein, dass sie auch wirklich allein waren. Was geschah wohl zur selben Zeit im Stinkmorchel-Steinbruch? Ob sein Vater Speerschleuderer bereits gefangen hatte?

Als sie auf der hinteren Bergseite angekommen waren, standen sie plötzlich auf einem Hang, der nur noch aus Sand bestand. Steinroller zeigte nach unten. Dort sah man bereits verlockend das Stieglitztal liegen. Es war grün und voller Bäume. In der Mitte floss ein kleiner Bach, der sich durch das ganze Tal schlängelte. Doch bis sie dort unten waren, musste noch ein großes Hindernis genommen werden – der Treibsand.

»Jetzt kommt das schwerste Stück«, sagte der Kommissar. »Durch den Treibsand abwärts.«

»O nein!«, entsetzte sich Otterfang und zeigte auf mehrere Tiergerippe, die nicht gerade verlockend aus dem Sand hervorschauten. »Sollen wir enden wie die?« Direkt unter ihnen war ein Löwe stecken geblieben. Man sah noch die bleichen Rippen seines langen Körpers.

»Ich hätte da eine Idee«, sagte Weichhaar. Wenn sie diesen Satz von sich gab, musste man bei ihr auf alles gefasst sein. »Gib mir drei von den Fellen.«

Otterfang löste sie von seinem Rücken. Weichhaar nahm sie und gab jedem von ihnen eines. »Wir nehmen sie als Rutschfelle«, erklärte sie. »Ich habe es schon mal auf Schnee ausprobiert. Wenn wir unsere Hintern nicht zu breit machen, müsste es auch auf Sand klappen.«

»Nur über meine Wasserleiche!«, entfuhr es Otterfang. »Da wäre mir lieber, weiter bergauf zu laufen!«

»Werden wir nicht damit einsinken?«, fragte Steinroller skeptisch. Er sah, wie sich auch Otterfang instinktiv an sein Hinterteil fasste und dabei das kleine Springbockfell betrachtete.

»Die Sandkörner werden keine Gelegenheit haben, euch festzuhalten«, versprach Weichhaar. »Macht mir einfach alles nach.«

Sie legte ihr Fell mit dem richtigen Strich der Haarseite auf den Sand. Dann setzte sie sich drauf. Steinroller und Otterfang taten dasselbe. Dabei schielte Otterfang ununterbrochen nach unten ins Tal, wo ihn mehrere große Bäume am Ende des Treibsandes erwarteten.

»Ihr müsst euch am Fell festhalten. Und dann die Beine hoch«, riet Weichhaar. »Seid ihr bereit?«

»Nein!«, rief Otterfang. Doch es war zu spät. Nachdem Weichhaar als Erste losgerutscht war, löste sich der Sand auch unter den anderen beiden Fellen. Die Abfahrt begann. Da der Hang sehr steil war, hatten sie im Nu ein beachtliches Tempo erreicht. Steinroller erschrak, wie schnell ihn das kleine Fell nach unten zog. Er sah, wie Weichhaar lachend vor ihm hinuntersauste und dabei noch leicht mit ihren Fersen hin- und herlenkte.

»Wie kann ich wieder anhalten?«, rief er ihr zu.

»Gar nicht«, schrie sie zurück.

Direkt neben Steinroller sauste Otterfang vorbei. Während der Abfahrt zappelte er auf seinem Fell hin und her und umklammerte es, als würde er auf einem wilden Tier reiten.

»Mein Bürzel brennt!«, rief er. Da sein Hintern erheblich größer war als das Fell, rutschten überquellende Teile davon über den rauen Sand.

»Wir löschen später!«, schrie ihm Steinroller zu. Er war zu beschäftigt damit, einem Felsbrocken auszuweichen, der aus dem Sand ragte. Ohne dass er etwas dagegen tun konnte, hielt sein Fell genau darauf zu. Steinroller sah sich bereits auf schreckliche Weise entmannt, doch im letzten Moment gelang es ihm, den rechten Fuß in den Sand zu drücken. Der Felsen blieb neben ihm zurück, und er rutschte weiter.

Als das Fell langsamer wurde, sah Steinroller, dass er den letzten Ausläufer des Abhanges erreicht hatte. Der Sand erstreckte sich noch wie eine Zunge zwei Steinwürfe weit in eine Wiese hinein. Dort hörte er abrupt auf. Es gab einen kräftigen Ruck, dann saß das Fell fest.

Verblüfft darüber, wie sanft er gelandet war, stand Steinroller auf. Auch Otterfang und Weichhaar waren bereits wieder auf ihren Füßen. Sie gingen aufeinander zu. Otterfang standen noch immer Schweißperlen auf der Stirn. Er rieb sich sein Hinterteil.

»Wolken und Himmel, was für eine Reise!«, schnaufte er.

Plötzlich drückte sich von hinten ein gewaltiger Speer in seinen Rücken. Er hatte gleich drei Spitzen mit scharfen Klingen. Dazu ertönte eine bärentiefe Stimme: »Und dabei bist du vergeblich gereist, Fremder!«

Erschrocken drehten sie sich um. Direkt vor ihnen, neben einer alten Eiche, stand ein großer Mann, der von oben bis unten in dicke Felle gekleidet war. Sogar seine Beine waren damit umwickelt. Er sah aus, als würde er die Ankömmlinge gleich mit seinem Spieß auseinandernehmen wollen. Steinroller wusste sofort, dass es Weichhaars Onkel war, der da vor ihnen stand. In der Hand hielt er den berühmten Dreizack, den er schon vor vielen Sommern erfunden hatte, wie sie von Rehauge wussten.

»Wir kommen in friedlicher Absicht, Onkel Axtmacher!«, rief Weichhaar ihm zu. »Ich bin's, Weichhaar. Rehauges Tochter.«

Sie hielt ihm das geschnitzte Wisenthorn von ihrer Mutter entgegen. Überrascht nahm es ihr Axtmacher aus der Hand und untersuchte es. Plötzlich erhellte sich seine Miene.

»Weichhaar! Sieh mal an!«

Er war kein Mann der Worte. Seine Stimme war noch tiefer als die von Otterfang. Da er es nicht gewohnt war, Besuch zu erhalten, bestanden seine Antworten immer nur aus wenigen Sätzen oder ein paar kurzen Bemerkungen.

Weichhaar stellte ihm ihre Begleiter vor. Er sagte ihnen ein knappes Heho, dann drehte er sich abrupt um und gab ihnen ein Zeichen, ihm zu folgen.

Er ging an den Bäumen entlang ins Tal hinein. Dabei machte er die ganze Zeit ein seltsames Geräusch mit dem Mund. Es klang, als hätte er eine kleine Flöte darin verborgen.

»Was ist das?«, fragte Steinroller, der neben Weichhaar herlief.

»Das macht er alles mit den Lippen«, flüsterte ihm Weichhaar zu. »Er hat das Pfeifen erfunden. Eine praktische Sache. Wenn Ranu es könnte, müsste er nicht die ganze Zeit einen Vierzehnender mit sich rumschleppen.«

Auch Otterfang hatte den Erfinder die ganze Zeit beäugt. Im Gehen beugte er sich zu den anderen hinüber und fragte aufgeregt: »Habt ihr gesehen? In seinem Fell stecken vier verschiedene Messer und zwei Äxte!«

»Das ist sein Handwerkszeug«, sagte Weichhaar. »Mein Vater hatte auch so was.«

Plötzlich blieb Axtmacher vor einer großen Felswand stehen. Einladend deutete er auf eine mannshohe Öffnung.

»Reinkommen«, sagte er.

»Wir wissen die Ehre zu schätzen«, antwortete Steinroller und ging hinein. Es war eine große Höhle, die sogar noch einen Nebenraum hatte. Dort schien Axtmacher seine Erfindungen auszutüfteln, denn der Raum war vollgestopft mit allerlei seltsamen Dingen: mit krummen Baumstämmen, runden Steinen, gebogenen Äxten und etlichen Steinschleudern verschiedener Größe. Überall lagen kleine Werkzeuge herum, wie der Kommissar sie noch nie gesehen hatte. Die meisten waren aus Horn geschnitzt, wie etwa winzige Dorne, Nadeln und Propfen. Auch eine viereckige Keule war dabei.

Axtmacher reichte ihnen einen Lederschlauch mit Quellwasser. Während sie gierig tranken, fragte er: »Weshalb seid ihr hier?«

»Wir suchen Speerschleuderer«, erklärte ihm Steinroller. Er hatte beschlossen, Axtmacher von Anfang an die Wahrheit zu sagen. »Wir wissen, dass du ihn gut kennst. Ihr hattet dieselbe Amme.«

»Hmm«, sagte Axtmacher. »Hin und wieder besucht er mich.«

»Geht ihr zusammen auf die Jagd?«, fragte der Kommissar.

»Zeitverschwendung«, antwortete Axtmacher. »Er interessiert sich für meine Erfindungen. «

Weichhaar strahlte ihn die ganze Zeit über an. Er war ihr großes Vorbild, und sie hatte den Wunsch, ihn das auch wissen zu lassen.

»Alle in unserer Familie bewundern dich, Onkel Axtmacher. Es wäre uns eine große Ehre, wenn wir deine neuesten Arbeiten sehen dürften.«

Zurückhaltend wie er war, musterte er sie aufmerksam. Es schien, als wollte er sich vergewissern, dass sie es auch ernst meinte. »Waren die Felle zum Rutschen deine Idee?«, fragte er schließlich.

»Ja«, sagte Weichhaar. »Ich dachte mir, Sand und Fell haben die geringste Reibung.«

»Hmm«, machte Axtmacher erneut. Diesmal klang es bewundernd. »Du bist wirklich eine von uns. Kommt mit.«

Sie verließen die Höhle. In den Bäumen neben dem Höhleneingang zwitscherten Scharen von Stieglitzen. Bei manchen Sippen galten sie als Leckerbissen. Axtmacher ging voran. Steinroller spürte, dass er diesen Mann nicht zu sehr bedrängen durfte, wenn er noch mehr über Speerschleuderer erfahren wollte. Während der Erfinder sie durch ein kleines Birkenwäldchen führte, erkundigte Steinroller sich beiläufig danach, ob Speerschleuderer hin und wieder in Begleitung gekommen war. Axtmacher verneinte. Aber er schien zu ahnen, dass die Fragen des Kommissars keinen guten Anlass hatten.

»Klingt, als wäre Speerschleuderer nicht gerade dein Freund«, stellte er fest.

Steinroller hielt es für das Beste, ihn einzuweihen. Einige Details ließ er jedoch aus, denn ein guter Spieler hatte immer ein paar Kiesel in Reserve. Aufmerksam hörte Axtmacher zu. Dabei ging er weiter, ohne sein Tempo zu verändern.

»Hmm«, sagte er. Diesmal klang es eher skeptisch. »Was soll ich sagen? Er ist mein Auftraggeber.«

Steinroller war überrascht. »Was heißt das?«, fragte er.

»Er bringt mir reichlich Fleisch. Und alles, was ich brauche. Damit ich was für ihn erfinde.«

»Eine Waffe?«, fragte der Kommissar.

Axtmacher schüttelte den Kopf. »Lass es«, sagte er. »Kommst du nie drauf.«

»Sag mir nur, wann er zuletzt hier war«, bat Steinroller.

»Beim letzten Vollmond«, antwortete Axtmacher. »Hat in meiner Hütte unten am See übernachtet.«

Steinroller war alarmiert. Taamu war in der letzten Vollmondnacht ermordet worden. Wenn Speerschleuderer in dieser Nacht hierhergekommen war und Taamu sich auf seine Fersen geheftet hatte, dann ...

In diesem Augenblick traten sie aus dem Birkenwäldchen und gingen auf den grünen Stieglitzsee zu. An seinem Ufer saßen Schildkröten. Überrascht blieben Steinroller, Weichhaar und Otterfang stehen. Doch es war nicht der See, der sie so faszinierte, sondern etwas anderes. Es erschien ihnen so unwirklich, dass sie sich erstaunt die Augen rieben.

Am Ufer des Sees stand ein Ungetüm, das so gewaltig und so furchterregend war wie ein großes Tier. Es bestand aus Holz und Stein. Auf einem hohen Gestell aus fest zusammengebundenen Hölzern stand ein großer bequemer Sesselstein. Er war ebenfalls festgebunden. Unter dem Gestell befanden sich vier riesige runde Steine, je zwei vorne und hinten. Axtmacher hatte sie durchbohrt und durch die Löcher Stangen gesteckt, die das jeweilige Steinpaar miteinander verbanden.

»Der Rollende Sesselstein«, erklärte er bescheiden. »Lässt sich natürlich noch verbessern.«

»Himmel und Wolken!«, entfuhr es Otterfang. Auch Steinroller und Weichhaar konnten nicht glauben, was sie sahen. Als Erste fand Weichhaar ihre Worte wieder. Nachdem sie das Gestell betrachtet hatte, schlug ihr Erfinderherz schneller.

»Kann sich das Gestell etwa vorwärts bewegen?«, fragte sie ihren Onkel.

Axtmacher nickte. »Ja. Durch die runden Steine. Ich habe sie Rad genannt. Weil sie ein Geräusch machen, wenn sie sich drehen.« Er machte es vor: »Rad-rad-rad-rad-rad ...«

»Und was macht man damit?«, fragte Steinroller irritiert.

»Man setzt sich auf den Sesselstein und lässt sich ziehen.«

»Du wirst viele Männer brauchen, um dieses Gestell zu

ziehen«, meinte Steinroller. »Es muss schwerer sein als fünf Findlinge.«

»Hmm«, sagte Axtmacher. Diesmal meinte er damit, dass Steinroller sich gerade gewaltig irrte. »Zum Ziehen habe ich ein Mammut.« Er zeigte zu einer kleinen Schlucht, die sich neben dem See befand. Als sie ihre Hälse reckten, sahen sie ein junges Mammut, das dort graste. Es war unglaublich.

Da Steinroller sich als Kommissar nicht die Blöße geben wollte, übermäßig zu staunen, sagte er nur: »Praktische Sache.«

Weichhaar dagegen zeigte offen ihre Begeisterung. »Was für eine Erfindung!«, rief sie euphorisch. »Es könnte unser Leben verändern. Damit kommt man doppelt so schnell voran wie ein Jäger.«

»Dreimal so schnell«, korrigierte Onkel Axtmacher. »Eine Frage von Mammutstärke und Radumfang ...«

Sie gingen auf die Erfindung zu und umrundeten sie ehrfurchtsvoll. Der Kommissar befühlte die Räder. Sie bestanden aus dunklem, harten Stein und waren so hoch, dass sie ihm bis zum Lendenschurz reichten. Ihre Rundungen fühlten sich so glatt an wie Weichhaars Haut. Es war Steinroller ein Rätsel, wie Axtmacher das geschafft hatte. Als er mit den Händen über das vordere rechte Rad strich, stutzte er plötzlich. Ein großer dunkler Fleck verunstaltete den Stein. Er zog sich über die halbe Fläche. Als Steinroller daraufhin auch die anderen Räder untersuchte, entdeckte er auf dem hinteren Rad derselben Seite einen ähnlichen Fleck.

Ihm kam ein Verdacht. Er winkte Otterfang zu sich. »Das könnte Blut sein«, raunte er ihm zu. »Bereit machen zur Schnupperprobe.«

»Du meinst – Taamu?«, fragte Otterfang entsetzt. Der Kommissar nickte.

Gemeinsam beugten sie sich über das Vorderrad. Während sie so taten, als würden sie sich für die Oberfläche des runden Steines interessieren, drückten sie ihre Nasen auf den dunklen Fleck und sogen in tiefen Zügen die Luft ein. Gleich beim ersten Mal schlug ihnen der kräftige Geruch von getrocknetem Menschenblut entgegen. Er war unverwechselbar. Steinroller sah mit einem Mal vor sich, wie die Räder über Taamu hinweggefahren waren. Ihr Gewicht war so gewaltig, dass sie den Körper eines Menschen platt wie einen Flachfisch machen konnten.

Axtmacher war hinter sie getreten. »Sommerprofil«, sagte er, weil er glaubte, sie würden noch immer die Räder bewundern. »Im Winter nimmt man grobe Steine.«

Steinroller fragte sich, ob Axtmacher wirklich keine Ahnung hatte, was für ein gefährlicher Mann Speerschleuderer war. Oder hatte sein Freund ihn vielleicht doch in das Verbrechen verwickelt?

»Wo hast du das alles gebaut? In deiner Höhle?«, fragte Weichhaar.

»Hier draußen«, sagte Axtmacher. »Einen Sommer lang. Dafür habe ich die Hütte.«

Er zeigte auf das Gebüsch neben einem Großblätterbaum, der am Rand der Wiese stand. Jetzt erst sah Steinroller, dass sich dort der Eingang zu einer Hütte verbarg. Sie schien groß zu sein und war mit einem dicken Mammutfell verhängt. Es war beste Qualität, wie man sie für die kalten Winter im Stieglitztal benötigte. Das Dach war mit Zweigen und Grasstücken belegt.

Während er seinen Blick über die Hütte und den Großblätterbaum schweifen ließ, bemerkte Steinroller plötzlich, wie in einem Teil des Baumes ein Flattern durch die Blätter ging. So unauffällig wie möglich spähte er nach oben. Mit dem Auge des Kommissars sah er schließlich, wonach er suchte. Auf einem der oberen Äste schauten ein paar nackte Zehen durch den Blättervorhang. Die Zehennägel waren extrem kurz und der große Zeh auffallend krumm.

Er wusste, wem er gehörte.

Speerschleuderer hatte ihn sich einst gebrochen, als er

bei der Jagd unter ein Nashorn geraten war. Auch dass er an seinen Fußnägeln knabberte, war weithin bekannt.

Steinroller spürte, wie sein Körper sich anspannte. So musste sich eine Raubkatze fühlen, die ihre Beute vor sich sah. Er erinnerte sich an die Taktik, die er anwenden wollte – aufspüren, einkreisen und schnapp. Unauffällig versuchte er, in Otterfangs Nähe zu gelangen, der den Speer trug.

Doch Speerschleuderer schien mit dem Instinkt eines guten Jägers zu wittern, was der Kommissar vorhatte. Mit einem gewaltigen Satz sprang er aus seinem Versteck zu Boden. Er landete vor Weichhaars Füßen. Im Nu hatte er seinen Faustkeil gezückt und hielt ihn Weichhaar an die Kehle.

»Zur Seite!«, brüllte er. An Otterfang gewandt fügte er mit drohender Stimme hinzu: »Speer weg!«

Otterfang gehorchte. Ohne dass Steinroller oder Axtmacher etwas dagegen tun konnten, zog Speerschleuderer seine Geisel zu Axtmachers Erfindung. Gemeinsam kletterten sie nach oben. Weichhaar musste sich auf den Sesselstein setzen, während Speerschleuderer mit der Waffe in der Faust hinter ihr stand. Er wandte sich an Steinroller.

»Habe ich dir nicht gesagt, dass du nicht mehr lange leben wirst?«, höhnte er.

»Noch lebe ich ja«, erwiderte Steinroller mit fester Stimme.

»Das werden wir gleich ändern«, sagte Speerschleuderer. »Wenn dir was an Weichhaar liegt, wirst du zu mir kommen und mit ihr tauschen.«

Steinroller sah, wie die Angst in Weichhaars Augen stand. Aber er wusste auch, dass er nur gewinnen konnte, wenn er Speerschleuderer anders begegnete, als dieser erwartete.

Mutig mischte Onkel Axtmacher sich ein. »Denk an unsere Freundschaft, Bruder. Du hast meine Erfindung. Was willst du mehr?«

»Das fragst du noch?«, rief Speerschleuderer. Mit seinen langen Haaren und dem wilden Blick ähnelte er längst nicht mehr dem zuverlässigen Obersten Jäger, der er früher gewesen war. Seine Augen glänzten seltsam. »Diese Räder sollen sich drehen, um mich zum Anführer aller Sippen zu machen! Dachtest du, ich will mit deinem Mammut nur spazieren fahren?«

Steinroller versuchte zu erraten, worauf Speerschleuderer anspielte.

»Sind das deine Pläne, wenn der Große Regen vorbei ist?«, fragte er. »Erst raubst du meinem Vater das Fleisch, dann willst du selbst die Macht über die Jäger?«

Speerschleuderer sah Steinroller erstaunt an. »Was weißt du vom Großen Regen? Haben dir die Turits ihr Geheimnis verraten?«

»Ja«, sagte Steinroller. »Aber ich bin nicht darauf reingefallen. So wie du.«

Endlich war ihm klar, was Speerschleuderer vorhatte. Der Rollende Sesselstein und das zahme Mammut sollten ihm dabei helfen, Eindruck bei den Sippen diesseits und jenseits der Tundra zu machen. Er wollte bei den Turits den Großen Regen abwarten und danach die Führerschaft übernehmen. Für Felsschmetterer bliebe nur noch ein kräftiger Schlag mit der Keule. Seine Macht war dem Obersten Jäger sicher schon immer ein Dorn im Auge gewesen.

»Komm endlich her«, rief Speerschleuderer dem Kommissar zu, während er mit seiner Steinklinge herumwedelte. »Oder willst du nicht, dass ich Weichhaar schone?«

Steinroller versuchte, ihn hinzuhalten. »Bevor ich durch deinen Faustkeil sterbe, muss ich noch meinen Fall lösen«, rief er zurück. »Das bin ich unserer Sippe schuldig.«

»Gut, das verstehe ich«, knurrte Speerschleuderer. »Was willst du wissen?«

»Hast du Taamu mit Axtmachers Rädern plattgemacht?«, fragte Steinroller.

»Du bist schlau«, rief Speerschleuderer. »Das muss man dir lassen.«

Axtmacher, der so blass wie ein weißer Kürbis geworden war, schüttelte schockiert den Kopf. »Wann hast du das getan?«, fragte er mit heiserer Stimme.

»Am Tag meiner Ankunft. Du warst noch bei deinem Mammut.« Als würde er irgendein Jagderlebnis zum Besten geben, erzählte Speerschleuderer, wie Taamu ihm von den Turits gefolgt war. Im Stinkmorchel-Steinbruch konnte er den jungen Bärenjäger schließlich überwältigen und fesseln. Weil er von den Neandertalern dabei beobachtet worden war, nahm er Taamu einfach mit ins Stieglitztal. Der Rollende Sesselstein stand auf dem Hügel neben dem See. Ohne dass Axtmacher davon wusste, legte Speerschleuderer den Gefesselten vor das rechte Vorderrad und schob den Rollenden Sesselstein an. Er fuhr den Abhang hinab und zermalmte Taamu auf schreckliche Weise.

»In derselben Nacht hast du Taamu dann ins Lager zurückgetragen«, stellte Steinroller fest. »War es so?«

»Jeder macht mal einen Fehler«, sagte Speerschleuderer. »Ich hatte nicht mit Pilu gerechnet.«

Alle hatten schockiert zugehört. Speerschleuderer schien es zu genießen. »Und jetzt komm her!«, befahl er Steinroller. »Oder willst du, dass ich aus Weichhaar die dritte Leiche mache?«

Langsam setzte der Kommissar sich in Bewegung. Wie es sich gehörte, ließ er dabei noch einmal kurz sein Leben an sich vorüberziehen. Es war, als würde sich all das Schöne und Seltsame, das er erlebt hatte, wie der Reigen seiner Höhlenbilder entfalten. Wenn er jetzt sterben würde, tat es ihm nur um seine zwei großen Lieben leid, die Malerei und Weichhaar. Und dass es ihn nicht früher skeptisch gemacht hatte, dass Speerschleuderer als Einziger der Sippe an seinen Fußnägeln kaute.

Steinroller hatte den Rollenden Sesselstein erreicht. Trotz der Klinge an ihrer Kehle rief Weichhaar ihm tapfer zu: »Mach das nicht!«

Doch Steinroller war bereits dabei, auf das Gestell zu klettern. Axtmacher und Otterfang waren wie gelähmt. Der enttäuschte Erfinder war immer mehr in sich zusammengesunken, während Otterfang kopfschüttelnd vor sich hin murmelte: »Der arme Kommissar ... Wenn er doch jetzt nur der Hecht sein könnte ...«

Steinroller hob sein Bein und kletterte zum Sesselstein hinauf. Für einen kurzen Moment entfernte Speerschleuderer seinen Faustkeil von Weichhaars Hals, um nach Steinroller zu greifen.

Plötzlich erfüllte ein Sirren die Luft. Alarmiert drehte Speerschleuderer sich um. Er kannte das Geräusch nur zu gut. Doch er war zu langsam. Im selben Moment durchbohrten bereits elf sauber platzierte Speere seinen Körper. Tödlich getroffen brach er zusammen.

Hinter der Hütte ertönte Jubel. Steinroller und Weichhaar sahen sofort, woher er kam. Auf der kleinen Anhöhe hinter ihnen stand Felsschmetterer mit seinen zehn Jägern. In Siegerlaune reckten sie ihre Fäuste in die Luft und rannten den Hügel hinab.

Steinroller nahm Weichhaar in die Arme. Es war ihm gleichgültig, wie viele Menschen ihnen jetzt zusahen. Bewundernd flüsterte Weichhaar in sein Ohr: »Du hast mich wirklich befreien wollen ...«

»Das macht man als Kommissar so«, sagte Steinroller. Zum ersten Mal, seit Weichhaar ihn kannte, wirkte er ein wenig schüchtern. Doch ihnen blieb keine Zeit für Sentimentalitäten. Als Felsschmetterer auf sie zugestürmt kam, rief er ihnen zu: »Was steht ihr noch rum? Die Jagd ist beendet.«

»Danke«, sagte Steinroller, »wie hast du ihn gefunden?«

»Das geht dich gar nichts an«, raunzte Felsschmetterer. Der lange Marsch war ihm anzusehen. Er wirkte müde, aber sein Kampfeswille war ungebrochen. Es machte ihm auch zu schaffen, dass sein Sohn allein mit dem Kopf so erfolgreich gewesen war wie er mit der Waffe. Wenn das so weiterging, sah es nicht gut mit der Menschheit aus.

Als er Axtmacher entdeckte, ging er zu ihm. »Ist das von dir?«, fragte er, während er auf den Rollenden Sesselstein deutete.

»Hmm«, sagte Axtmacher. Mehr war auch nicht nötig. Die beiden Männer kannten sich schon lange.

Felsschmetterer kniff misstrauisch die Augen zusammen und näherte sich dem Rollenden Sesselstein, als hätte ihm jemand ein Wollnashorn hingestellt, das er streicheln sollte. Als er vor den riesigen Rädern stand, befühlte er sie. Ihre Größe schien ihm nicht gerade sympathisch zu sein. Er winkte Axtmacher noch einmal zu sich.

»Was soll das sein?«, fragte er.

»Vier Räder und ein Sitzplatz«, sagte Axtmacher. »Gezogen von einem Mammut.«

Felsschmetterer blieb skeptisch. »Und wozu braucht man es?«

Jetzt mischte Steinroller sich ein. Er spürte, dass Axtmacher Unterstützung brauchte. »Um schneller voranzukommen«, sagte er. »In jeder Hinsicht. Wenn du es hättest, würden dich alle Sippen darum beneiden.«

»Sie beneiden mich auch so«, sagte Felsschmetterer grantig. Mit dem kritischen Blick eines alten Adlers ging er einmal um den Rollenden Sesselstein herum.

Steinroller gab nicht auf. Es war nicht das erste Mal, dass er seinem Vater eine Neuerung schmackhaft machen musste. »Du wärst dreimal schneller als ein Jäger«, versprach er. »Ist das nichts?«

Felsschmetterer blieb an der Rückseite des Gestells stehen und stellte einen Fuß auf das dicke Holz zwischen den Hinterrädern. Zornig funkelte er seinen Sohn an. »Es gibt nichts Schnelleres als Jägerfüße!«, knurrte er. »So einen Quatsch braucht doch kein Mensch!«

Mit einem kräftigen Fußtritt stieß er gegen das Fahrzeug.

Da der Boden des Stieglitztals nicht besonders eben war, setzte sich die Erfindung langsam in Bewegung.

»Halt!«, rief Onkel Axtmacher entsetzt, denn er ahnte, was gleich passieren würde. Die vier schweren Räder begannen, sich immer schneller zu drehen. Der Wagen neigte sich dem Ufer zu. Ein paarmal sah es so aus, als würde er auf seiner holperigen Fahrt umkippen, doch er blieb aufrecht. Als er ins Wasser rollte, platschte es so laut, dass die Schildkröten vor Schreck abtauchten. Langsam und lautlos, als hätte es ihn nie gegeben, ging der Rollende Sesselstein unter und verschwand an der tiefsten Stelle des Sees.

Entsetzt starrten alle außer Felsschmetterer auf das Wasser, dessen Kreise immer kleiner wurden, bis der See schließlich wieder so still dalag wie vorher.

»Na bitte«, sagte Felsschmetterer. »Deine Erfindung kann nicht mal schwimmen.« Zufrieden drehte er sich um und stapfte zu seinen Männern zurück.

Steinroller und Weichhaar starrten noch immer auf den See, als hofften sie, dass der Rollende Sesselstein doch wieder auftauchte. Plötzlich hörten sie Otterfangs Stimme hinter sich.

»Was für ein Verlust!«, jammerte er. »Wer weiß, wann so was wieder erfunden wird!«

»Irgendwas bleibt immer«, sagte Steinroller trotzig. »Und wenn es die Hoffnung auf eine neue Zeit ist.«

»Dann soll es mir recht sein«, sagte Otterfang. »Ich kann ja schon mal das Pfeifen lernen.«